Johannes Heidrich

Tatort Katakomben

Ein Schwaben-Krimi

Oertel+Spörer

Dieser Kriminalroman spielt an realen Schauplätzen. Alle Personen und Handlungen sind frei erfunden. Sollten sich dennoch Ähnlichkeiten mit lebenden oder verstorbenen Personen ergeben, so sind diese rein zufällig und nicht beabsichtigt.

Postfach 16 42 · 72706 Reutlingen

Titelbild: Markus Prygodda, Herne
Gestaltung: PMP Agentur für Kommunikation, Reutlingen
Satz: Uhl + Massopust, Aalen
Druck und Bindung: Longo AG, I-Bozen
Printed in Italy
ISBN 978-3-88627-698-1

Kommissar Max Krüger war früher als sonst zum Dienst erschienen. Langsam, fast schon andächtig öffnete er die Fenster des Dezernats, als er im gegenüberliegenden Park das Geschrei von Rabenvögeln vernahm.

Gespenstisch und doch majestätisch zog unweit einer Baumgruppe, in deren Mitte eine mächtige alte Eiche stand, eine Handvoll Raben ihre Runde. Immer wieder stießen sie krächzend ihre Rufe aus, bevor sie zwischen den Ästen im Inneren der Baumkrone verschwanden.

Krüger begann leicht zu frösteln. Ihm saß noch immer das unheimliche nächtliche Szenario mit den Kulthandlungen der Gothics und Emos vor vier Tagen in den Knochen. Auch er, der sich den Schreibtisch mit seinem Chef und Freund Hauptkommissar Franz Büchele teilte, machte sich im Nachhinein so seine Gedanken, als die ersten Berichte über den Tod von »Master Legne sed sedot«, wie er sich nannte, auf seinem Schreibtisch lagen. Lustlos blätterte er darin herum. Der forensische Bericht von Dr. Fröschle fehlte noch. Aber ihm war ja klar, wie der Mörder starb, war er doch ganz nah dabei gewesen. Max Krüger sah auf Bücheles leeren Platz und hing seinen Gedanken nach. Jetzt bleibt die ganze Schreibarbeit an mir hängen und Büchele schiebt eine ruhige Kugel im Krankenhaus. Minuten vergingen, wobei Krüger seine junge Kollegin Lilly Hansen nicht einmal bemerkt hatte, als diese plötzlich auf Bücheles Schreibtischseite ihm gegenüberstand. Kurz darauf ließ sich die frisch gebackene Kommissarin lustlos in den Schreibtischstuhl ihres Chefs fallen.

»Na Max, ist ja richtig ruhig und stressfrei, wenn unser Chef nicht auf seinem Sessel sitzt, oder?« Wie selbstverständlich streckte sie ihre jugendlich schlanken Beine aus und legte sie übereinandergeschlagen auf die Schreibfläche.

»Mit besten Grüßen von Gisela.« Flapsig warf sie Krüger in Zeitungspapier eingewickelte Kirschen zu.

»Nimm die Beine runter, oder tust du das auch Daheim bei Gisela? Aber danke für die Kirschen.«

Unwillig und ohne einen Kommentar zog Lilly die Beine vom Tisch, als Krügers Dienstapparat sich mit schrillem Geläut meldete. Max beugte sich ein Stück nach vorn und nahm den Hörer von der Gabel.

»Mordkommission Heilbronn, Kommissar Krüger am Apparat. Was kann ich für Sie tun?«, kam es von ihm dienstbeflissen akkurat, wobei er sich kerzengerade in seinen Stuhl setzte und sich einen Bleistift schnappte. »Ja. Nein, Herr Kaiser, Kommissar Büchele ist abwesend… Nein, so schnell nicht… hm, ja ich kann die Fundstücke abholen und ihm übergeben? Wann? Um 15 Uhr, Freibad Großgartach. Ja, ich verstehe. Nur zu Ihnen, zu Timo Kaiser persönlich. Ja, selbstverständlich wird das vertraulich behandelt, Herr Kaiser. Ja, ich komme pünktlich. Ja doch, Sie müssen nicht wegen mir Ihre Arbeitsschicht verlängern. Ich verstehe Sie ja. Okay, Herr Kaiser, danke für Ihren Anruf, bis nachher. Ja, bis dann.«

Kommissar Krüger notierte sich kopfschüttelnd die Uhrzeit des Treffens in seinem Notizheftchen, noch während er eine Kirsche aus der Tüte zog, sie im Mund verschwinden ließ und Sekunden später den Kirschenstein mit einem: »Pfffhhh…« in den Papierkorb gespuckt hatte.

Nachdem er aufgelegt hatte, sah er Lilly etwas verschmitzt in die Augen. Irgendwelche Gedanken gingen ihm durch den Kopf. Lilly starrte ihr Gegenüber erwartungsvoll an.

»Lust auf eine Freibadtour heute Nachmittag?«, kam es mit weicher Stimme von dem Beamten. Lillys Augen begannen zu strahlen. »Dein Ernst, Max?« Krüger nickte.

»Aber nur, wenn wir vorher am Anwesen Fischer vorbeifahren, um meinen Bikini abzuholen und ich ins Wasser darf.«

Wieder nickte Krüger nur, ehe er in etwas schärferem Ton entgegnete: »Abfahrt um 14 Uhr unten im Hof, okay?« Lilly begann zu schmunzeln, bevor sie an ihren Schreibtisch zurückging, um PKA Kaufmann die Neuigkeit zu berichten, dessen Platz sich genau gegenüber des ihren befand. Diese Abwechslung kam für Lilly wie gerufen.

Pünktlich fuhr das Dienstfahrzeug der Beamten vom Präsidiumshof. Schnell war das Fahrziel Freibad Großgartach erreicht. Sie reihten sich brav und geduldig in der wartenden Menschenschlange am Eingangsbereich vor dem kleinen Kassenhäuschen ein. Als sie an der Reihe waren, sah die etwas füllige Kassiererin sie nur kurz taxierend an: »Macht für Erwachsene dreifuffzig bittschee.«

Krüger sah sie an und zückte seinen Dienstausweis.

»Herrschaftszeiten aber, ha no, kommet ihr Kriminaler des efteren zum Bade? Vor Kurzem war schonemole ein alder Seggel do.«

Krüger sah sie verblüfft an.

»Meine Dame«, fing er in makellosem Hochdeutsch an, »dieser *alde Seggel*, wie Sie ihn nennen, war mein Chef Hauptkommissar Büchele, wenn es recht ist. Wir beide wollen nur zum Bademeister Timo Kaiser.« Mit einer schnellen Bewegung zog er seinen Dienstausweis zurück und blickte sich zu Lilly um, die lächelnd schon in ihrer Badetasche herumkramte.

»Herr Krüger, Kommissar Krüger?«, kam es unweit ihres Standorts aus dem DLRG-Anbau daneben. Jemand winkte ihm zu. Aus einiger Entfernung hatte Lilly die Person in kurzen Hosen und kurzem Hemd für sich schon identifiziert.

»Bademeister Kaiser, vermute ich«, sagte Lilly leise, während sie sich unmerklich Krüger zuwandte.

»Kann ich ins Wasser, Max?«

Krüger nickte.

»Um halb vier hier bei der Kasse, verstanden? Ich möchte nicht wegen dir von unserem Chef gemaßregelt werden, kapiert?«

Lilly nickte stumm und verschwand leise in Richtung der Umkleidekabine. Max ging jetzt zielstrebig auf den leicht untersetzten Schnurrbartträger zu, dessen graues, etwas längeres aber kräftiges Haar, straff nach hinten gekämmt war. Nochmals versicherte er sich, dass er dem richtigen Ansprechpartner gegenüberstand.

»Bademeister Timo Kaiser?«

»Kommissar Max Krüger aus Heilbronn?«

Krüger nickte still dem lächelnden Bademeister zu.

»Herr Kommissar, kommen Sie herein. Ich möchte Ihnen was zeigen.« Beide betraten den DLRG-Raum und schlossen die Türe hinter sich. Sofort ging der Geräuschpegel drastisch nach unten.

»Wie ich es schon am Telefon angedeutet hatte, mache ich mir manchmal meine eigenen Gedanken und dann kann ich nicht anders, es muss raus. Bei seinem letzten Besuch hat Ihr Chef, der Hauptkommissar Büchele, wie ich mich erinnere, diese klimpernde Kralle mitgenommen. Jetzt habe ich was viel Besseres.«

Der Beamte sah sich in dem unordentlichen DLRG-Raum etwas um. Sein Blick viel auf verschlissene Wasserballmützen, zerknüllte Belege und abgerissene Tageskalenderblätter, ehe er sich wieder dem Bademeister zuwandte, der ihm noch immer den Rücken zukehrte und nach etwas suchte.

Er wühlte sich durch das Regal und hielt Krüger kurz darauf etwas vor die Brust.

»Ist vermutlich ein Faschingskostüm, so meine Vermutung, aber selbst so was vergessen die Leute hier. Wir sind ein Bad und kein Sammellager, verstehen Sie? Ein Faschingskostüm, das aussieht, wie ein schwarzes Mönchskostüm, im Freibad, unglaublich? So was ist doch irre, oder etwa nicht. Was meinen Sie dazu, Herr Kommissar, ist dies nicht ungeheuerlich?«

Krüger versuchte, den Bademeister in seiner Verwirrung zu beruhigen. Er nahm das seltsame Kleidungsstück an sich und ließ es durch seine schlanken Finger gleiten. Der Stoff fühlte sich schon von der Machart her nicht wie ein Kostüm an. Es war aus einem dicken Wollstoff gefertigt. Es fühlte sich eher wie ein Lodenmantel an.

»Den Mantel hat jemand zwei Wochen nach den Morden an den Jugendlichen im Gebüsch gefunden. Ich dachte mir nichts dabei. Erst als ich den Fernsehbericht von Ländle TV sah. Sie wissen schon, die Sache mit diesem Gothictypen. Einige aus dieser Szene hatten auch so was an, stimmt's? Und hier ist noch was!«

Kaiser griff abermals ins Regal und reichte ihm einen langen schwarzen, in sich gedrehten Strick.

»Wissen Sie, was das ist, Herr Kommissar?« Krüger nahm es gewissenhaft in seine Hände. Prüfend glitt das

Material durch seine Handflächen. Was war das? Nur ein weggeworfenes dickes Stück Schnur? Krüger erinnerte sich an seine Jugend. Vor langer Zeit hatte er so etwas schon einmal gesehen. Richtig, auf einem Ausflug der Ministranten zum Katholikentag.

»Ein Zingulum, es ist ein Zingulum!«, stotterte er aufgeregt. »Kommissar Büchele kann uns bestimmt mehr darüber sagen, er und seine Haushälterin Gisela sind schließlich treue Kirchgänger.«

Bademeister Kaiser verstand Krügers Freude über seinen Fund absolut nicht. Entgeistert sah er ihn an.

»Ein was? Ein Zingudingsbums?«

Krüger hielt es ihm vor die Nase.

»Ich habe so was als Kind gesehen. Es gehört zu einer geistlichen Soutane. Ein Zingulum ist einfach eine Gürtelschnur der Mönche. Aber der Name hierfür ist uralt, Zingulum eben. Aber eines wie dieses da habe ich noch nie gesehen. Normalerweise sind sie weiß. Aber dieses hier ist schwarz. Darf ich das alles mitnehmen zur Untersuchung? Da freut sich Kommissar Büchele bestimmt, wenn ich ihm von Ihrem Fund berichte. Zwar spät, aber immerhin, wir haben was. Obwohl der Täter… Nun ja, das ist eine andere Geschichte«, wiegelte Krüger die Neugier des Bademeisters mit einer leichten Handbewegung ab, der mit geneigtem Kopf den Beamten von der Seite aus aufmerksam ansah und schon hellhörig wurde. Der Bademeister reichte ihm sogar eine Tüte.

Krüger sah auf die Uhr. Wo war Lilly abgeblieben? Krüger verabschiedete sich dankend beim Bademeister, nicht ohne das Versprechen, in den kommenden Tagen nach Dienstschluss selbstverständlich noch einige Bahnen im wundervollen Schwimmbecken zu absolvieren. Beide

Männer verließen den DLRG-Bereich und gingen nach draußen. Timo Kaiser verschwand in Richtung Becken. Krüger sah sich hilflos nach Lilly um. Wir hatten was ausgemacht und die Frau hält sich nicht daran, verdammt und zugenäht. Nirgends war die Profilerin zu sehen. Max durchschritt die Reihen des Umkleidekomplexes.

»Hallo, hier bin ich, Max«, ertönte es plötzlich hinter ihm. Er drehte sich um.

Schon umgezogen mit feuchten Haaren stand Lilly vor ihm.

»Wir können gehen, Max. War dein Gespräch denn erfolgreich?«

Max öffnete die Tüte und zog die Kutte ein Stück weit heraus.

»Hoppla, Franz hatte doch in Richtung Kirche oder Ordensgemeinschaft recherchiert, oder? Übrigens, kam damals was dabei raus?«

Max schüttelte den Kopf und schob das Gewand zurück in die Tüte.

»Nein Lilly, aber irgendetwas stimmt hier nicht. Ich kann es buchstäblich spüren. Sollen wir es Franz mitteilen oder warten, bis er aus dem Krankenhaus zurück ist?«

Lilly sah ihn an.

»Wenn Franz es zu spät erfährt, schickt er uns beide in die Wüste. Das zeigst du ihm lieber möglichst bald.«

Max sah sie an.

»Na toll, wieder ich. Möchtest du nicht mit mir einen Krankenbesuch machen?«

Lilly schüttelte nur den Kopf.

»Nein danke, Max, ich bin noch nicht so erwachsen wie du«, scherzte sie, »dir ist schon ein dickeres Fell als mir gewachsen. Setze mich bitte daheim ab, okay?«

Nach Dienstschluss machte sich Max Krüger auf den Weg zum Krankenhaus. Die Besuchszeiten waren schon lange vorbei und alles schien friedlich. Er öffnete die Tür und trat ein.

»Hallo mein Freund, wie geht es dir?«, begrüßte er seinen Chef. Büchele erwachte aus seinem leichten Dämmerschlaf, als er Krügers Stimme vernahm. Verschlafen sprach er ihn an.

»Du hier? Was ist passiert, ist was mit Gisela oder Birgitt?«

»Nein, wieso, was sollte sein? Ich wollte dich nur besuchen, ist das verboten?«

Franz sah seinen Kollegen von oben bis unten an.

»Wenn du zur späten Stunde kommst, bedeutet das nichts Gutes. Und was ist in der Tüte, die du so krampfhaft unter deinem Arm hältst?«

Mit einem Ruck platzierte Krüger die mitgebrachte Tüte auf Bücheles Bett.

»Für dich. Bademeister Kaiser hat angerufen. Sie haben noch etwas gefunden. Etliche Tage nach den Morden an den Jugendlichen.«

Büchele griff in die Tüte und zog das Gewand samt Gürtel heraus. Er wurde kreidebleich. Wütend schlug er mit der Faust auf die Bettkante.

»Verdammt, ich wusste es. Irgendetwas stimmte bei dem Masterfall nicht.«

»Moment, Moment«, wiegelte Krüger ab. »Franz, du kannst doch nicht ohne Weiteres behaupten, es stimme etwas nicht, wenn damals alle Indizien auf diesen komischen Gothic, Herrn Engel, wiesen. Die Spuren, die DNA, einfach alles ist von ihm. Und du kommst dann daher, siehst nun eine abgegriffene Kutte und meinst, es war alles umsonst? Wo sind denn da die Fakten, Franz?« Büchele holte Luft.

»Klar haben wir keine Fakten, Max, aber mein Gefühl sagt mir, er war nicht der eigentliche Drahtzieher der Morde. Okay, er war der Mörder, mag sein, aber nur die ausführende Kraft, verstehst du? Wir müssen alles neu aufrollen. Als Ersten nehmen wir uns noch mal den Sockenschorsch Pneu-Bachmaier vor. Danach alle anderen, verstanden?«

Max sah ihn an. »Franz, ich würde es einsehen, wenn es Spuren gäbe, aber es gibt in dieser Richtung keine Spur, glaube es mir.«

Büchele wiegelte kopfschüttelnd ab.

»Nichts werde ich unversucht lassen, mein Freund. Ich finde die Beweise, du wirst sehen. Ich finde irgendwo das passende Puzzlestück. Da draußen läuft noch immer ein Irrer durch die Gegend. Für mich ist der ein Mörder, auch wenn er nicht persönlich getötet hat, noch nicht, mein Freund, noch nicht. Zumindest den Auftrag hat er dazu erteilt, basta. Und jetzt mach dich aus meinem Krankenzimmer, ich will schlafen. Gute Nacht Kollege.«

Wütend deckte sich Franz Büchele zu und nahm keine Notiz mehr von Krüger, der wie ein begossener Pudel im Raum stand. Wortlos und wütend über so viel Sturheit seines Freundes, verließ Krüger mit einer Tüte Beweismittel unter dem Arm Bücheles Krankenzimmer. Er wollte die Beweisstücke sofort zur Spurensicherung bringen.

Entspannung

Irgendwann am nächsten Morgen wachte Büchele völlig entkräftet auf. Die Kopfwunde schmerzte ihn nicht so sehr, wie die daraus resultierenden Kopfschmerzen. Er hätte, wenn es nach ihm gegangen wäre, schon lange dieses Etablissement verlassen. Aber jeder Protest war zwecklos und wurde im Keim erstickt.

Zur Beobachtung behielt man ihn trotz seines ständigen Protestes noch einige Tage da. Man hatte ihm bei seiner Einlieferung ein für Krankenhäuser typisches Krankenhauslaible verpasst, das keine Knöpfe besaß und nur hinten mit einer dünnen Schnur gehalten wurde.

Langsam kam er wieder zu Bewusstsein. Immer noch liegend, drehte er den Kopf nach rechts und sah sich im Raum um. Büchele stutzte. Seine linke Hand fühlte sich sehr warm an. Er sah nach links und zuckte kurz zusammen. Jetzt erst konnte er den Grund erkennen. Seine Hand hielt niemand Geringeres als Birgitt Kohlmarx. Sie strich ihm über den Handrücken und strahlte ihn gerade mit einem Lächeln an, als Max Krüger, der ihn ja schon am Vorabend mit dienstlichen Neuigkeiten versorgt hatte, ohne anzuklopfen, mit einem Blumentopf voller blühender Veilchen in der Hand das Zimmer betrat. Genau in diesem Augenblick begann Birgitt Kohlmarx mit Büchele zu schimpfen.

»Franz, du machst auch immer so einen Blödsinn. Du gehst einfach ohne deinen Kollegen und mich aufs Ganze. Schlimmer noch, du denkst, du kannst wie ein Vogel fliegen.«

Büchele sah etwas irritiert, ja schon mit suchendem Blick

zu Krüger, der immer noch den Blumentopf mit Veilchen in Händen hielt.

»Wo soll ich sie abstellen?«, versuchte der jetzt seinerseits die Aufmerksamkeit auf sich zu lenken. Birgitt erhob sich und meinte nur: »Ich versorge die Blumen. Geben Sie mir das Veilchen.«

Eine Erklärung für das Geschehen gab es offensichtlich nicht. War etwa die Bewusstlosigkeit zu lang? Sein junger Mitarbeiter PKA Kaufmann mutmaßte sogar im Präsidium, dass sein Chef einen Aussetzer durch die Bewusstlosigkeit hatte. Andere vermuteten eine Herzattacke. Weit gefehlt, wie die Untersuchungen, die sofort nach seiner Einlieferung gemacht worden waren, gezeigten hatten.

Als Birgitt Kohlmarx die Veilchen mit Wasser versorgt hatte, setzte sie sich wieder zu Kommissar Büchele ans Bett. Verstohlen und fragend zugleich blickte Franz in Birgitts Augen. Ohne eine sichtliche Regung versuchte er, in ihnen eine Erklärung für das Abscheuliche der letzten Tage zu finden. Warm und herzlich blickte sie ihn an. Sie griff wieder nach seiner Hand und begann sie zu streicheln.

»Alles wird gut, Franz. Sei ganz beruhigt. Die Ärzte machen einen gründlichen Check bei dir, danach wissen wir mehr. Erzähl mal, was ist eigentlich genau geschehen? Erzähl, woran kannst du dich noch erinnern? Du bist bei dem harten Aufprall auf der Baumwurzel ohnmächtig geworden und dann?«, dabei streichelte sie immer wieder seine Hand und seine Wange. Es klopfte jemand an die Türe und trat ein.

Gisela in ihrer ganzen Fülle verdeckte Kommissar John Weirich förmlich, der, sozusagen in ihrem Windschatten, mit einer Reisetasche in der Hand hinterherkam. Auch Lilly folgte ihnen mit einem kleinen Rollcontainer an der

Hand. Verdutzt sahen alle Anwesenden im Zimmer auf die drei Ankömmlinge, die soeben den Raum betreten hatten. Ungestüm trat Gisela an das Bett von Franz heran. Sie sah ihn mütterlich an und strich ihm dabei übers lichte Haar und meinte nur:

»Die Schwestern wollten mich nicht zu dir lassen. Sie meinten, du benötigst Ruhe. So ein Blödsinn, du brauchst etwas zur Stärkung. Du möchtest doch so schnell es geht dieses Hotel hier verlassen und wieder zu uns zurück oder etwa nicht?«

Gisela wartete seine Antwort erst gar nicht ab. Er sah sie entgeistert an. Aber Widerspruch, so hatte er in den letzten Jahren gelernt, war zwecklos. Dahinter meldete sich kleinlaut winkend John zu Wort:

»Hi, Franz, ich durfte sie fahren, war doch okay so, oder nicht?«

Winkend meldete sich Lilly hinter ihnen: »Hey old Man, habe gehört du bist Batman, stimmt das? Ich habe auch was für dich zum Anziehen eingepackt, damit du die nächsten Wochen ordentlich gekleidet den Schwestern den Kopf verdrehen kannst«, sagte sie und zwinkerte ihm frech zu.

Büchele verstand nichts mehr. Er dachte nur noch über die Möglichkeit nach, wie er sich aus diesem Dilemma befreien konnte. Oder war das Ganze hier doch nur ein Traum, mehr noch ein Albtraum? Alle sahen ihn in diesem Moment mitleidig an. Jetzt bemerkte er den Schmerz über seinem rechten Auge. Mit der Hand versuchte er, die Stelle zu ertasten. Ein Pflaster bedeckte die Wunde. Ebenso wie knapp zehn Zentimeter höher ein weiteres, zweites Pflaster an seinem Kopf klebte. Gisela kramte in der mitgebrachten Reisetasche herum. Zog einen Plastikbehälter hervor und überreichte ihn mit eindringlichem Blick Bücheles Kollegen Krüger.

»Max, du suchst einen Herd. Nun ja, den wird es hier nicht geben, aber eine Mikrowelle, du machst das Essen für Franz warm, verstanden?«

»Und wo bitteschön, soll ich im Krankenhaus eine Mikrowelle auftreiben?«

Jetzt wurde Gisela etwas ungehalten.

»Max, ich denke, deine Helga würde dir jetzt für diese blöde Frage eine an die Backe geben«, sagte sie mit spitzfindiger schwäbischer Frauenpower.

»Stell dich nicht dümmer an, als du bist. Beweg deinen Hintern ins Schwesternzimmer oder in den Pausenraum, ist mir egal wie, aber tue es. Und wenn die Damen dort protestieren, machst du das Ganze bei ihnen im Pausenraum zur Ermittlungssache. Oder glaubst du, die leben hier von kalten Speisen? Ihr Männer stellt euch an.« Gisela schüttelte ungläubig den Kopf.

»Jetzt raus! Franz wartet nicht ewig auf seine Maultaschen in der Brühe.«

Max verließ seinen Platz an Bücheles Bett in Richtung Schwesternzimmer. Bücheles Augen begannen bei der Erwähnung der Speise zu funkeln.

»Gisela weiß eben, wie man einen Mann verwöhnt«, meinte er seufzend. Lilly warf den kleinen Rollcontainer, ungeachtet der langen Beine von Franz, einfach aufs Bett und begann, Hemden und Hosen auszupacken.

»He, was soll das hier, Lilly? Ich möchte nicht hierbleiben, ich will heim.« Lilly ignorierte seinen Protest einfach und hängte währenddessen alles ordentlich in den Schrank.

»Franz, ich lege den Schlafanzug, die Unterwäsche und die Socken oben rein. So findest du sie besser«, sagte sie nur.

Jetzt erst wurde es für Büchele real. Alle versuchten mit aller Macht ihn in dieser Einrichtung zu halten. Ein sofortiger Befreiungsschlag aus dieser unsichtbaren Umklammerung war notwendig.

»Was machen die Ermittlungen im Dezernat? Wie weit ist unser Gerichtsmediziner?« Er sah John Weirich auffordernd und zugleich Hilfe suchend an.

»Eile mit Weile, Franz, eines nach dem anderen. Im Augenblick ermitteln wir in alle Richtungen. Aber ich dachte, diesen Fall hast du abgeschlossen? Grimmig sah Franz seinen jungen Kollegen an. Sein Blick suchte Max, der mit Giselas Behälter in Richtung Schwesternzimmer verschwunden war. Er war derjenige, der mit ihm vor Ort, bei Sockenschorsch Pneu-Bachmaier gewesen war. Einen kurzen Moment später, betrat Max grinsend mit der Plastikschüssel den Raum. Er versuchte sie schnell auf den Tisch abzustellen.

»Mahlzeit, Franz. Setz dich hier her, oder möchtest du sie eher püriert aus der Schnabeltasse?«, flachste er.

Gisela kramte in der Reisetasche auf der Suche nach den mitgebrachten Tellern und dem Besteck.

»Hier isch alles, hock de no, Franz, es macht dich bestimmt kräftig so e Süpple«, forderte sie ihn auf, am vorbereiteten Tisch Platz zu nehmen. Widerwillig schlug er die Bettdecke zurück und trottete auf den Stuhl am Ecktisch zu. Durch sein Laible, das hinten offen war, sah man teilweise sein Gesäß hervorblitzen.

»Hosch aber noch zwoi geile Arschbäckle, Batman!«, witzelte Gisela, als sich ein leises Gelächter unter den Anwesenden breitmachte. Franz nahm etwas missvergnügt am Tisch Platz und löffelte brav die von Gisela selbst zubereitete Maultaschensuppe.

Lilly durchstöberte indessen den offenen Kleiderschrank von Kommissar Büchele. Schwestern hatten einen Schrank lieblos mit Heftpflaster markiert, worauf mit blauem Filzstift ***Büchele*** gekritzelt war. Seine Hose, die Schuhe, das blutverschmierte Hemd, die Lederjacke und den verdrückten Strohhut raffte sie einfach zusammen. Schnell hatten Lilly jetzt mit Giselas Hilfe alles einfach in eine große Plastiktüte geworfen. Selbst seine Slipper, die alles andere, als in tadellosem Zustand waren, wurden von ihnen eingetütet. Franz schenkte alledem keine Beachtung. Er konzentrierte sich nur auf sein *Süpple*.

Max, der jetzt schon eine Weile in der Ecke des Zimmers stand, beobachtete unbeeindruckt das rege Treiben. Wenig später verabschiedete er sich von seinem Kollegen mit der Erklärung, er müsse noch für Helga nach Maulbronn an den Aalkistensee, Fische abholen. Er bot Lilly und Gisela an, sie mit nach Hause zu nehmen. Das Weingut lag ja auf seiner Route. Seine Erklärung, dass es die nächste Woche im Besen auch Fisch zu essen gab, fand bei Franz keine starke Befürwortung. Der wiederum bei dem Wort Fisch, sich aus Schreck einen halben Löffel der köstlichen Maultaschensuppe über sein Krankenhauslaible kleckerte.

»Pfui Teufel, Fisch! Aber ja, dann geh doch, nimm bitte die zwei Hennen mit. Die Gisela nervte schon, obwohl sie kaum was sagt. Geht mit Gott, aber geht. Ich bin ja bald daheim, vielleicht heute Abend schon, wer weiß?«

Nach kurzer Verabschiedung und mit zwei Tüten getragener Kleidung in den Händen, verließen sie das Krankenlager und fuhren zurück in Richtung Zaberfeld. Nur John und Birgitt blieben bei Franz zurück.

Eine Stationsschwester trat ein. Sie hielt einen Geschenkkorb gefüllt mit heimischen Trauben in ihren Händen.

»Ist eben für Herrn Büchele abgegeben worden«, meinte sie und stellte den Präsentkorb auf den Tisch.

»Eine Karte ist auch dabei, Herr Büchele, ich leg sie oben auf, ist es so okay für Sie?«, fragte die Schwester, bevor sie sich verabschiedete.

»Danke Schwester«, konnte Büchele ihr nur noch nachrufen.

John zeigte mit dem Finger auf den Präsentkorb und meinte etwas spaßig: »Hast du jetzt neue Verehrerinnen, von denen ich noch nichts weiß, du schlimmer Finger?«

»Vielleicht so junges Gemüse aus der Schreibstube im Präsidium, wer weiß das schon, was unser schwäbischer Kommissar so treibt«, setzte Birgitt noch eins drauf.

Franz, der auch nicht so recht wusste, wie er zu dieser Freundlichkeit kam, zog sich die Bettdecke zurecht.

»John hast du schon mehr über die Konten von Bachmaier erfahren oder ist Lilly noch nicht so weit?«

John, der die letzten beiden Tage mehr mit seiner eigenen Ahnenforschung und der Ankunft seiner Frau Polly beschäftigt gewesen war, als mit den Recherchen über Bachmaier, konnte nur mit einem knappen: »Du, ich glaube, es geht voran«, antworten.

Birgitt tippelte aufgewühlt und hibbelig um Bücheles Krankenlager herum. Ihm entging nicht ihre zapplige Art.

»Ich sehe es deiner weiblichen Intuition an, Birgitt.«

Erschrocken fühlte sie sich ertappt und meinte nur: »Was ist jetzt wieder? Habe ich was falsch gemacht?«, versuchte sie abzuwiegeln. Franz lächelte und gab ihr ein freundliches, verschmitztes: »Du bist neugieriger als eine Katze, wie jede Frau, gib es zu. Geh einfach zum Tisch und bring uns die Trauben her und vergiss die Karte nicht«, zur Antwort.

Eventuell waren alle Frauen mit dem Gen der Neugierde und dem Instinkt für weibliche Konkurrenz ausgestattet, wer wusste dies schon, wenn das weibliche Geschlecht sich in ihrem Element befanden. Büchele atmete tief durch.

»Jetzt aber, öffne das Briefkuvert und lese uns die Karte vor. Du platzt ja gleich vor Neugier. Vielleicht ist sie ja nur von einem alten Kollegen.« Birgitt ließ sich nicht zweimal bitten. Mit ihren schmalen langen Fingernägeln schnippte sie gekonnt das Kuvert auf. Sie schlug die Karte auf und hielt für einen Moment inne, während sie den Text überflog. Die Journalistin von Ländle TV begann zu schlucken. Nicht ganz unbemerkt blieb dabei ihr Wanken, als sie sich dabei mit einer Hand an Bücheles Schulter festhielt.

»Birgitt, meine Liebe geht's dir gut? Du siehst aus, als hättest du einen Geist gesehen. John, hol ihr den Stuhl her, schnell.«

John Weirich gehorchte. Birgitt war kreidebleich, als sie sich langsam setzte.

»Birgitt, soll ich dir ein Glas Wasser bringen? Geht es wieder?«, bemerkte John.

»Geht schon, danke. Ist vermutlich der Kreislauf, geht bestimmt gleich wieder.«

Sie nippte an einem Wasserglas, das ihr John eingeschenkt hatte. Als sie getrunken hatte, stellte sie das Glas auf die Ablage zurück. Sie ergriff entschlossen mit beiden Händen die Karte und versuchte sich zu fassen. Keiner sollte die für sie ungewöhnliche Ängstlichkeit bemerken. Sie begann, vorzulesen:

Die süße Lust am Stock der Reben,
ist jedem Winzer doch gegeben.
Genieße fein den Rebensaft,
er gibt dir neue Lebenskraft.
Doch schont das Geld, die Gier, die Macht,
greif niemals nach dem Beerensaft,
sonst wird blutrot die Traube hier
und keiner stillt die Wissensgier.

Gute Besserung Herr Büchele, liebe Grüße, die Zunft.

Ihre Hände zitterten, als sie den Text vorlas. Büchele und sein Kollege John sahen sich erstaunt an, während Birgitt den Kartentext vorlas. Beide kannten die Zunft noch aus ihrem Tag im Großgartacher Eiskeller.

»John, wer zum Henker ist nun diese dubiose Zunft? Konntet ihr während meiner Abwesenheit etwas darüber herausfinden. Oder ist das alles hier ein Rätsel?«

John war auch ganz schön perplex und benötigte Sekunden länger, als gewohnt, für eine Antwort.

»Ich habe keine Erklärung für die Karte aus dem Präsent, du vielleicht, Birgitt?«, er blickte sie fragend an. Birgitt holte tief Luft. Sie berichtete, dass die verwendete Gedichtform ihr nicht unbekannt war. Im Jahr 2010, so ihre Schilderung, durfte sie über einen bekannten Winzer aus der nördlichen Landesregion berichten. Als sie dort angekommen war, hatten gerade etliche Protestkundgebungen gegen den Verkauf mehrerer heimischer Kelterbetriebe begonnen. Einige Winzer wurden genötigt, erpresst und zum Verkauf gedrängt. Jedes Mal, wenn so ein Gedicht bei einem Winzer einging, passierten schreckliche Dinge. Zum einen wurde der schon zur Auslieferung bereitstehende Wein entweder gestohlen oder vernichtet. Zum anderen wurde die Familie bedroht. Es ging sogar so weit, dass einem Familienmitglied der kleine Finger abgeschnitten wurde. Danach verkaufte der besagte Unternehmer selbstredend sein Anwesen zu einem Spottpreis an dubiose Unternehmensgruppen, sie nannten sich irgendwas mit *Anstalten*. Büchele horchte auf.

»John, auf den Zettel im Eiskeller, da stand doch auch was mit Anstalten, oder irre ich mich da?«

John Weirich überlegte kurz.

»Ja stimmt, da stand, das Unterland bleibt sauber, kein Jäger des schwarzen Goldes und der Anstalten wird das Monopol auf unsere Reben erhalten auch nicht Bachmaier. Genau so stand es drauf. Vielleicht hat der Verkauf von Weingütern im Norden etwas mit Sockenschorsch Pneu-Bachmaier zu tun. Und jetzt treibt derjenige sein Spiel hier bei uns in Baden-Württemberg, genauer gesagt hier im Unterland. Aber ein Reifenhändler mit Weinambitionen? Und was zur Hölle sind die erwähnten Anstalten?«

Büchele kam ins Grübeln.

»Wenn die von der sogenannten Zunft, dem Sockenschorsch, wie sie ihn im Unterland alle nennen, auf die Schliche gekommen sind, sie aber nichts Schlagkräftiges in der Hand haben, weisen sie uns, die Polizei mit den Zetteln auf *die Anstalten* hin. Aber im Umkehrschluss würde der Verdacht leider auf sie zurückfallen. Deshalb haben sie mich auch damals mit der Nase und hartem körperlichem Einsatz darauf gestoßen.«

Dabei fuhr sich Kommissar Büchele mit der Hand über seine noch nicht ganz verheilten Schürfwunden. Dann nahm er die Hand der Journalistin in seine und rieb sie freundschaftlich liebevoll.

»Du brauchst keine Angst zu haben, die Zunft übt in der Regel keine Gewalt aus. Das alles ist möglicherweise jemand aus den sogenannten *Anstalten*, nicht aus der Zunft. John, ich hab's begriffen. Wer auch immer dahinter steckt, wir kriegen es raus.«

Keine Frage, überlegte Büchele, es musste ein schlagkräftiger Beweis her, der Bachmaier mit den Anstalten in Verbindung brachte. Aber war es überhaupt ein Fall? Und wenn dem so wäre, hätte Büchele einen Fehler begangen und war der falschen Spur gefolgt?

»Wie weit ist Dr. Fröschle mit der Leiche des Italieners?«, wollte er von John wissen.

»Der Bericht lag, wie ich sah, erst heute auf deinem Schreibtisch. Soll ich ihn dir morgen mitbringen?«

»Ne, ne nicht nötig, aber hole mich bitte übermorgen nach dem Frühstück hier ab. Und jetzt nimm die junge Frau mit, ist schon fast Zeit für Abendbrot. Lade sie bei der Zeitung oder im Sender ab, mir egal, aber mach es, mein Junge.«

Birgitt verabschiedete sich herzlich und begab sich mit John zur Ausgangstüre als John Weirich noch was einfiel.

»Ach Franz, was ich noch sagen wollte und fast vergessen hätte: Polly kommt übermorgen für vier Monate nach Hause, ist das nicht toll? Ihr werdet sie mögen, meine Supermaus«, freute er sich und schob Birgitt dabei vor sich her.

Als John und Brigitt Bücheles Krankenzimmer verlassen hatten, kehrte endlich wieder Ruhe ein. Eine Schwester betrat leise den Raum. Fragte noch nach Bücheles Wohlbefinden und gab ihm eine neue Infusion eines Aufbaupräparates. Sie hängte den Beutel an den dafür vorgesehenen Ständer neben Bücheles Bett und verabschiedete sich mit dem Versprechen, später nochmals nach ihm zu sehen. Seine Anamnese war immer noch vorhanden. Beim Gehen verwies sie für alle Fälle auf die Notklingel, die sich am Kopfende des Bettes befand.

Kommissar Büchele lehnte sich entspannt zurück und zog sich die Bettdecke bis unter die Achseln. Er atmete jetzt ruhig und zufrieden durch. Erst jetzt bemerkte er, dass er zu frösteln begann. Kein Wunder. Sein Blick wanderte zum Fußende, die Beine waren entweder zu lang oder die Decke zu kurz. Er entschied für sich, dass es wohl an den kurzen Decken des üblichen Krankenhausstandards liegen musste. Amüsant beobachtete er jede Bewegung seiner Zehen und lächelte dabei in sich hinein.

Selbst eine drei viertel Stunde später, als die Nacht schon längst hereingebrochen war, fand Büchele noch immer nicht in den Schlaf. Nur die Leuchte am Kopfende des Bettes, die ihr spärliches Licht in den Raum ergoss, erhellte in diesen Minuten das spärlich ausgestattete Einzelzimmer.

Er verschränkte die Arme hinter dem Kopf und betrachtete durch das Fenster das fahle Mondlicht, als es an der Tür klopfte. Ohne ein Herein abzuwarten, betrat Birgitt Kohlmarx das Zimmer. Verdutzt, ohne einen vernünftigen Satz formulieren zu können, stotterte Franz nur: »Birgitt du schon wieder? Weißt du überhaupt, wie spät es ist? Es ist fast zehn Uhr. Ich habe angenommen, du musst morgen früh raus?« Er sah sie entgeistert an, während er in seinem Nachtschränkchen krampfhaft nach seiner Brille suchte. Birgitt ging jetzt beherzt näher an Bücheles Bett heran. Sie ergriff zittrig seine Hand. Ein Überraschtes: »Heidenei Birgitt, du hast ja ganz kalte Hände. Ist was passiert?«, kam etwas erschreckt von ihn. Birgitt Kohlmarx stutzte. Sofort versuchte die Journalistin ihre sonst so übliche Fassung wieder zu gewinnen. Sie ließ die gewohnte steife journalistische Arroganz durchblicken, die in diesem Job wohl wichtig war. Durch seine Brille erkannte Büchele aber dennoch die Unsicherheit in ihren Augen. Sie versuchte krampfhaft Hilfe suchend sich an Bücheles Händen festzuhalten um irgendwie ihr spätabendliches Erscheinen zu rechtfertigen. Nur ein winzig kleines, schon zitternd gehauchtes: »Verdammt Franz, ich habe Angst« kam ihr über die Lippen, als sie immer mehr versuchte ihre Hände, in den seinen zu vergraben.

Franz beobachtete sie angestrengt von der Seite aus, den sich verändernden Gesichtsausdruck der Journalistin, welchen er so bei ihr nicht kannte. Wie ein verängstigtes Kind, welches ein Unheil kommen sieht, versuchte sie sich Büchele anzuvertrauen.

Er selbst, kannte die Situation, oftmals stand er schon diesem übermächtigen Untätigkeitsgefühl, wie er es nannte ziemlich unbeholfen gegenüber. Man hatte dann ein Gefühl, was einer Vorahnung glich. Man wusste, es kommt was auf einen zu. Gleichgültig ob gut oder böse. Wie wenn ein Komet, der aus der Tiefe des Raumes auftauchen würde, und es nur noch eine Frage der Zeit war, wann und wo es stattfinden würde. Gefolgt von der Ungewissheit, welchen Schaden das kommende Ereignis wohl anrichten würde.

»Birgitt, ich hatte dir doch gesagt, es kann nichts passieren. Sieh mal«, versuchte er, beruhigend auf sie einzugehen. »Die Zunft muss aus meiner Sicht, eine Institution oder eine Person sein, die alles beim Alten belassen möchte, so wie es war.« Birgitt setzte sich langsam aufrecht an seine Seite aufs Bett. Sie sah ihn jetzt schon entspannter an. Ja es sah in dieser Sekunde sogar so aus, als würde sie ein klein wenig Lächeln. Vermutlich irrte sich Franz, als er sie so ansah, um ihr Weiteres zu erklären:

»Die Zunft möchte uns bestimmt auf irgendwelche Missstände hinweisen. Weiß der Teufel auf was, aber wir finden es heraus.« Er ließ ihre Hand los um selbst entspannt seine Arme verschränkt vor sich abzulegen. Es irritierte ihn wohl doch zu sehr, wenn eine Person, in diesem Falle auch noch eine Frau, ihm näher sein wollte, als ihm lieb war.

»Mir sind nur die Begriffe wie Anstalten und Kartell ein Dorn im Auge. Ich finde noch keinen Bezug dazu«, maulte er herum. Als er sie so ansah, fiel ihm doch noch einiges mehr dazu ein. »Aber doch nicht so!«, dabei fuhr er wütend mit den Fingern über seine Platzwunden im Gesicht und am Kopf. »So brutal hätte man mit mir wirklich nicht reden müssen. Ich bin zwar in manchen Dingen begriffsstutzig, aber so unterbelichtet bin ich ja doch nicht oder Birgitt? Aber egal, irgendwie habe ich es trotzdem nicht verstanden.« Birgitt Kohlmarx sah ihn nur verwundert an, während Büchele Luft holte, um genauestens auszuführen.

»Mit Zettelchen um sich werfen, wie kleine Kinder, kann jeder. Vielleicht waren sie es ja, die damals bei Morgenstern die Reben geklaut haben. Oder was haben die Toten mit der Zunft zu tun? So objektiv betrachtet nichts. Sie wollen uns bestimmt auf was hinweisen. Auf Bachmaier vielleicht? Kein Plan was da wirklich Masse ist, wie man so schön sagt. Vielleicht hast du ja eine Idee?« Dabei wandte er sich, so weit es in seinem Bett möglich war, Birgitt zu. Völlig überrascht über die Frage, zupfte sie nervös an seiner Bettdecke herum:

»Ich kann mir auch keinen Reim darauf machen, Franz. Was habt ihr eigentlich damals in dem ominösen Eiskeller gefunden?« Unschlüssig seufzend tat Franz fast so, als habe er diese Frage nicht ganz verstanden, um doch ein diplomatisches: »Du weißt doch, aus ermittlungstechnischen Gründen darf ich dir nichts sagen. Ist ebenso«, noch zum Besten zu geben. Enttäuscht begann Birgitt schmollend für einige Sekunden auf ihrer Unterlippe herumzubeißen, als sie den Schritt nach vorn wagte. Mit: »Eine klitzekleine Andeutung, Herr Kommissar, darüber wäre ich sehr dankbar«, versuchte sie ihre momentane Unterlegenheit in puncto Wissensstand aufzubessern. Wieder eine mehr untypische verhaltene, als aussagekräftige Antwort kam von Kommissar Büchele.

»Wir haben nicht viel gefunden. Weinfässer, alten Müll und etwas Geld. Na ja, auch ein paar skurrile Dinge. Und nebenbei eine Leiche, die an den Beinen aufgehängt war. Aber weshalb fragst du? Das bleibt alles hier im Raum! Keine Veröffentlichung! Ich habe es nur dir gesagt. Kann ich mich auf dein Stillschweigen verlassen, Birgitt?«, dabei sah er sie prüfend an. Lächelnd legte sie sich ihre Hand an den Ausschnitt ihres Blazers, um leise mit einem sanften Lächeln »Großes Indianerehrenwort, Franz« seine Anweisung zu bestätigen.

Es waren gerade noch die letzten Momente, bevor Nachtschwester Hedwig den Raum betrat: »Jetzt aber, Besuchszeit ist vorbei. Ich muss Sie, Herr Büchele, von der Kanüle befreien. Anordnung vom Chef Dr. Dr. Halsmahl. Bitte Frau Büchele, lassen Sie den Patienten doch zur Ruhe kommen. Morgen ist auch noch ein Tag.« Brigitt Kohlmarx tat einen Schritt zurück, um der Nachtschwester Platz zu machen.

Geschäftig entfernte diese die Kanüle und schlug das Kopfkissen auf. Ohne die Verwunderung und den offenen Mund von Herr Büchele zu bemerken, über die Annahme, dass Birgitt Frau Büchele wäre. Birgitt hingegen grinste verschmitzt, ohne einen Kommentar in sich hinein, um trotzdem mit einem Händedruck und einem Küsschen auf die Wange, sich von ihm zu verabschieden. Noch an der Tür, als sie die Klinke schon in der Hand hatte, konnte sie es sich nicht verkneifen, Franz aufzuziehen. Mit einem »Schlaf schön, Herr Kommissar, habe süße Träume und lass die Krankenschwestern in Ruhe. Wir holen dich dann übermorgen ab«, verabschiedete sie sich, nicht ohne beim Schließen der Tür, hinter dem Rücken der etwas fülligen Schwester, Büchele ein freundliches Zwinkern zu hinterlassen. Schwester Hedwig blickte, so als hätte sie dies bemerkt, verstört zur Tür, und anschließend zu ihrem Patienten Franz Büchele, um so etwas wie »Ehefrauen sind wie Glucken, schreckliche Weiber« zu murmeln. Büchele beschloss für sich, die ganze Sachlage nicht zu kommentieren. Einfach einschlafen war sein Ziel. Er drehte sich genussvoll zur Seite. Auch Nachtschwester Hedwig bewegte sich wackelnd wie eine Ente, Richtung Ausgang, und betätigte dabei den Lichtschalter.

Endlich Ruhe, ging es dabei Franz durch den Kopf, der nun versuchte, ohne sein eigenes geliebtes Schlafkissen in den Armen zu haben, einzuschlafen.

Nachdenken

Als eine unruhige Nacht den ersten Sonnenstrahlen wich, begann im Haus der routinemäßige Krankenhausalltag sich auch auf dieser Etage bemerkbar zu machen.

»Guten Morgen, Herr Büchele, na, gut geschlafen? Aufstehen, es gibt gleich Frühstück«, meldete sich Stationsschwester Hedwig förmlich in Bücheles Gedächtnis zurück. Büchele drehte sich in ihre Richtung. Ungläubig sah er sie mit verschlafenen, zusammengekniffenen Augen an. Er setzte sich auf den Bettrand und versuchte seine Morgengedanken zu ordnen. Zuerst Zähneputzen oder erst auf die Toilette? Die Frage schien sich anscheinend schon erledigt zu haben, als sich seine Blase buchstäblich meldete.

Nach der Morgentoilette suchte er verzweifelt nach seinen Hauspantoffeln. Fehlanzeige. Auch im Kleiderschrank waren sie nicht abgelegt. Hatte Gisela, die sonst in solchen Dingen immer so korrekt war, sie vergessen oder war es seine Amnesie, die ihn vergesslich wirken ließ? Franz schüttelte nur den Kopf. Abermals erschien die Schwester im Zimmer.

»Ihr Frühstück, Herr Büchele. Guten Appetit. Kaffee oder Tee?« Büchele sah sie nur an. Sein Zögern missfiel ihr offenbar. »Na, was denn jetzt, Herr Büchele? Kaffee oder Tee? Ich habe nicht den ganzen Tag für Sie alleine Zeit«, rutschte ihr beiläufig heraus, als sie schon wieder im Begriff war, zu gehen.

»Kaffee bitte, gnädige Frau Stationsvorsteher«, begann Franz zu frotzeln. Bei dieser sarkastischen Bemerkung machte die Schwester noch in ihrer Bewegung einen sofortigen Stopp. Sie drehte sich zu Büchele um und wollte, so hatte es den Anschein, als sie tief Luft holte, ein Donnerwetter lostreten.

Büchele kam ihr mit einem »Ach so, gibt's als Zimmerservice auch Pantoffeln? Mein Butler hat sie leider vergessen, Schwester Oberin«, dabei wedelte er auf seinem Bett sitzend mit den Beinen hin und her. Die Krankenschwester gewann schnell wieder ihre Fassung und antwortete ebenfalls mit einem spitzen, sarkastischen Unterton:

»Aber selbstverständlich, Herr Graf, bitte sehr bitte, gleich. Einen Augenblick Geduld, bitte.«

Danach verschwand die Schwester, deren Tagschicht gerade erst begonnen hatte, aus der Türe. Büchele entschied sich, bis zum Erscheinen des Personals sein Frühstück einzunehmen. Er ging zum Kleiderschrank, fischte dilettantisch seinen Morgenmantel vom Kleiderbügel und warf ihn sich über. Gekonnt verschloss er seinen Gürtel mit einem erlernten Seemannsknoten, bevor er sich an den Tisch setzte. Mit einer kurzen Handbewegung, hievte er die Abdeckung seines Frühstückstellers nach oben. Keine Sekunde zu früh. Die Tür öffnete sich und Schwester Hedwig kam ihm mit einem Kaffeekännchen entgegen. Wortlos stellte sie es neben seinem Frühstück ab und verschwand wieder. Jetzt erst wandte Franz sich wieder seinem Frühstück zu. Stirnrunzelnd stellte er ernüchternd fest, dass das wohl nicht eines seiner ausgedehnten Frühstücksabenteuer werden würde. Ein kleines Brötchen, eine Scheibe Tilsiterkäse, zwei Scheiben Vollkornbrot, nur eine Ecke Butter und ein Schälchen Marmelade. Das Ganze war garniert mit einer kleinen Gurke und einer Cocktailtomate. So sah ein Krankenhausfrühstück aus?

»Von so was wird doch keiner satt, geschweige denn gesund. Des isch koi ausgedehntes franzesisches Frühstück, nicht mol e Oi isch dabei«, brummelte er vor sich hin, als er launisch die kleine Butter lustlos auf eine der Brothälften strich. Kurz nach seinem ersten Bissen in sein Vollkorndinkelbrot, begannen die Körner zwischen seinen Zähnen zu knirschen. Jetzt stand es für Büchele felsenfest. Ein Ausflug zur Cafeteria im Erdgeschoss schien für ihn unabdingbar geworden.

Nach dem Frühstück versuchte Büchele dem allgemeinen Trubel zu entfliehen. Er ging hinunter zum parkähnlich angelegten Freigelände des Krankenhauses und setzte sich auf eine der zahllosen Parkbänke neben eine Frau.

Leichter Wind zog durch den mit Bäumen umsäumten Pavillon. Büchele schloss die Augen. Er versuchte genussvoll den Geruch von frisch gemähtem Gras in sich aufzunehmen, als knatternd ein Hochsitzmäher in einiger Entfernung mit ohrenbetäubendem Lärm an ihm vorbeidüste.

»Nicht mal hier hat man seine Ruhe«, beschwerte er sich lautstark in Richtung des Stadtangestellten. Der aber konnte, abgeschirmt durch seine Ohrenschützer, Bücheles Protest nicht hören. Büchele beschloss nun sich von dem ohrenbetäubenden Lärm ein Stück weit zu entfernen und erhob sich von seinem Sitzplatz. Unter einer alten Eiche entdeckte er eine freie Parkbank, neben der ein etwas älterer Herr im Rollstuhl saß. Der Kommissar sah daneben nur einen Mann mit langem grauem Haar, der in einem Krankenrollstuhl saß und in einem Buch schmökerte. Bücheles Schritt wurde schneller, als er auf die von ihm erspähte Parkbank zuging. Schließlich sollte ihm niemand in der Nähe den erblickten freien Sitzplatz streitig machen.

Als er dort ankam, fragte er höflich: »Hallo, ist der Platz hier noch frei?«

Der alte Herr hatte ihn wohl nicht bemerkt, also wiederholte er sein Anliegen.

»Hallo mein Herr, ist hier noch frei?«

Der Grauhaarige hatte ihn wohl noch immer nicht wahrgenommen und kritzelte Texte auf lose Blätter, die in sein Buch eingelegt waren. Egal, dann eben nichts mit Höflichkeiten, dachte sich der Beamte und setzte sich. Noch immer zeigte der Rollstuhlfahrer keine Reaktion auf Bücheles Erscheinen. Franz versuchte den Grauhaarigen zu analysieren. Man hatte ihm hinter den beiden Schiebegriffen an seinen Rollstuhl einen Sonnenschirm montiert. Jetzt erst bemerkte der Beamte, dass der etwas seltsame, geistesabwesende Herr unter seinem offenen Hemd eine Art Korsett trug. Vielleicht ein Stützverband mutmaßte Büchele. An den Griffen seines Gefährtes war eine alte Aktentasche aus Leder befestigt, aus der ein Flaschenhals herausragte. Aufgeregt kritzelte der Alte noch immer auf Blättern herum. Sein Blick wanderte, abwechselnd in ein Buch und danach auf sein beschriebenes Blatt, auf dem er sich eilig Notizen machte. Fast schon zu viel Ehrgeiz, etwas lernen zu wollen, ging es dabei Büchele durch den Kopf. Franz grinste. Jetzt erst schenkte der Herr im Rollstuhl Kommissar Büchele Beachtung. Er sah ihn prüfend mit hellblauen Augen an.

»Mein Freund, wären Sie so nett und würden hinten an meinem Rollstuhl den Sonnenschirm für mich öffnen? Ach ja und mir meine Apfelschorle aus der Tasche reichen. Ich habe einen Mordsdurst! Sie auch?«

Verdutzt sah ihn Büchele an, der mit so einer forschen Art seines Gegenübers, nicht gerechnet hatte, und stand wortlos auf. Er ging hinter dem merkwürdigen, etwas absonderlichen Herrn herum, und drückte den Knopf am

Sonnenschirm. Der Schirm sprang auf. Büchele musste grinsen. Auf dem Schirm waren allerhand Weihnachtsmänner und Osterhasen aufgemalt. Total kitschig. Der Alte gehört doch in die Klapse, ging es Büchele durch den Sinn, als er die Riemen der Ledertasche öffnete, um das Getränk herauszuholen. Bücher, Zeichnungen, Postkarten von altem Gemäuer und kleine Steingegenstände waren darin verstaut. Er reichte dem Herrn die Flasche. Der hatte wohl, als Büchele die Tasche wieder sorgsam verschloss, seine Gedanken dazu erraten. Büchele setzte sich wieder vor den Mann auf die Bank.

»Trinken Sie, ist frisch und selbst gemachtes Schorle!«

Noch bevor der Fremde wieder das Wort ergriff, atmete Franz tief durch und setzte die Flasche zum Trinken an.

»Nein mein Herr, ich bin nicht reif für die Klapse«, sagte der Herr, der irgendwie Bücheles Gedanken erraten hatte.

»Den Sonnenschirm hat letztes Jahr meine achtjährige Enkelin bemalt. Und ja, ich lese gern, was der Beruf so mit sich bringt.«

Büchele reichte, als er das Schorle gekostet hatte, mit einem »Dankschee« die Flasche an den für ihn etwas seltsam wirkenden Grauhaarigen zurück. Der Alte griff sich in die Brusttasche des Hemdes, zog eine Zigarettenschachtel hervor. Er reichte sie Büchele.

»Zigarette, oder sind Sie etwa Nichtraucher?«

Büchele nickte und griff beherzt nach der Schachtel.

»Danke«, sagte er nur. Er zog eine Kippe heraus und steckte sie sich in den Mundwinkel. Er begann, seine Taschen nach einem Feuerzeug abzutasten.

Auch der Grauhaarige nahm sich eine Zigarette aus der Schachtel und kramte in seiner Brusttasche erneut nach etwas. Geschafft, er zog ein uraltes abgegriffenes Schächtelchen Streichhölzer hervor, rieb das Zündhölzchen an der Außenfläche und bot Büchele Feuer an.

»Hatten Sie eine Kneipenschlägerei, weil Ihr Gesicht so zerschrammt ist, oder was ist geschehen?«, war die erste forsche Frage an den Beamten. Büchele fuhr sich mit der Hand übers Gesicht.

»So ähnlich, nur leider habe ich den Kürzeren gezogen, wie man sieht. Aber man gewinnt nicht immer. Weshalb besuchen Sie diese Einrichtung? Wie ich sehe, haben Sie ein Korsett an, zwar schick, aber bestimmt nicht toll zu tragen bei der Hitze.«

Der Grauhaarige winke nur ab.

»Blöde Sache, die kann man keinem erzählen, ist fast schon peinlich. Eigentlich gehe ich jeden Berg hinauf, wie eine Gazelle, aber dieses Mal, na ja. Ich wollte etwas aus dem Kofferraum holen, es regnete, das muss ich dazu erwähnen. Ich hob meine Arbeitskiste an, der Kofferdeckel ging seit geraumer Zeit nicht mehr ganz auf, tja, ich schlug mit den Kopf dagegen, bekam Panik, machte einen Schritt zurück und landete mit dem Kreuz auf dem Bordstein. Na ja, was soll ich sagen. Ich kriegte kurzzeitig keine Luft mehr, meine Studenten bekamen Panik und riefen wegen dieser Kleinigkeit den Krankenwagen.«

»Die Ärzte hier meinen, die beiden unteren Rückenwirbel sind gestaucht. Deshalb haben sie mich vor vier Wochen in dieses Gefährt hier gesteckt«, dabei schlug er mit seiner Hand auf die Lehne des Rollstuhls. Büchele runzelte die Stirn, als er dezent an seiner Zigarette zog und den Rauch aus seinen Lungen presste.

»Nicht gerade ideal in der Hitze«, bestätigte er ihm nochmals.

»Macht nichts, ich darf nächste Woche wieder heim an meine Arbeit, Herr, Herr?«, stotterte der Grauhaarige jetzt herum.

»Büchele, Kommissar Franz Büchele«, stellte sich Büchele dem Grauhaarigen vor. Er reichte ihm die Hand.

»Sie dürfen mich ruhig Franz nennen. Wir sind doch irgendwie Leidensgenossen hier, stimmt's?«

Der Fremde grinste, als sie sich die Hände schüttelten.

»Gottselig, Marius Gottselig. Professor für deutsche Geschichte und auch ein wenig Kirchengeschichte, spezialisiert auf das Gebiet des Unterlandes, Baden-Württemberg, wenn Sie verstehen, was ich meine? Na ja, alle anderen Kleinigkeiten sind sowieso nicht erwähnenswert«, winkte er großzügig ab. »Aber für Sie einfach Marius, wir kennen uns ja jetzt schon mindestens eine Zigarette lang«, dabei grinste er den Kommissar unverhohlen an. Beide begannen zu lachen.

»Moment noch Franz«, begann Marius, »ich gebe dir meine Karte, da kannst du mich besuchen, wenn es deine Zeit erlaubt.«

Franz traute seinen Augen nicht. Marius stand langsam aus seinem Rollstuhl auf. Er ging ganz locker nach hinten, um die Tasche zu öffnen. Kramte in ihr herum.

»Hier Franz, meine Karte«, sagte Marius Gottselig und streckte dem Kommissar seine Visitenkarte entgegen. Jetzt erst nahm er wieder Platz in seinem wackligen Rollstuhl. Verdutzt verfolgte Franz stumm und mit offener Kinnlade, den ganzen Vorgang.

War ein Wunder geschehen, oder ging hier eine wundersame Heilung vonstatten? Büchele dachte, dass der Professor sprichwörtlich an seinen Rollstuhl gefesselt sei. Aber weit gefehlt.

»Äh, ich dachte, du brauchst das Ding«, sagte Büchele, und deutete auf den Rollstuhl.

»Schon, aber ich habe es im Kreuz und nicht in den Beinen«, konterte der Professor und grinste Franz dabei frech an.

»Überrascht?«

Franz war überrascht und konnte nur noch kurz nicken.

»Auf der Karte findest du auch meine Telefonnummer. Ruf an, wenn du mich auf dem Ottilienberg besuchst. Wir könnten mal ein Lagerfeuer anzünden und ein Viertele schlotze. Hast du Bock?«

Franz sagte zu, ihn zu besuchen. Beide tauschten sich angeregt aus. Er beschrieb dem Professor, wie es eigentlich zu der Verletzung seines Gesichts gekommen war. Natürlich ohne ermittlungsrelevante Details zu erwähnen. Marius seinerseits berichtete über die überaus spannende Tatsache, wie man aus archäologischer Sicht an Ausgrabungen oder auch bei Nachforschungen an die Sache herangehen würde.

Bücher wälzen, Schriftstücke sichten und, sofern vorhanden, Zeitzeugen befragen. Natürlich spiele auch die Kommunikation der Kollegen untereinander eine nicht ganz unwichtige Rolle. Jetzt, zumindest in dieser Zeitepoche, so berichtete er, sei alles einfacher. Das Internet mache fast alles möglich.

»Heute setzen wir uns in den Flieger und sind in kurzer Zeit in Afrika. Oder wir machen unsere Webcam an und sehen Verwandte in Echtzeit am anderen Ende der Welt.«

Jetzt wurde der Professor fast schon wütend.

»Diese vermaledeite Technik, sie ist ein Segen, aber ebenso ein Fluch. Je nachdem, wer und wie man sie nutzt. Findest du nicht, Franz?«

Büchele gab ihm mit einem Nicken recht.

Eine junge Frau rief am Krankenhauseingang nach jemandem. Beide konnten es erst nicht hören. Doch dann, als die Frau durch den angelegten Park immer noch rufend auf sie zukam, verstanden die beiden Patienten den genauen Wortlaut. Sie suchte Professor Gottselig. Die Dame war eher eine junge Frau Mitte zwanzig in Blümchenkleid und Sandaletten, als eine Krankenhausangestellte entschied Büchele für sich. Sie kam auf sie zu.

»Professor Gottselig, wieso melden Sie sich denn nicht, wenn ich nach Ihnen rufe?«

Schulterzuckend sagte Marius nur: »Hast mich ja gefunden, Kindchen. Darf ich vorstellen: Mein Freund Franz Büchele. Franz das ist eine meiner Studentinnen, Angelina Hepp.«

»Angenehm«, grüßte Büchele die Frau.

»Die Stationsschwestern suchen Sie schon, das Mittagessen steht auf dem Tisch. Und ungehalten über Ihre Ausflüge sind sie auch schon. Wenn Sie möchten, fahre ich Sie in ihrem Gefährt nach oben.«

Franz sah auf seine Uhr.

»Heiliger Bimbam, halb eins. Ich begleite euch und geh dann auch mal auf Station. Der Stationsdrache wartet bestimmt auch schon auf mich.«

Es ist nicht, wonach es aussieht

Unlängst hatte Kommissar Krüger das Kommando während Bücheles Abwesenheit im Heilbronner Dezernat übernommen. Nichts ahnend schreckte er an diesem Vormittag an seinem Schreibtisch auf, als sein Handy in seiner Hosentasche wild zu vibrieren begann. Max Krügers Kollege, Kommissar Flamm, informierte ihn per SMS über einen Leichenfund im zehn Kilometer entfernten Waldgebiet Buchacker. Eigentlich keine große Sache, wie er erwähnte. Aber es handele sich um jemanden, den Büchele und er vermutlich kannte. Max runzelte die Stirn, als er die SMS las. Dabei war, wie er fand, das Wort *»Kannte«*, ein wenig übertrieben. In der SMS stand kein Name. Wer sollte das wohl sein? Die Wegbeschreibung hatte der Kollege angehängt. Max Krüger machte sich auf den Weg.

»Rainer, wir haben zu tun. Pack zusammen, wir fahren in den Wald.«

PKA Rainer Kaufmann runzelte die Stirn.

»Was wollen wir im Wald, Max?«

»Reine Routine, wie ich aus der SMS des Kollegen Flamm entnehmen kann. Vielleicht kein Fall für uns, aber anscheinend soll ich die Leiche kennen.«

Max tippte kurz seine Antwort an ihn in sein Handy: »Sind in einer halben Stunde bei euch vor Ort. Krüger.«

Schon als sie in die Nähe des Tatorts kamen, sah man den weiträumig abgesperrten Platz. Die Spurensicherung schien schon fertig zu sein, weil sich der unübersehbare Kastenwagen schon wieder vom Tatort wegbewegte. Kaufmann sah zur Seitenscheibe hinaus, als sie auf dem Zufahrtsweg langsam auf einen Hochsitz zufuhren.

»Ich sehe ein totes Wildschwein. Max, was machen wir hier? Ist wohl eher ein Jagdunfall oder?«

Krüger sah ihn an.

»Keine Ahnung, was uns erwartet. Lassen wir uns überraschen.«

Die Beamten hielten hinter ein paar Einsatzwagen an und stiegen aus. Langsam schritten sie durch die Absperrung zum Tatort. Kommissar Andreas Flamm hatte Kollege Krüger entdeckt und kam winkend auf sie zu.

»Hallo, Max willkommen in der Gegenschicht«, dabei gab er ihm und Kaufmann die Hand, der sich mit »PKA Kaufmann« vorstellte. Nach der förmlichen Vorstellung kam Kommissar Flamm sofort zur Sache.

»Kommt mit, ich zeige euch alles«, forderte der Beamte seine beiden Kollegen auf, ihm zu folgen. Als sie einige Meter weiter auf das tote Wildschwein stießen, hatte ein Mitarbeiter der Forensik das tote Tier schon fast komplett mit einer dicken Plastikfolie umwickelt. Einen Meter davor stoppten sie.

»Ein totes Wildschwein, meine Herren, der Jäger liegt dort drüben«, dabei zeigte er ein paar Meter weiter.

»Das Wildschein wurde allem Anschein nach vom Jäger erst angeschossen, aber nicht tödlich getroffen. Der Jäger scheint auf dem Hochsitz gesessen zu haben.«

Er zeigte auf den Hochsitz unweit von ihnen.

»Seine Thermoskanne und einige Patronen liegen noch da oben. Die Spurensicherung ist eben erst fertig geworden. Nun, der Jäger ist wahrscheinlich von seinem Hochsitz heruntergeklettert und auf die angeschossene Wildsau zugegangen. Wie wir wissen, können verwundete Tiere ganz schön rabiat sein. Das Resultat? Wie die Spurensicherung feststellte, muss das Tier sich nochmals erhoben haben und auf den Jäger zugerannt sein. Die Sau hat ihn wohl erwischt.« Kommissar Flamm zuckte mit den Schultern.

»Er konnte, wie die Spurensicherung ergab, zwar noch einen zweiten Schuss abgeben, da war es aber aller Wahrscheinlichkeit nach schon zu spät für ihn. Er ist vermutlich seinen inneren Verletzungen erlegen. Jagdkollegen haben ihn dann hier auf dem Nachhauseweg entdeckt.«

Krüger sah ihn an.

»Und weshalb hast du mich gerufen?«

Flamm sah ihn an.

»Na ja, ich war letztens mal wieder im Freibad. Da habe ich dich gesehen, wie du dich mit dem Bademeister unterhalten hast.

»Ja und?«, fragte Krüger nach.

Kommissar Flamm ging die wenigen Schritte auf den am Boden liegenden Jäger zu und zeigte auf ihn.

»Das ist Freizeitjäger Timo Kaiser, Beruf Bademeister.«

Krüger trat gefolgt von PKA Kaufmann an den Leichnam heran und bückte sich zu ihm hinunter. Er sah ihn an, dann wandte er sich an seinen Kollegen Flamm.

»Wie, um alles in der Welt, kann ein Bademeister jagen gehen?«

Flamm hatte diese Frage schon erwartet.

»Wir haben in seiner Jacke die Jagdgenehmigung und eine Kopie seines Pachtscheines gefunden. Scheint alles in Ordnung zu sein. Wieso nicht, jeder hat sein Hobby. Für den war es die Jagdsession, die übrigens vor zwei Wochen begonnen hat. Für uns ist das ein Jagdunfall, mehr nicht. Kein Mord im üblichen Sinne. Aber dies hier interessiert dich bestimmt.« Kommissar Flamm zog eine kleine Plastiktüte aus seiner Tasche und begann damit vor Krügers Gesicht auf und ab zu wedeln.

»Hier, das fanden wir in seiner Hosentasche. Eine Namensliste gekritzelt auf ein Kalenderblatt von vor einer Woche.«

Krüger stutzte. Er sah sich das Kalenderblatt, die Namensliste genauer an. So ein Kalenderblatt hatte er im DLRG-Raum bei Kaiser im Freibad schon gesehen, aber was waren das für Namen? Jetzt erst widmete er sich dem Leichnam genauer. Die Hauer mussten den Toten im Bauchbereich und an den Händen getroffen haben, was zu hohem Blutverlust geführt hatte. Aber was war das? Am Haaransatz zeigte sich an einer kleinen Kopfwunde verkrustetes Blut. Krüger sah Kommissar Andreas Flamm an.

»Max, ich weiß, was du denkst. Die Spurensicherung hat es auch schon entdeckt. Die kleine Wunde kann vom Fallen auf den Waldboden sein, oder auch von etwas anderem. Deshalb habe ich dich gerufen. Sollte die ausstehende Autopsie etwas anderes als einen Jagdunfall ergeben, so wirst du von mir unterrichtet.« Kommissar Flamm sah ihn an.

»Ich weiß ja nicht, was du im Freibad mit ihm hattest, aber du kennst den Zusammenhang der Dinge besser als ich. Wie gesagt, nur wenn es kein Jagdunfall gewesen ist.«

Max sah sich den toten Bademeister nochmals an und blickte wiederholt auf den handgeschriebenen Zettel.

»Der Herr hier hat mir Fundsachen übergeben und das nach Abschluss eines alten Falls. Ich glaube kaum, dass eine Tüte mit Kleidung mit diesem Toten zu tun hat. Aber warten wir den Bericht der Gerichtsmedizin ab, dann sehen wir weiter.«

Kurze Zeit später verabschiedeten sich die Kommissare voneinander mit dem Versprechen, sich gegenseitig auf dem Laufenden zu halten. Seltsam ist es schon, dachte sich Krüger, als er mit Kaufmann zum Auto zurückging. Keine drei Tage vorher hatte ihm Timo Kaiser die Mönchskutte übergeben. Und jetzt fand man eine Namensliste bei ihm, die alles bisherige über den Haufen werfen konnte. Büchele hatte sofort gemutmaßt, dass sie zu ihrem alten Fall der Ermordung der Jugendlichen Phillip und Tobias im Freibad gehören musste. Aber wie sollte das alles zueinanderpassen? Der vermeintliche Täter war seit einigen Wochen tot. Max Krüger beschloss, erst einmal das genaue Ergebnis der Spurensicherung und der Gerichtsmedizin abzuwarten, bevor er damit zu Büchele gehen würde, während er Kaufmann darum bat, die Namensliste zu überprüfen.

Ankunft

Inzwischen hatte John seine Polly einschließlich dem Kater Manson vom Flughafen abgeholt und war unterwegs zum Dienstgebäude, um ihr stolz seine neuen Kollegen vorzustellen. Insgeheim war er sehr stolz auf sie, die er nicht ohne ein bestimmtes Glücksgefühl allen sofort vorstellen wollte. Polly war eine wundervolle Persönlichkeit.

Oben angekommen war ihnen ein herzlicher Empfang gewiss. Max, Lilly und selbst der junge PKA Kaufmann mochten Polly, und selbstverständlich fand auch ihr Kater Manson schnell neue Freunde. Er wurde sogar spaßeshalber zum offiziellen Heilbronner Polizeikater ernannt. Kaufmann bastelte ihm eine Polizeimarke aus Kartonage, die sich Manson nur widerwillig umhängen ließ. Lilly und die restlichen Kollegen kochten einen heißen Kaffee und besorgten, woher auch immer, Kuchenstücke. Ein Lachen von jedem war zu hören.

Selbst der Gerichtsmediziner Fröschle, der gerade dabei war einen Bericht abzugeben, legte ihn auf Bücheles Schreibtisch, und feierte mit ihnen mit. Als es an der Tür klopfte, verstummte das Lachen der lustigen Runde urplötzlich. Es konnte nichts Gutes sein. Kaum jemand im Gebäude klopfte bei ihnen an, es sein denn… Max Krüger, der dienstälteste Beamte im Raum, schmetterte ein »Herein« in Richtung Türe. Staatsanwalt Jürgen Krümmbusch stand plötzlich mit einem Stapel Ordner im Arm auf der Türschwelle. Den hätte man hier am wenigstens erwartet. Der aufgeblasene Schnösel, wie Büchele ihn nannte, trat immer zur ungünstigsten Zeit in Erscheinung. Wie auch diesmal. Neugierig blickte er prüfend in die still gewordene Runde.

»Gibt es was zu feiern? Oder arbeiten die Beamten im Raum zu wenig, weil es hier so leise ist? Sind wir hier im Kasperletheater oder was?«

In seinen blank polierten Lackschuhen ging er einige Schritte auf Max zu.

»Nun sagen wir es so, Herr Staatsanwalt. Erstens haben wir jetzt nach zwölf Uhr, also Mittagspause. Zweitens hat uns eben unser neuer, oder ausgeliehener Kollege Weirich, wie Sie es in Ihrem Jargon nennen würden, seine Frau mit Katze vorgestellt. Und drittens ist dies für uns Grund genug, eine klitzekleine Feier abzuhalten. Er hat sie nämlich etliche Monate nicht gesehen. Reicht das zur Begründung, Herr Krümmbusch?« Max holte noch mal tief Luft, bevor der junge Staatsanwalt noch was sagen konnte. »Und viertens bin ich krankgeschrieben, aber doch im Dienst. Aber weil Sie so nett sind, Herr Staatsanwalt …«

Max nutzte in diesem Moment Krümmbuschs persönliche Schwäche für schöne Frauen aus und ging einige Schritte auf Polly zu. Er nahm sie bei der Hand und führte sie genau vor Staatsanwalt Krümmbusch.

»Darf ich vorstellen: Dr. Polly Brexton. Polly, das ist unser exzellenter Herr Staatsanwalt, Herr Krümmbusch.«

Polly wusste, worauf es jetzt ankam. Sie setzte ihren ganzen weiblichen Charme ein, rückte sich den engen Rock zurecht und ging den letzten Meter kokett stolzierend auf den Staatsanwalt zu. Sie reichte ihm mit einer kurzen Bewegung die Hand, die er auch sofort mit einem angedeuteten Handkuss bedachte.

»Sie sind der Stolz der Heilbronner Gerichtsbarkeit, Staatsanwalt Krümmbusch, richtig? Ich habe schon einiges von Ihnen gehört und gelesen«, schmalzte Polly ihn mit weiblicher Intuition an.

»Ich hoffe nur Gutes, Gnädigste.«

Er gierte sie förmlich von oben nach unten an.

»Pardon, wenn ich gewusst hätte, wie charmant der Grund dieser Feier ist, hätte ich diese kleine Zusammenkunft natürlich nicht gestört. Wenn Sie möchten, lade ich Sie und ihren Gatten demnächst mal zum Essen ein. Was halten Sie davon, Frau Dr. Brexton?«

John kannte seine Polly. Er wusste, wie sie jemanden um den Finger wickeln konnte, und beobachtete gespannt den Schlagabtausch.

»Gerne doch, Herr Staatsanwalt, wann immer es meine Zeit erlaubt. Darf ich mich bei Ihnen melden?«

Krümmbusch legte seine Akten auf den Tisch und reichte ihr seine Visitenkarte. Mit der sprichwörtlichen charmanten Kontenance verabschiedete er sich mit einem übertrieben freundlichen »Ich erwarte dann Ihren Anruf, Frau Dr. Brexton!«

Dann verschwand er so schnell, wie er gekommen war. Augenblicklich wurde weitergefeiert. Nach einiger Zeit sah John auf seine Uhr.

»Schon so spät?«

Sie mussten sich beeilen. Gisela erwartete sie in der Weinvilla Fischer. Max und er tauschten noch kurz die aktuellen Neuigkeiten aus. Auch die Recherche und die Ergebnisse von Lilly sahen vielversprechend aus. Morgen, wenn Büchele wieder an seinem Schreibtisch sitzen würde, könnten sie gemeinsam alles auf den neusten Stand bringen. Aber dazu fehlte ihnen die Anwesenheit ihres Chefs sowie das nötige Personal.

Schnell verabschiedeten sich die beiden von den Kollegen. Auf dem Anwesen angekommen, kam ihnen die Hausherrin freudig entgegen. Polly wurde, wie konnte es bei so einem netten weiblichen Wesen auch anders sein, offen, liebevoll und herzlich aufgenommen. Als Gisela erst den Kater sah, bekam sie noch bessere Laune, als sie ohnehin schon hatte. Jetzt erst, als sich der Katzenkorb von Manson öffnete und Gisela ihm ein kleines Stückchen Wurst vor die Nase hielt, begann er ganz nach Katzenart sofort in den Schnurrmodus zu wechseln. Gisela war froh, wieder einen Mäusejäger im Hause zu haben.

Als der nächste Morgen anbrach, war wie üblich Gisela um fünf Uhr schon aufgestanden und hatte das Frühstück gemacht, bevor sie ihre Hausgäste weckte. Das Frühstück sollte um sieben Uhr fertig sein. Aber Manson kam schon früher von einem Streifzug durch das Haus zurück und strich schnurrend um Giselas Beine. Sie wusste, ein solches Zeichen konnte nur eines bedeuten: Ich habe auch Hunger. Die Katze wurde von ihr mit Leckerem aus der Dose versorgt.

Polly und John kamen wenig später mit Lilly die Treppe heruntergepoltert und setzten sich. Lilly nahm heute Morgen ausnahmsweise den Platz von Franz ein. Heute um zehn Uhr wollten sie ihn abholen. Nicht ohne ihn mit Pollys Anwesenheit zu überraschen.

Franz Büchele war wirklich erstaunt über Polly Braxton als John ihn gemeinsam mit ihr vom Krankenhaus abholte. Schon während der Fahrt hatte jeder vom anderen das Gefühl, als würde man sich schon ewig kennen.

Franz Büchele genoss den zusätzlichen Tag im Krankenstand zu Hause. Erst am nächsten Tag, als alle wie eine große Familie plaudernd und schwatzend am Frühstückstisch saßen, lächelte Franz in sich hinein, als er in die

Runde sah. Es war für ihn einer der Tage, die man im Leben genießen musste. Viel zu selten kam es bei ihnen vor, dass alle an einem Tisch saßen und fröhlich plauderten. Während Gisela begann, mit Lilly und Polly den Frühstückstisch abzuräumen, tauschten John und Franz noch kurz die Neuigkeiten aus, die sich während seiner Abwesenheit ergeben hatten. John berichtete ihm.

»Franz, es gibt nichts wirklich Neues in unserem alten, abgeschlossenen Fall. Wer diejenigen damals auch immer waren, konnte die Spurensicherung leider nicht feststellen. Außer deiner eigenen DNA und einer Plastiktüte in Bachmaiers Container waren keine Spuren vorhanden. Hier waren wohl Profis am Werk. Vielleicht sollte man zu einem späteren Zeitpunkt nochmals beim Reifenhändler vorbeischauen? Inzwischen sind ja schon einige Wochen vergangen, seit wir den Fall bekommen haben, stimmt's?«

»Kann ich verstehen, vielleicht hast du recht und wir sollten es ruhen lassen«, sagte Büchele ein wenig deprimiert.

John stupste ihn an.

»Aber wir können gerne noch mal die ganze Mannschaft von Bachmaier inklusive der Zeitarbeiter durchleuchten.«

»Ich begreife nur noch immer nicht die Zusammenhänge, nach denen wir suchen sollen«, versuchte Franz sich auf das Ganze von damals einen Reim zu machen. Gerade als Polly jedem einen Pott Kaffee auf den Tisch stellte, legte Gisela drei fünf Zentimeter lange Weinreben vor Franz auf dem Tisch ab. Franz sah sie verwundert an.

»Woher kommen die?«, wollte er wissen.

»Die waren in deiner alten Jacke. Ich habe sie, nachdem du ins Krankenhaus gekommen bist, beim Waschen gefunden. Hattest du die irgendwo eingesteckt?«

»Nein, wieso sollte ich Reben in meine Lederjacke stecken? Bin ich ein Weinbauer?«

Langsam kam die Erinnerung an die Auseinandersetzung im Container bei Sockenschorsch Pneu-Bachmaier in Bücheles Gedankenwelt zurück.

Gisela ging ein paar Schritte zum Küchenbüffet, zog eine Schublade auf und holte etwas heraus. Sie kam zurück und setzte sich, die Handflächen fest verschlossen an den Tisch. Jeder am Tisch sah sie ungläubig an.

»Noch was war in der Jacke. Ich hab mich gewundert, wieso es bei deiner Rangelei, wie du sie beschrieben hast, nicht kaputt ging und die Waschmaschine überlebt hat.«

»Und jetzt?«, fragte Franz sie neugierig. Gisela legte ein Stück Papier auf den Tisch.

»Hier, ein Zettel oder mehr eine Zeichnung.«

Jetzt erst legte sie ein kleines, unscheinbares Reagenzgläschen daneben.

»In dem befand sich fein aufgerollt der kleine Zettel. Neugierig, wie ich bin, habe ich ihn herausgeholt. Unversehrt, wie du sehen kannst. Ich frage mich, wie kam das Glas in deine Jacke? Und vor allem wann?«

Verwundert betrachtete Franz die beiden vor ihm liegenden Dinge. Er studierte die Zeichnung und klopfte an das Röhrchen.

»Scheinbar aus Kunststoff, dem Klang nach zu urteilen«, bestätigte er trocken und unbeeindruckt. Er betrachtete jetzt die Zeichnung etwas genauer. Eine Art Kreuz und weitere Darstellungen war mit Kohlestift aufgemalt. Das andere Bild konnte er nicht deuten. Er gab den Zettel an John weiter. Der drehte den Zettel in alle Richtungen. Er hatte in etwa die Größe einer Taschenbuchseite. Aber auch er konnte sich keinen Reim darauf machen.

»Ist das eine alte Brücke?«, wollte Lilly vorsichtig wissen und wandte sich dabei Polly zu.

»Ich habe so etwas auch schon gesehen«, kam die Bestätigung von ihr. »Aber wo? Vielleicht ein Keller mit Nischen oder so ähnlich.«

John, der jetzt auf das alte, etwas vergilbte Blatt Papier sah, mutmaßte und spekulierte genau wie alle anderen.

»Vielleicht Nischen oder Gänge? Vielleicht eine Burg oder ein Rätsel?« Franz blickte alle verdutzt an.

»Hmm…«, kam es etwas rätselhaft von ihm. »Die Seite oder der Zettel, egal wie man es nennen will, hat aufgemalte Bögen. Vielleicht sind auch die kleinen rechteckigen Dinger Nischen? Könnte alles Mögliche sein. Alles andere kann uns nur die forensische Wissenschaft aufzeigen.«

Er beendete die wilden Mutmaßungen und Spekulationen mit einem einfachen »Ab damit zur Spurensicherung.«

Franz nippte nochmals an seinem Kaffee, bevor er aufstand. Mit den drei Reben in der einen, den weiteren Fundstücken in der anderen Hand, schien ihm jetzt eine Idee gekommen zu sein.

»Lilly, wenn wir im Polizeipräsidium sind, kläre bitte nochmals das Umfeld von Bachmaier, auch das von Edith Goldhammer und Bachmaiers Sohn Jakob.«

Lilly nickte ihm schweigend zu.

»Wir lassen uns jetzt von einem Dienstwagen abholen und du, John, genießt deine Zeit mit deinem Schatz. Macht doch einen längeren Ausflug. Nehmt euch ein paar Tage zur Entspannung frei. Tut euch beiden bestimmt gut.«

John sah ihn nur verwundert an. War das der Büchele, den er kannte?

In den nächsten Wochen wurde viel zusammengetragen, ohne auch nur auf den Hauch einer Spur zu stoßen. Die Namensliste aus Tilo Kaisers Tasche erwies sich als Sackgasse, alle Namen waren überprüft worden, und wie sich herausstellte, trafen sich diese Leute scheinbar zwanglos jede Woche zum regelmäßigen Bocciaspiel an der Gaststätte Waldheim. Selbst Kommissar Büchele wurde selbst ein Opfer seiner eigenen Betrachtungsweise. Ging er vielleicht zu engstirnig, zu verbissen, ja manchmal zu verbohrt an das Geschehene heran.

In einer der vielen gleich verlaufenden Mittagspausen, die oft mehr ein Ritual, als alles andere waren, standen Kollege Krüger und er schwatzend an seiner Lieblingswurstbude. Gerade unterhielt sich Krüger mit ihm über die derzeitige Politik, als er wohl eher unbewusst als bewusst, Franz damit einen Gedankenanstoß gab. Büchele hatte gerade von seiner Riesenbratwurst abgebissen.

»Wiederhole noch mal deinen letzten Satz, Max!«

»Welchen Satz, Franz?«

»Na den Letzten eben. Stell dich nicht so an. Was hast du gesagt?«, stupste er ihn fragend, noch das Brötchen in der Hand, mit dem Ellenbogen an.

»Nichts Wichtiges, nur das mancher Politiker einige Tage in der geschlossenen Anstalt …«

Büchele unterbrach ihn nochmals.

»Das ist es, Max dieses Wort fehlte mir noch.«

Max sah seinen scheinbar verwirrten Kollegen ernst an.

»Franz, geht's dir gut, hasch du e bissle Fieber? Soll ich's Krankehaus orufe? Oder glei die greene Minna?«

Büchele schlug mit der Faust auf den Tisch.

»Anstalt, des isch es. Wir sind Bachel, Max, wir alle.«

Krüger wich einen Schritt zurück.

»Brauchsch dei Tablette?«, versuchte er beruhigend auf seinen Chef einzureden.

»Hutsimpl, nix isch mit mir, ’s geht prima, alles rotscher«, freute der sich. Leider zum Unverständnis von Max, der jetzt gar nichts mehr verstand.

»Max, ruf bitte Lilly an, sie möchte doch bitte alles, was über dubiose Anstalten im Computer zu finden ist, ausdrucken. Egal, ob wichtig oder nicht.« Büchele winkte ab. »Oder sie googelt danach, oder wie des neumodische Wort heiße duat.«

Max nickte, griff zum Telefon, um nur mit einem »Wenn’s de beruhigt und de schee macht, Franz«, die Kurzwahlnummer zu drücken. Er informierte Lilly über ihren Auftrag. Büchele hörte zu und nickte.

»So, Max und wir beide besuchen jetzt nochmals unseren Sockenschorsch, den Herrn Bachmaier«, sagte Franz, als er seine Cola ausgetrunken hatte. Dabei schlug er lächelnd seinem Kollegen Krüger auf die Schulter. Max Krüger schaute ihn erstaunt an.

Als die beiden Beamten den Hof des Unternehmens Bachmaier betraten, stieg Edith Goldhammer gerade graziös aus ihrem Cabrio aus.

»Franz, die dackelt protzig wie ein Goldfasan durch die Gegend. Ich glaube, die meint wirklich, sie ist was Besseres. Sieh dir nur das Cabrio an und den Schmuck, alles vom Feinsten«, sagte Max Krüger.

Büchele nickte nur. Edith Goldhammer winkte ihnen fast schon übertrieben von Weitem zu und rief laut: »Hallöchen meine beiden Kommissare, kann meine Wenigkeit Ihnen bei der Ausübung Ihrer doch so harten Tätigkeit behilflich sein?« Dann streckte sie, angekommen bei den Beamten, Büchele und Krüger die Hand entgegen.

»Gnädige Frau, wir wollten uns, da ich das letzte Mal gestört wurde, bei Ihnen nochmals kurz umsehen, ist das möglich? Dauert auch nicht lang.«

»Aber gerne, meine Herren. Nur ist mein Ludwig auf einer Tagung. Aber Sie kennen sich hier ja fast schon so gut aus wie ich«, scherzte die Lebensgefährtin von Ludwig Bachmaier mit den Beamten herum.

»Wenn Sie Fragen haben, so stellen Sie diese bitte doch nicht dem Personal, sondern meinem Sohn Jakob. Er sitzt im Büro. Sie entschuldigen mich? Ich muss leider runter zur Buchhaltung und arbeiten, ich schicke Ihnen jemand raus.«

Wieder reichte sie den beiden Beamten zum Abschied die Hand und verschwand im Bürokomplex. Büchele und Krüger sahen sich um. Der vor Wochen entstandene Brandschaden war längst behoben. Neue Container waren aufgestellt, und alles schien seinen geregelten Gang zu gehen. Aufgeregt kam ein Mitarbeiter nach lauter Diskussion im Büro etwas widerwillig auf Büchele zu.

»Hallo, Herr Kommissar, ich soll Sie durch den Laden begleiten.«

Franz und Krüger sahen beide den schlaksig wirkenden, unrasierten Mann erstaunt an. Scharf sah Büchele seinem Gegenüber in die Augen.

»Ich meine, ja genau, wir haben uns schon flüchtig hier gesehen. Letztes Mal, als Sie vor uns weggelaufen sind. Erinnern Sie sich? Weshalb liefen Sie überhaupt vor uns weg?«

Der Mitarbeiter stellte sich vor und gab ihnen jetzt plötzlich überfreundlich die Hand, so als wäre dies nie geschehen.

»Rüdiger Hecht, Freigänger von drüben, in zwei Monaten habe ich meine Strafe abgesessen, Herr Kommissar.«

Dabei meinte er wohl das Gefängnis, keine drei Kilometer entfernt. »Klingelt es da nicht bei Ihnen, Herr Kommissar?«

Ein Kopfschütteln kam von Hauptkommissar Büchele.

»Nicht, dass ich wüsste. Helfen Sie mir auf die Sprünge?«

»Ist wohl schon eine kleine Ewigkeit her. Sie haben damals meinem Bruder Siberius Hecht in Ellhofen aus der Patsche geholfen. Er wollte mal Mönch in Wimpfen oder Maulbronn werden. Erinnern Sie sich jetzt daran?« Büchele begann zu schmunzeln.

»Richtig, Ihr Bruder hatte einige Mitglieder einer Motorradgang in einem Buchclub angekettet. Sollte wohl für die Misshandlung seiner ehemaligen Freundin sein. Das war gerade, als er die Aufnahmeprüfungen für sein Zölibat bestanden hatte. Leider starb einer der Beteiligten bei seiner Aktion. Aber, wie die Gerichtsmedizin herausfand, war es ein Herzfehler des Toten, der zum Ableben des Rockers führte. Ihr Bruder bekam aber trotzdem Knast. Wegen Freiheitsberaubung, glaube ich, richtig?«

Jetzt lächelte Rüdiger Hecht.

»Richtig, freut mich, dass Sie sich doch noch erinnern. Jetzt ist er ein ganz normaler Familienvater geworden und hat zwei Kinder. Und was bringt Sie hierher?«

»Nichts Weltbewegendes«, versuchte Franz Büchele den Ball flach zu halten. »Normale Recherchen.«

»Und dann die Mordkommission? Wohl kaum, aber ist mir egal, ich soll Sie hier nur rumführen. Ich habe ja keinen Dreck am Stecken. Sollen wir mit der Führung im Keller anfangen?«

Büchele nickte. Unten angekommen, staunten die Ermittler nicht schlecht. Es ging ganze zwei Etagen abwärts. Überall waren Reifen, Felgen und Kartons fein säuberlich gestapelt. Der Keller war trotz Belüftung stickig und unzureichend beleuchtet. Hecht fuchtelte mit einer Taschenlampe in den Ecken umher. Durch die seitlich an der Mauer angebrachten Abflussrohre hörte man bei jeder Betätigung der Spülung das Abwasser aus den oberen Stockwerken nach unten rauschen. Dicke Steinquader umschlossen den etwa sechs mal sechs Meter großen Kellerraum. Irgendwann vor langer Zeit schien hier jemand eine neue Steinwand errichtet zu haben. Auf einem Quader war die Jahreszahl **MCCCLXIV**, darunter drei Striche und der Buchstaben **H** eingemeißelt. Krüger dokumentierte die Zeichen auf einem kleinen Schreibblock.

»Vermutlich steinalt«, notierte er kurzerhand in seinen Notizen. »Franz, ich habe mich mal mit Heraldik beschäftigt. Die Buchstabenfolge müsste für 1364 stehen. Und das **H**, da habe ich keine Eingebung, könnte für eine Burg oder einen Besitz aus früherer Zeit stehen. Was die Striche angeht, da habe ich keine Idee. Aber vermutlich wurde der Quaderstein aus irgendeiner Mauer herausgebrochen und hier eingesetzt. Von so was haben bestimmt Forscher eine Ahnung, aber doch nicht wir. «

»Ich glaube, ich kenne da jemanden, der müsste es wissen«, meinte Büchele.

»Mach mal mit deinem neumodischen Telefon einige Fotos.«

Krüger knipste drauf los.

»Hecht, hier gibt es nichts für uns. Lasst uns wieder raufgehen«, meinte Büchele, und machte sich schon auf den Weg in Richtung Ausgang.

Aus der angenehmen Kühle des Kellers stiegen sie empor ins Tageslicht, die Sonne brannte von oben herab, was für ein heftiger Temperaturwechsel. Die Beamten bedankten sich bei Rüdiger Hecht und vergaßen nicht, sich noch nebenbei die Adresse seines Bruders geben zu lassen, bevor sie zurück ins Präsidium fuhren.

Kommissar Büchele rief seine Mannschaft zu einer Lagebesprechung zusammen. Es dauerte nur wenige Minuten und alle saßen am großen Tisch im Besprechungsraum. Büchele begann.

»Männer und auch Lilly selbstverständlich, wir müssen viele Fragen und auch noch einige Ungereimtheiten aus dem letzten Fall lösen. Vermutlich sind wir alle am Ziel vorbeigeschossen. Manches hat unser neuer Fall mit dem letzten Tatort gemeinsam. Aber was? Findet es heraus. Ich möchte alle Neuigkeiten, die es während meiner Abwesenheit gegeben hat, bis heute Abend bei mir auf dem Tisch sehen. Mit einer ordentlichen Erklärung dazu, okay?«

Einstimmiges Nicken und Gemurmel kam von den anwesenden Kollegen des Morddezernats. Was Franz auch nicht anders von seinem Team erwartet hatte. Er ging auf Lilly und Krüger zu, die an seinem Schreibtisch standen. Beide hatten sich jetzt als leistungsfähiges Team bewiesen. Lilly konnte bestens mit den Neuen Medien umgehen. Und Krüger hatte so manchen Kontakt in der Unterwelt, was ihn ab und zu in seinen Ermittlungen weiterbrachte. Franz blieb breitbeinig vor ihrem Tisch stehen, noch immer den Hut auf dem Kopf. Lilly grinste ihn nur an:

»Ich habe mir vor Tagen im Krankenhaus viele Gedanken gemacht und bin zu einem Entschluss gekommen. Lilly, such mal im Internet nach allen Verbindungen, was Weinberge und größere Transaktionen betrifft. Nimm Bachmaier dabei auch noch mal unter die Lupe. Und was war mit der Suche nach Anstalten? Hast du darüber was gefunden?«

Lilly versuchte, es ihm schonend beizubringen. Sie druckste herum, um schließlich zuzugeben: »Ich hatte noch keine Zeit, Franz, wird aber sofort erledigt, versprochen.« Büchele nickte ihr zu, als sie sich zurück an ihren Arbeitsplatz auf die Suche am PC begab.

»Und danach könntest du mal bei der Weingenossenschaft in Erlenbach vorbeifahren. Lass dir den Ablauf der Weinverwertung vom dortigen Chef erklären. Am besten, wie der Ablauf vom Bauern bis zur Weinabfüllung sich gestaltet. Frage auch, wie es hier im Unterland gerade damit läuft. Du verstehst schon«, Lilly nickte. Gerade jetzt, wo er mit den beiden fertig war, klingelte Bücheles Dienstapparat. Lilly nahm ab.

»Ja, der ist da. Soll ich es ihm sagen oder den Hörer weiterreichen? Ja, er steht neben mir, Moment! Für dich, Franz. Birgitt Kohlmarx möchte den ach so tollen Hauptkommissar Büchele sprechen.«

Franz griff nach dem Hörer.

»Mordkommission Heilbronn, Hauptkommissar Büchele am Apparat. Ja wann? Muss das sein? Ich hab doch nichts anzuziehen. Na gut, ich komme. Ja, Birgitt, versprochen, morgen Abend um zwanzig Uhr vor dem Theaterschiff in Heilbronn. Ja doch. Dir auch noch einen schönen Tag.«

Lilly lächelte ihn an, als er den Hörer zurück auf die Gabel legte. Krügers Handy begann zu summen. Schnell hatte er die eingegangene Nachricht überflogen, dann holte er tief Luft. Sein Chef, dem dies nicht verborgen blieb, brummelte etwas wie: »Was ist, Max? Sollte ich etwas wissen?«

»Wir haben jetzt den Befund der rechtsmedizinischen Abteilung. Kommissar Flamm, der den Fall bearbeitet, geht davon aus, dass der Tod des Bademeisters Timo Kaiser doch kein Jagdunfall war. Die Wunde hinter seinem Ohr am Haaransatz weist Spuren von Metall auf. Demnach ist er durch eine kurze scharfe Klinge zu Tode gekommen. Den Bericht hat er an deinen PC geschickt. Kommissar Flamm hat auch einen Spurenabgleich mit unseren letzten Fällen gemacht.«

»Ja und?«, fragte Büchele nach.

»Die Metallspuren fanden sich auch auf der Kutte aus dem Freibad sowie an der Kleidung eines der jugendlichen Mordopfer aus dem Freibad. Aber jetzt kommt es, Franz. Alle Metallspuren haben fast die gleiche Zusammensetzung wie ...« Kommissar Krüger hielt kurz inne.

»... wie die Kralle in unserer Asservatenkammer, die dir in Bachmaiers Container bei der Auseinandersetzung zugesteckt wurde.«

Plötzlich herrschte ratlose Betroffenheit am Tisch. Büchele reagierte als Erster.

»Ich wusste es, irgendetwas stimmt in unserem abgeschlossenen Fall nicht. Der komische Herr Engel, alias *Master Legne sed sedot,* besaß nicht so viel Grips, als nötig gewesen wäre, um das alles bis ins Kleinste zu planen. Somit läuft unser eigentlicher Täter noch immer frei herum.

»Und noch etwas Chef«, PKA Kaufmann meldete sich kleinlaut aus der anderen Ecke des Raumes, »Tilo Kaiser, der Tote aus dem Hohenlohischen, der hatte eine Namensliste dabei, die ich wie aufgetragen überprüft habe. Es sind aber nur die Namen seiner Bocciafreunde. Sie spielen im Sommer jeden Dienstag auf einer Bahn draußen bei der Gaststätte Waldheim. Aber weshalb notiert man die Namen seiner Freunde die man eh schon kennt. Hatte ich dies schon erwähnt?«

Büchele wiegelte mit der Hand ab.

»Keine Ahnung, Jungspund, sag du es mir. Gibt es eine logische Erklärung dafür?«

Rainer Kaufmann schüttelte ratlos mit dem Kopf.

»Hab ja nur gemeint, es bringt vielleicht was.«

»Max, du fährst rüber zur Gerichtsmedizin und schaust dir die Ergebnisse noch mal genau an. Du lässt dir bitte nochmals jeden Zusammenhang erklären und kommst dann zügig zurück, verstanden? Ich muss auch noch etwas erledigen. Ich sehe mich noch mal im Eiskeller um. Vielleicht finde ich was, das uns noch nicht gleich ins Auge fiel.«

Krüger nickte und verschwand aus der Türe.

Angekommen in Großgartach, ließ Büchele sein Auto unter einer alten Kastanie stehen. Hier ging ein wohliges Lüftchen. Das Blätterdach des Baumes spendete angenehmen Schatten. Büchele stieg gut gelaunt aus. In freudiger Erwartung, wieder bald eine Kiste TL in seinen Kofferraum laden zu können, ging er auf die dekorierten Schaufenster des Kelterbetriebes Arthur Eber zu. Bald stand die Weinlese an. Alle erwarteten den offiziellen Startschuss. Wie immer wurde der Tag vom Verband der Weinbauern der überregionalen Winzergenossenschaft Monate vorher festgelegt. Der Termin stand fest. Nur, würde auch das Wetter noch mitspielen?

Franz Büchele suchte nach dem Inhaber. Nach kurzer Zeit fand er ihn in einer Lagerhalle. Arthur Eber stapelte Weinkisten um. Als er den Beamten sah, freute er sich.

»Na, Herr Büchele, von Gisela wieder n Ufftrag bekommen, eine Kiste Trollinger mit Lemberger abzuholen? Sie hat schon letzte Woche angerufen, Sie hatten einen Boxenstopp im Krankenhaus, hab ich gehört. Geht's wieder?

War's der Blinddarm oder die Knoche? Oinige sage, 's war e Schlägerei.«

Büchele winkte ab.

»Halb so wild, aber wegen der Berufsgenossenschaft musste ich so lange drinbleiben. Sie wissen ja, wie so was ist. Die sind manchmal päpstlicher als der Papst.«

Eber hielt in seiner Arbeit inne. »Ich weiß, ich hatte letztes Johr de Arm broche, da kamen die Kontrolleure fast täglich und hielten mich aus meinem eigenen Betrieb fern. Eine komische Bande, aber es geht denen wohl ums Krankengeld.« Eber winkte seinen ältesten Sohn Christian herbei.

»Lupf mole em Herr Büchele zwei Kistle TL ins Autole.«

»Keltermeister Eber, gibt es was Neues oder haben Sie was in puncto Weinfässer gehört?«

Eber wandte sich mit ängstlichem Blick dem Beamten zu.

»Ha, i han jetzt e bissle Licht vom Elektromeister mache glasst, zwoi Laterne hänge jetzt unne, und de Lichtschalter geht. Aber liebs Herrgöttle, ich war do no nett unne. Und koiner hat donoch gfrogt.«

Dabei bekreuzigte er sich.

»Wenn Sie nichts dagegen haben, möchte ich runtergehen, gehen Sie mit?«, fragte Büchele schmunzelnd.

»Wenn's sei muss, ungern, aber i mach's. Sie hen doch en Revolver debei, gell?«, versicherte sich Arthur Eber.

Büchele, schon fast etwas ungehalten, meinte dazu nur, ehrlich, wie er war: »Jo, ih han en Revolver, Sackziment.«

Was ja nicht gelogen war. Aber der lag brav verstaut in Bücheles Schreibtischschublade im Polizeipräsidium. Eber schnappte sich zwei Taschenlampen und überreichte eine davon dem Kommissar.

»Sie gehn vor, ich bleib dicht dohinter«, sagte der Kellermeister zaghaft. Schon jetzt, bevor sie den Eiskeller erreichten, knipste Eber die Lampe immer wieder an und aus.

»Wieso knipse se immer so wild auf der arme Lamp rum?«, fragte Büchele nach hinten. Verdutzt sah Eber ihn an.

»I will nur sehe, ob's geht, damit mir was sehe, wenn's Licht ausfällt und es duschter wird!«

Büchele schüttelte nur den Kopf. Am Eingang des Eiskellers lag noch eine leere Kabeltrommel herum. Vermutlich die Schlamperei eines Elektrolehrlings, der es mit Aufräumarbeiten nicht so genau nahm.

Eber hatte auch die Scharniere der schweren Eichentür etwas geölt. Leichter als damals ließen sie sich allemal bewegen. Beim Betätigen des Wandschalters ging unten eine spärliche Beleuchtung an. Büchele knipste jetzt auch seine Stablampe an. Er sah Eber hinter sich an.

»Sie bleiben oben, damit, wenn was ist, Sie Hilfe herbeirufen können, okay?«

»Nichts liwer als des!«, befolgte der Kellermeister willig die Anweisung des Beamten. Eber wär sowieso ungern mitgekommen. Langsam stieg Büchele, sich an der Wand entlangtastend, die Treppenstufen hinab. Unten erhellten nur zwei behelfsmäßig angebrachte Lampen einen Teil des Raumes. Büchele sah sich jetzt in aller Ruhe um. Sein Lichtkegel leuchtete zur Decke an die Stelle, wo sie damals den aufgehängten Italiener gefunden hatten. Die Spurensicherung hatte ihn damals vom Gummiband abgeschnitten. Die Reste hingen noch mahnend von der Decke. Irgendwo traf das eindringende Grundwasser noch immer mit einem plätschernden Tropfgeräusch auf einen

Stein. Die Fässer fehlten. John hatte Fass eins bis dreißig zu Elisabeth geschickt. Andere, älter scheinende Weinfässer lagen noch herum. Vermutlich hatte dafür niemand mehr eine ernsthafte Verwendung. Die aufgeschichteten Eisstangen sahen aus wie übergroße Lutscher. Verdreckt, aber bei dieser kühlen Temperatur im Keller teilweise noch ganz gut erhalten.

Sein Lichtkegel erreichte die eingelassenen Ketten an der Wand. Die mumifizierte Leiche der Frau hatte man mitgenommen. Aber der Behandlungsstuhl stand noch immer im Raum, wie ein altes Mordwerkzeug.

Büchele stellte sich die Frage, wieso damals der Stuhl von der Spurensicherung nicht sichergestellt worden war. Spinnweben und grüne Patina hatten den Stuhl seit mehreren Jahren in Beschlag genommen. Dennoch war der Zweck des Teiles erkennbar. Als er den Stuhl mit dem Handrücken von Staub und Unrat der Zeit befreite, wurde altes Leder, Riemen zum Befestigen der Hände und Beine sichtbar. Fast fiel er im Halbdunkel auf den Stuhl, als er über etwas stolperte. Sein aufmerksamer Blick und der Schein der Taschenlampe wanderten nach unten. Der Schuh, ein spanischer Stiefel, den er schon damals gesehen hatte, kam zum Vorschein. Er legte die Lampe beiseite und hob den hölzernen Stiefel auf die Liegefläche des Stuhles.

Als er sich Gummihandschuhe über die Finger gezogen hatte, nahm er ihn genauer unter die Lupe. Er bestand aus zwei Teilen und ließ sich, von einem Art Holzstift gehalten, mühsam öffnen und schließen. Ein hölzerner uralter Schließmechanismus lag vor ihm. Büchele öffnete ihn unter dem krächzenden Geräusch, das der trockene Holzstift von sich gab. Er war wohl alt und ausgetrocknet. Zumindest ließ das Geräusch darauf schließen.

Büchele erschrak, als er mit seiner Lampe ins Innere des Folterinstrumentes leuchtete, viele lange Eisennägel waren von außen ins Holz getrieben worden. Spitze viereckige Nägel, die früher eigens hierfür geschmiedet worden waren, spickten das Innenleben der alten, zur Folter bestimmten Apparatur. Reste alter Knochen, der Fuß und der abgerissene Teil eines Beinstumpfes fielen ihm entgegen. Büchele erschrak. Er ließ die Lampe fallen und hielt sich instinktiv am Gestänge des altersschwachen Stuhles fest. Jetzt erst nahmen seine Hände etwas wahr, das an dem Gestänge befestigt war. Langsam tastete er sich daran entlang. Zuerst vor, dann wieder zurück. Dann fühlte er was. Er suchte auf dem Boden nach seiner Taschenlampe. Die war ihm, als er erschrocken war, über den Boden hinter das Gestell gerollt. Er hob sie auf und leuchtete auf das dreckige, verschmierte Stahlgestell. Er suchte nach dieser seltsamen Erhebung, die er mit seinen Fingern gespürt hatte. Hier war sie. Eilig wischte er über ein kleines, vermutlich nachträglich angebrachtes Teil. Er bespuckte sein Taschentuch und fuhr damit aufgeregt hin und her. Eine Art Schild kam zum Vorschein. Eine Jahreszahl wurde sichtbar. 1905, daneben Kinderheilanstalt CVH. Büchele konnte sich keinen Reim darauf machen. Aber er wollte ein Foto davon haben. Jetzt erst fiel ihm ein, dass sein Handy so eine Funktion gar nicht besaß.

»Verflixt und zugenäht«, schimpfte er vor sich hin.

»Eber, sind Sie noch da oben? Wenn ja, besorgen Sie mir ein Handy mit Fotofunktion und bringen es bitte runter! Danke.«

Büchele lauschte, wartend auf Antwort. Nichts geschah. Plötzlich hörte er leise Schritte und eine ihm bekannte Stimme.

»Kommissar, ich bin uffem Weg«, rief ihm Eber entgegen. Der wohl mehr Angst hatte, als ihm lieb war. Immer wieder leuchtete er kreuz und quer mit seiner Lampe durch den Raum. Mit einer Hand überreichte er Büchele ein Telefon.

»'S isch meins, a iPhone, hen Sie kois, Herr Kriminalrat?« fragte ihn der vor Angst schlotternde Keltermeister. Büchele meinte nur: »Noi, mit meim Handy kann i nur telefoniere, reicht mir normal au, aber heit brauch i e Foto.«

Büchele versuchte den Behandlungsstuhl von der Wand zu rücken, als ihm dabei etwas auffiel. In einen der Wandsteine hinter den Stuhl war etwas Seltsames eingemeißelt. Eine Jahreszahl **MCCCLXV** und darunter das gleiche große **H** mit drei senkrechten Strichen. Büchele sah nur, dass die Zahl nicht der entsprach, die sie im Keller vom Sockenschorsch Pneu-Bachmaier gefunden hatten. Aber der Stein, das **H** und die drei Linien sahen sich sehr ähnlich. Schnell knipste Eber an den von Büchele gewünschten Stellen Fotos.

»Könne mir hoch? Hier ischs mir zu duschter, Herr Kommissar?«

Büchele leuchtete nochmals alles ab und war dann mit Ebers Vorschlag einverstanden. Draußen rief Büchele die Spurensicherung an, um ihnen klarzumachen, dass die damals zuständigen Beamten etwas übersehen hatten, und gefälligst nochmals zum Eiskeller kommen sollten, um ihrer Plicht tadellos zu erfüllen. Verärgert klappte er sein Handy wieder zu.

»So, Herr Eber. Sie schicken uns bitte die von Ihnen gemachten Fotos ins Morddezernat. Hier ist die Nummer. So, und jetzt laufen wir runter in Ihren Betrieb und trinken was.«

Dabei schob er ihm eine Visitenkarte zu. Ein freundliches Grinsen machte sich auf Kellermeister Ebers Gesicht breit.

»Des geht aber aufs Haus«, war sein freudiger Kommentar.

Als der Kellermeister in der Verkaufsstube eingeschenkt hatte, stießen die beiden Männer an. Eber strahlte übers ganze Gesicht. Er war sichtlich froh, diese Sache überstanden zu haben.

»Sagen Sie mal«, fragte Kommissar Büchele, nach einem ausgiebigen Schluck, »haben Sie eine Ahnung, ob es bei uns im Ländle irgendwelche Katakomben oder Anstalten gibt?«

Eber setzte sein Weinglas ab. Eigentlich mehr fragend, als zu einer Antwort bereit, blickte er ihn an. Dennoch gab er sich Mühe, Bücheles Frage zu beantworten.

»Kommt drauf an, was Sie meinen, Herr Kommissar. Wenn Sie das Wort Anstalten meinen, dann kann es viel sein. Krankenanstalten, Heilanstalten und Irrenanstalten. Sie haben die Auswahl. In Heilbronn, Neckarsulm und Weinsberg zum Beispiel, gab es und gibt es sie. Alles mehr oder weniger Anstalten im eigentlichen Sprachgebrauch. Und Katakomben, nun ja«, holte er jetzt etwas weiter aus.

»Was stellen Sie und ich mir unter einer Katakombe vor? Denken Sie dabei an eine, wie in den Büchern, die in Rom, Berlin oder Paris? Oder meinen Sie eine Unterwelt, die über Kilometer unter der Erde verläuft? Oder doch einfach nur an einen einzelnen Raum, wie der Eiskeller hier in der Kastanienstraße, der von einer Brauerei und von der Kirche genutzt wurde? Vielleicht denken Sie ja an eine geheime Kultstätte? Aber ich kenne keine, tut mir leid. Sorry.«

Er nippte an seinem Glas. »Es ist alles eine Frage der Auslegung. Aber darüber dürften unsere alten Ortsbewohner Bescheid wissen. Vielleicht fragen Sie doch besser einen Lehrer oder Wissenschaftler. Die Studierten wissen bestimmt mehr, als ich kleiner Kellermeister vom Land.«

Abermals nippte er an seinem Glas. Kommissar Büchele hörte sich interessiert die Ausführungen von Meister Eber an und nahm seinerseits einen tiefen Schluck.

»Jetzt bin i genauso schlau wie vorher, koin Schritt weiter. Aber dankschee, Herr Eber.«

Beide Schwaben lehnten entspannt am Bistrotisch und genossen das heimische Erzeugnis. Arthur Eber öffnete eine Flasche Chardonnay. Er hob das Glas.

»Ist doch ein guter Woi, den mei Bub da kreiert hat, oder?«

Büchele schaute sich den Wein an. Prüfte die Farbe, roch an ihm, probierte noch mal, um kurz und sachlich mit einer Bemerkung abzuschließen: »Scho's Viertele kann mer so schloze, des verlangt oifach nach mehr. Schenk eufach nomole noch. I hann scho lang Dienstschluss und Taxis gibt's au.«

Einige Zeit später sahen sie Fahrzeuge mit Blaulicht die Hauptstraße herauffahren. Sie hielten an der Ecke Wasserfall- und Kastanienstraße an. Ein Team von Beamten stieg aus, begrüßte den Kellermeister und den Kollegen Büchele per Handschlag.

»Kupfer, von der Spurensicherung«, stellte sich einer der Beamten bei Büchele vor.

»Sorry, Herr Büchele, ich weiß zwar nicht, worum es hier genau geht, aber wir werden das Kind schon schaukeln.«

Franz sah ihn und die ganze Truppe hinter ihm an.

»Dort unten sind noch jede Menge Beweisstücke. Ich möchte, dass alles mitgenommen wird. Der Stiefel und selbstverständlich auch die Bahre. Jeden Krümel, bitte. Und noch was, dazu brauchen Sie einen Lastwagen und schweres Gerät, Schweinwerfer und so.«

Herr Kupfer von der Spurensicherung nickte zustimmend, griff zum Telefon und forderte große Gerätschaften an. Die Beamten der Spurensicherung bewegten sich schon mal in Richtung Tatort, noch bevor Büchele sich von Arthur Eber verabschiedet hatte und dem gerufenen Taxi bis zur Hauptstraße entgegenging.

Informationsfluss

Am nächsten Morgen auf der Dienststelle trafen endlich die Fotos der Spurensicherung ein. Auch Kellermeister Ebers Fotos wurden in das Netzwerk der Polizei hochgeladen. Franz betrachtete sie lange, bevor er seinem Freund Max einen Auftrag erteilte.

»Max, mir hen was übersehe. Lad alle Fotos die mir hen, druck se aus und mach se uf die hintere Pinnwand. Jeder aus der Abteilung soll se sich nomol oglotze, aber genaustens bittsche, wenns möglich isch. Älle, verstehsch me? Die Fotos von Oma Schneck, vom Eiskeller und dene Bube. Morge will ich von jedem e Meinung heere, verstohsch me?«

Max nickte.

»Kann aber ein wenig dauern, Franz. Unser Kopierer ist defekt. Und die Beschaffungsstelle hat keinen vorrätig«, meinte er.

Krüger sah seinen Chef an und wartete erst gar nicht dessen Kommentar ab.

»Okay, ich geh runter zur Sitte und kopiere do, wenn's recht isch?«

Büchele nickte ihm zu. So wollte er es hören und nicht anders, keine Ausreden. Lilly, die zurzeit mehr ihrer Freizeit hier im Dezernat verbrachte, als auf dem Weingut, legte in diesem Moment den Hörer auf die Gabel zurück. Forschen Schrittes ging sie genervt mit ihrem Tabletcomputer auf Bücheles Schreibtisch zu. Aufgebracht schob sie das Gerät auf seinen Tisch und stützte sich dabei vor ihm ab. Überrascht, von so viel Mut ihrem Vorgesetzten gegenüber, grinste Franz sie an. Entspannt lehnte er sich in seinem Sessel zurück.

»Lilly, was gibt es?«, kam es trocken und locker von ihm, als er vor ihr auf seinem Drehstuhl hin- und herschaukelte. Aufbrausend, ja fast schon wütend, berichtete sie ihm von ihren Recherchen.

»Du hattest mich doch gebeten, über einige Leute etwas in Erfahrung zu bringen?«

»Stimmt Lilly, hatte ich«, antwortete er. »Ich dachte, wir arbeiten hier in Deutschland Hand in Hand. Aber anscheinend nicht. Baden-Württemberg ist da wohl eine Ausnahme.«

Ein fragendes, lang gezogenes: »Wieso?« war das Einzige, was Büchele gerade dazu einfiel.

»Egal wo ich anfragte. Egal welche Dienststelle oder Behörde, Notariat, Finanzbehörde oder Forstamt, keiner hat eine Ahnung von den Ermittlungen des Anderen. Jeder kocht sein eigenes Süppchen. Jeder hat seinen eigenen Fall und möchte sich weder in die Karten sehen lassen, noch Informationen weitergeben. Sozusagen weiß die rechte Hand nicht, was die linke Hand schon erledigt hat. Das ist eine Sauerei. Im Norden arbeiten wir Hand in Hand. Und nicht gegeneinander.«

Franz hielt in seinen Schaukelbewegungen inne.

»Was möchtest du mir damit sagen? Vermutlich nichts Neues. Meine liebe Lilly, ich kämpfe damit seit über fünfunddreißig Jahren und lebe auch noch.«

Dabei streckte er, als würde er Gymnastik betreiben, beide Hände in die Höhe.

»Hier, im Schwobeländle muss man schon Kompromisse eingehen. Hier und da genauer graben und es hier und da sein lassen. Manchmal stößt man nur auf Stein. Wenn du viel Glück hast, aber nur dann, tust du jemandem einen Gefallen, der wiederum irgendwann dir eine Gefälligkeit erweist. Wer gut schmiert, der gut fährt. Aber wenn nicht, tja, dann haut man sich nur die Birne an. Und wie ging es dir?«

Lilly Hansen atmete nochmals tief durch.

»Ich musste erst mit einem Herrn von der Weingenossenschaft zum Essen gehen, bevor ich erfahren durfte, wie Wein angebaut und gekeltert wird. So was hätte ich auch nachlesen können. Der sah mir dabei mehr in den Ausschnitt als in mein Gesicht. Also Fehlanzeige. Am Dienstag klapperte ich alle Finanzdienststellen im Netz ab. Wieder eine nutzlose Aktion. Ich verlange doch bestimmt nichts Persönliches oder Dienstgeheimnisse. Nichts war es mit Informationen. Erst als ich gestern Abend mit einem netten Notar im Restaurant Kartoffelkeller saß, den übrigens auch Birgitt Kohlmarx kennt, plauderten wir angeregt über unsere Hobbys.«

Gespannt fragte Franz jetzt doch nach.

»Ja und, was war dann?«

»Na ja, was soll ich sagen? Sockenschorsch Pneu-Bachmaier scheint so weit sauber zu sein. Der hat keine krummen Dinger gedreht, nicht mal ein Billet für falsches Parken hat der Mann kassiert. Zumindest gibt es nichts Finanztechnisches zu bemängeln.

Enttäuscht lehnte sich Büchele zurück. Er hatte sich da einen Treffer erhofft. Lilly baute sich jetzt, etwas amüsiert über Bücheles Gesichtsausdruck, in voller weiblicher Größe vor seinem Tisch auf.

»Jetzt kommt aber der Hammer, Franz! Unsere Schickimickitante Edith Goldhammer hat von den vierunddreißig Weinbergen im Unterland, die in den letzten fünf Jahren den Besitzer wechselten, allein neun Stück ganz legal in ihren Besitz gebracht. Kaufen ist ja bekanntlich nicht strafbar. Interessant ist aber, von diesen Weinbergen haben anscheinend vier Besitzer, laut Notar, den Weinbau altershalber aufgegeben. Klingelt es da irgendwo bei dir, Franz? Aber der beste Teil kommt noch. Sie ist neuer Pächter, aber nicht Eigentümer. Sie hat postwendend alles einer Holdinggesellschaft in Südamerika überschrieben. Ob die Gesellschaft ihr gehört, kann ich nicht sagen, soweit reicht der deutsche Arm des Gesetzes nicht. Aber alles wurde aufgesetzt von einem im Unterland ansässigen, dubiosen Abt Dominikus Kraft. Ihn gibt es anscheinend nur als Phantom. Kaum einer hat ihn je gesehen. Obwohl alle Verträge von ihm aufgesetzt wurden, hat er sie aber nicht unterzeichnet. Sein Kürzel findet sich stets nur am unteren Rand der Dokumente. Den Rest der Arbeit hat eine ausländische Bruderschaft übernommen. Name unbekannt. Da bin ich dran. Fast alle Weinberge, allein zweiunddreißig davon, sind ausschließlich in Baden-Württemberg. Der Rest davon liegt in Hessen. Wenn du mich fragst, versucht da jemand, mit Strohmännern ein Weinbergmonopol aufzubauen. Sei es, wie es ist, die Edith Goldhammer kriegen wir deshalb nur schwer dran. Finden wir aber den Abt, könnten wir da nachhaken!«

Franz atmete tief durch.

»Mädle, des isch toll, wie du das alles hingebracht hasch. I bin stolz uff dich, ehrlich!«

Er kam hinter seinem Schreibtisch hervor und umarmte sie herzhaft.

»Aber abgesehen von deiner guten Arbeit mit den Weinbergen, haben wir hier seit fünf Jahren mehr ungeklärte Morde, als die ganzen letzten dreißig Jahre zusammen. Wieso kommen wir da nicht voran, kannst du mir das erklären?«

Lilly schüttelte missmutig den Kopf.

»Ich bin erst ein drei viertel Jahr bei euch, was erwartest du von mir? Ein Wunder?«

Büchele versuchte, sie aufzumuntern. »Ein Wunder wäre mal was anderes. Wir strampeln uns ab und die Mörder entkommen oft der Strafe, ist doch ungerecht oder nicht? Da könnte ein kleiner Gedankenblitz zum Wunder werden.«

Alle im Raum, die dem Gespräch der beiden zugehört hatten, nickten. Irgendwie gab das Ganze Hauptkommissar Franz Büchele nicht die gewünschte Befriedigung. Kein einziger der Verdächtigen, sowie der Fälle, wies sichtbare Parallelen zueinander auf.

Lilly ging etwas mutlos wieder zurück an ihren Arbeitsplatz, setzte sich und tippte wild auf ihrer Tastatur herum.

Büchele studierte nochmals jede noch so kleine Kleinigkeit. Nichts fiel ihm spontan als Hinweis oder zur Klärung irgendeines Falles ein. Entmutigt setzte er seinen Hut immer wieder auf und ab. Strich sich dabei durchs schüttere Haar, so als wäre die Lösung in seinem Kopf, aber nicht abrufbar. Meist half ihm hierbei ein Ortswechsel. Aber wohin sollte er in diesem Fall gehen. Er hatte eine Eingebung. Hektisch griff er nach seiner Jacke und eilte zur Türe.

»Bin gleich wieder da, Kollegen, muss nur zum Friseur.«

Rums fiel die Tür ins Schloss und wie üblich ein wenig Fensterkitt zu Boden. Gegenüber, gleich hinter der Stadtbahnhaltestelle, in einer Seitenstraße lag sein Ziel. Sein Lieblingsfriseur. Na ja, zumindest seine Lieblingsfriseurin Katharina. Das blonde Kind hatte immer einen lockeren Spruch drauf. Erst vor Kurzem hatte sie Büchele die Geldbörse nachgetragen. Was auch für ihre Ehrlichkeit stand. Büchele genoss die Konversation mit ihr abseits des normalen Dienstalltages.

Er öffnete die alte Ladentür. Das oben am Türrahmen angebrachte Glöckchen gab ein helles, schrilles Gebimmel von sich. Es erinnerte ihn an die alte Krämerbude aus seiner Jugend. Es signalisierte jedem der Angestellten die Ankunft eines neuen Kunden. Er sah sich nach der kleinen quirligen Person um. Katharina hatte ihn schon gesehen.

»Hallo, Herr Büchele, freut mich, dass Sie unseren kleinen Laden wieder mal mit Ihrer Wenigkeit beehren!«

Dabei kam das Persönchen, welches für Bücheles Geschmack ein wenig zu dünn geraten war, ihm freundlich zur Begrüßung entgegen. Ihre dünnen Beinchen steckten in ausgetretenen Turnschuhen. Anscheinend hatten die sechziger Jahre gerade ihre Renaissance. Genau solche musste die Jugend damals tragen. Jetzt waren die Kids darauf abgefahren. Der Kommissar schüttelte nur den Kopf.

»Katha! Waschen, legen, föhnen, wie immer!«, witzelte er mit ihr herum.

Sie hatte ihre langen blonden Haare zu einem Pferdeschwanz zusammengebunden, an dem sie mit ihren Fingern spielte, als ihr Blick auf Bücheles schüttere Haarpracht fiel.

»Drohbebbe aber no net oder? Do liege blonde, braune oder hier schwarze Locke ufem Bode, do kenne mer uns die Tönung spare«, witzelte sie jetzt ihrerseits schwäbisch mit dem Beamten herum. Büchele lachte.

»Nehmen Sie hier Platz, Herr Büchele. Wie immer kurz?«

Zustimmend nickte Franz, als sie ihm den langen Haarschutz um den Hals legte. Belanglose Informationen über Gott und die Welt wurden ausgetauscht, während sie ihrer Arbeit nachging. Sekunden, bevor sie fertig war, erinnerte hier Büchele etwas an seinen Fall. Aber was war es? Das Gelächter der anderen Kunden? Die Eingangsklingel etwa? Nichts von alldem weckte sein scharfsinniges Interesse.

Aber etwas war da. Er schloss die Augen und versuchte sich zu konzentrieren. Da war es wieder. Er schreckte von einer zur anderen Sekunde auf.

»Das ist es, Katha!«

Katharina wusste nicht, wie ihr geschah. Büchele hüpfte förmlich in seinem Stuhl nach oben. Zu spät. Schon hatte die Schere Bücheles rechtes Ohrläppchen erwischt.

»Tut mir wahnsinnig leid, Herr Büchele, außer meinem Papa, habe ich noch niemandem ins Ohr geschnitten. Und das war beim Üben im ersten Lehrjahr. Verzeihen Sie vielmals. Aber Sie hampeln auch herum, wie ein aufgeschrecktes Huhn.«

Büchele beruhigte sie.

»Ist scho okay, Katha. Erstens habe ich am Ohr schon eine kleine Macke vom Krankenhausspint, was eine ganz andere Geschichte ist, was aber wichtiger ist, du hast mich inspiriert.«

»Ich Sie inspiriert? Mit was?«

Bücheles Blick veränderte sich.

»Ich habe einen Fall, da kam ein Geräusch vor, dasselbe wie eben bei euch im Salon.« Katharina wich ein Stück zurück.

»Wie gerade eben?«

Büchele sprang von dem bequemen Frisierstuhl auf.

»Kindchen, es ist das Klappern deiner Schere, wenn du schneidest. So ein Geräusch macht ein Fundstück. Ich muss gleich rüber und es prüfen.«

Er versuchte sich von dem Umhang zu befreien.

»Moment, Herr Büchele, erst machen wir ein Pflaster auf Ihr Ohr, dann können Sie flitzen, okay?«

Büchele wurde ungeduldig. Als sein Ohrläppchen versorgt war, schnappte er sich seinen Hut und eilte winkend aus dem Friseursalon. Diesmal vergaß er sogar, seine Rechnung zu begleichen. Katharina winke nur ab, als ihr Chef Andrew auf sie zukam, der mit seiner stilistischen Frisur und seinem Bart mehr einem schottischen Highlander glich, als einem deutschen Friseurmeister.

»Keine Sorge, Chef, der kommt wieder.«

Kommissar Büchele eilte zur Asservatenkammer. Er ließ sich alle Fundstücke des alten Falles nochmals vorlegen, bis er sie endlich in den Händen hielt. Die angebliche Kralle. Fein gearbeitet, Schmuckstück oder Mordwaffe. Die Kids trugen solche Anfertigungen auf Partys. Oder gehörte sie zu einem der Opfer? Vielleicht auch zum Täter? Büchele sah sich die Kralle, die das gleiche Geräusch wie Katharinas Schere von sich gab, genauer an. Filigran gearbeitet schon ein Prunkstück für sich. So etwas bekam man nicht in einem normalen Laden. Ausgeschlossen.

Büchele wendete und drehte sie in alle Richtungen. Er ließ sich vom Leiter der Asservatenkammer eine Lupe geben. Jetzt erst konnte er es erkennen: ein geschlungenes, winziges, großes **D**, das sich um ein **K** legte. Irrte er sich? Nochmals prüfte er das Fundstück. Kein Zweifel war möglich. Die verzierte Oberfläche mündete in zwei kaum erkennbare Buchstaben. Vielleicht der Eigentümer? Ein **D** und ein **K.** Beide waren an den Enden mit dem Symbol eines Schlangenkopfes verbunden. Eine gespaltene Zunge zweifelsfrei. Büchele rief den Erkennungsdienst an. Er gab seine Entdeckung durch und forderte die Kollegen auf, Fotos davon anzufertigen, damit die Mordkommission den Beweisen folgen konnte. Ein Durchbruch? Es dauerte, bis die gesammelten Beweise endgültig und schlüssig vorlagen. Einzuordnen war davon kaum etwas. Kommissar Büchele dachte nochmals über die Zunft und deren Aussagen nach. Es schien so, als wüsste die Zunft damals immer, was im Ländle vorgeht. Sie war immer ein Schritt schneller, als die ermittelnde Behörde.

Welcher kluge Kopf hinter dieser Organisation steckte, hätte der Beamte zu gerne gewusst. Keine einzige Straftat wies auf ihn hin. Die Machenschaften der Zunft aufzudecken, war jetzt ihre vorrangige Aufgabe. Eine Aufgabe, die sich Bücheles Team auf das sprichwörtliche Banner geschrieben hatte. Hierfür benötigten sie Insiderwissen.

Er griff zum Telefon und wählte eine Nummer aus seinem Notizbuch. Das Freizeichen war zu hören. Immer und immer wieder ertönte monoton das standardisierte Tut-Tut aus dem Hörer. Als er schon den Hörer zurück auf die Station legen wollte, war ein »Ländle TV, Kohlmarx am Apparat«, zu hören.

»Hallo Birgitt, ich bin es, Franz. Haben deine Nachforschungen was ergeben? – Ja, kann ich verstehen. – Wann? – Nein, wir haben auch noch nichts über die dubiosen *Säkularkanoniker* gehört, ja, ein schwieriges Wort, vielleicht gibt's daher keine Info bei uns«, lachte er jetzt hörbar.

»Wie? Dein Informant ist noch dran? Gib dem Ganzen ein wenig mehr Nachdruck, Birgitt. Mir läuft die Zeit davon. – Ja, ich habe unser Treffen nicht vergessen. Sicher ich komme.« Büchele schüttelte, für Birgitt unsichtbar, den Kopf hin und her. Hätte ich doch nicht angerufen, dachte er bei sich. Frauen im allgemeinen, aber Journalistinnen im besonderen, sind doch Quasselstrippen.

Büchele holte Luft. »Sag mal, ist deine Stimme mit Hexenfett geschmiert? Mach mal langsam. – Ja, ich versuch dir zu folgen. Jetzt mal eine andere Frage: Kennst du eine Zunft?«

Büchele winke unsichtbar für sie am Hörer ab.

»Nein, keine Handwerkszunft. Aber die Zunft, die mit unseren Mordfällen was zu tun hat, verstehst du?«

Unruhig lief Büchele jetzt an seinem Arbeitsplatz von Tisch zu Tisch.

»Ja, nein, sie haben keine Morde begangen. – Ja, doch. Ja, genau, da kannst du mal fragen. Wäre nett. – Wie, vorher? Hab jetzt keine Zeit, Birgitt. – Einverstanden, wenn du mir Informationen mitbringst. Um 16 Uhr im Kaffee hinter der Kirche. Warte mal, welche Kirche? – Okay, die kenne ich. Bis dann.«

Erleichtert legte er den Hörer zurück auf die Station. Er sah auf die Uhr und stellte fest, dass er noch fast zwei Stunden zur Verfügung hatte. Endlich fand er die Zeit, sich persönlich bei Dr. Fröschle über dessen Wissensstand und, was Büchele weitaus wichtiger war, über seine persönliche Meinung zu informieren. Alle Akten, die vor ihm lagen, hatte er studiert. Mehrfach sogar, aber mit »Amtslatein« hatte er nicht viel am Hut. Der persönliche Austausch schien ihm immer am wichtigsten zu sein. Kommissar Büchele zog es vor, Fröschle einen kurzen Besuch abzustatten. Er betrat den kalten Keller der Gerichtsmedizin. Den Ort, den er eigentlich noch nie gemocht hatte. Er empfand ihn als kalt und unwirklich. Nur das Geklapper der stählernen Gerätschaften und Gefäße war für ihn Wirklichkeit. Muffiger, ja schon fühlbarer Leichengeruch drang einem hier unten in die Nase. Kein Wunder, dass die Kollegen diesen Ort fast nie besuchten. So konnte Dr. Bruno Fröschle, ohne oft gestört zu werden, sich seiner Tätigkeit voll und ganz widmen. Auf dem Weg zu seinem Kollegen hatte Franz seine Gummihandschuhe übergezogen. Er betrat dessen Allerheiligstes.

»Na, du Kellerassel!«, begrüßte Franz seinen Freund Fröschle, indem er ihm auf die Schulter klopfte.

»Was gefunden, wo mir weiterhilft?«

Bruno sah ihn an. Nebenbei warf er ein Stück Lunge auf eine Waage und notierte das Gewicht, nahm sie heraus und tat mit einer kleinen Galle das Gleiche. Er klappte seinen aufgesetzten Sichtschutz nach oben.

»Du hast doch alle Obduktionsberichte auf deinem Tisch. Und besser lesen, als in der Grundschule, kannst du ja inzwischen wohl auch. Wo ist da dein Problem?« Fröschle erhob mit einem Grinsen im Gesicht seinen Finger.

»Ja, ich habe Neuigkeiten. Du hattest doch damals die Leichen von Lieseburg und dem Italiener freigegeben, richtig?«

Büchele nickte.

»Lieseburg wurde damals verbrannt und von seiner Familie bestattet, und den Italiener haben seine Leute schon lange nach Sizilien überführt. Wusstest du davon?«

Büchele schaute ihn fragend an.

»Nein, natürlich nichts Genaues, wieso? Bin ich jetzt auch noch für die Einäscherungen zuständig?«

Fröschle fuhr seinerseits fort. »Sind sozusagen Neuigkeiten für dich, mein Freund. Du wolltest welche hören, jetzt hast du sie gehört.«

Etwas perplex sah Büchele ihn an.

»Bist du noch immer sauer, weil ich dich angeschrien habe, als uns die Leiche vom Giuseppe Spartulini fehlte?«

Grimmig sah Fröschle ihm in die Augen. Büchele schluckte kurz: »Okay, Bruno, ich entschuldige mich bei dir.«

Auf so eine Aussage hatte der Gerichtsmediziner wohl gewartet.

»So einfach kommst du mir nicht davon, mein Freund. Ich will eine Wiedergutmachung von dir.«

Kommissar Franz Büchele hatte mit vielem gerechnet, aber mit so etwas kaum. Er spürte einen Kloß im Hals. Ein vorsichtiges: »Willst du dich mit mir duellieren?«, sagte er ganz leise und zaghaft.

»Nein, du bezahlst einen Monat lang mein Mittagessen in der Kantine, bist du damit einverstanden?«

Sehr erleichtert, mit einem Lachen im Gesicht, bejahte er natürlich diese Forderung seines Freundes.

»Geht klar, Bruno!« Fröschle ging mit ihm vom Seziertisch zum Schreibtisch hinüber.

»Ich habe noch was für dich, mein Freund.«

Er legte ihm zwei Fotos vor.

»Hier, einmal am Hals von einem der Jungen. Und hier!« Er zog ein zweites Foto hervor. »Hier die Kratzspuren am Hals des Herrn Spartulini, aufgenommen, bevor seine Landsleute ihn abholten.«

Er wandte sich seinem Mikroskop zu. »Ich habe alles haarklein fotografiert. Sieh einfach rein, Franz.«

Der Beamte sah durch das Okular des Mikroskops.

»Siehst du es, *Commiphora myrrha,* bei uns besser bekannt unter dem Namen *Myrrhe* oder *Weihrauch*. Eine Art, die man in Kirchen verwendet. Entweder beide Opfer wurden von demselben Täter ins Jenseits befördert, oder sie waren beide treue Kirchgänger. Ich schließe mal das Letztere aus, da ich beides nur in kleinen offenen Wunden fand. Dann bleibt nur noch die Vermutung übrig, dass der Täter sich oft unter okkulten Menschen herumtreibt. Kids vielleicht? Wäre möglich, aber fast ausgeschlossen. Da Spartulini sich wohl kaum auf solche Teenagerspielchen eingelassen hätte.«

Büchele sah auf seine Uhr.

»Das macht mich jetzt aber etwas nervös, Bruno«, gab ihm Büchele offen und ehrlich zu verstehen, als er einen letzten Blick durchs Mikroskop wagte. »Jetzt habe ich noch eine Vermutung mehr. Aber danke für die Info. Vielleicht kann ich sie mit anderen Dingen oder Ereignissen in Verbindung bringen. Wer weiß? Ach ja, ehe ich es vergesse. Was war mit dem Holzstiefel?«

Fröschle zeigte in das Eck, wo alle erledigten Objekte fein säuberlich verpackt standen.

»Uralt, bestimmt mehr als 170 Jahre. Das Fragment des Fußes gehört nicht zu der gefundenen mumifizierten Frauenleiche aus dem Eiskeller. Die hatte alle Beine noch. Eine Sackgasse für uns.«

Der Gerichtsmediziner holte tief Luft. »Aber das Schildchen von der Pritsche könnte ein Hinweis für dich sein. Die von der Spurensicherung haben mir eine Kopie geschickt. Ich denke, entweder sind es die Initialen einer Herstellerfirma. Oder, was man früher auch oft gemacht hat, es war die Adresse des Bestellers. Suche es dir aus.«

Büchele hob seinen Hut und kratzte sich wie üblich. Es blieb nicht unbemerkt.

»Warsch du erscht beim Härrleschneide? Schee siehsch aus«, kam die kurze aber ernst gemeinte Bemerkung des Gerichtsmediziners.

»Findsch?«, kam es stolz von Büchele zurück. Dabei strich er sich ungeniert übers lichte Haupthaar.

»Gell, die hats richtig schee gmacht. Aber du, i muss me jetzt schleiche, damit i me heelinge zum Kaffedringge mache ko.«

Er bedankte sich und verließ das Kellergeschoss des Krankenhauses.

Er wollte nicht wieder unpünktlich zu dem Treffen mit Birgitt Kohlmarx erscheinen. Vielleicht hatte sie ja Neuigkeiten. Und mit dem Auto in die Stadtmitte war aussichtslos. Stadtbahn fahren war wieder angesagt. Noch genügend Zeit blieb ihm bis sechzehn Uhr. Er ging zur Haltestelle und studierte den Fahrplan. In zehn Minuten würde sein Bähnle Linie S4 hier vorbeifahren. Genussvoll zog er sich eine Zigarette aus der Schachtel und zündete sie an. Den ersten inhalierten Zug genoss er mit geschlossenen Augen.

Es war heiß an diesem Nachmittag und so blieb es nicht aus, dass er sich seiner schweren Jacke entledigte und sie sich über den Arm warf, um entspannt auf seine Fahrgelegenheit zu warten. Immer wieder sah der Kommissar unruhig auf seine Uhr. Als er nach der kurzen Stadtbahnfahrt ausstieg und durch die verwinkelten Gassen der Heilbronner Altstadt in Richtung Café Liberté eilte, sah er nochmals auf seine Uhr. Zeit hatte er noch genügend. Kaum jemand war zu dieser Zeit in dem gemütlichen kleinen Café am Heilbronner Marktplatz, das sich im französischen Stil der Zwanzigerjahre präsentierte. Zu weit lag es vom Brennpunkt entfernt, den die Teenager zurzeit bevorzugten.

Sein linker Schuh drückte gerade jetzt. Vermutlich hatte sich ein Steinchen ins Innere verirrt, mutmaßte er. Büchele stützte sich mit einer Hand an einem geparkten Fahrzeug ab, um sich von dem lästigen Quälgeist in seinem Schuh zu befreien. Gerade als er seinen Slipper auszog, ausschüttelte und bemüht war, den Schuh wieder an den Fuß zu bekommen, sprach ihn jemand von hinten an.

»Kommissar Franz Büchele, der Retter des Unterlandes«, klang eine tiefe Stimme an sein Ohr. Büchele schnellte erschrocken herum. Vor ihm bauten sich zwei Gestalten auf. Hatten sie ihn etwa verfolgt, ohne dass er es bemerkt hatte? Büchele blieb locker. Er schätzte seine Lage im Bruchteil einer Sekunde als nicht hoffnungslos ein. Seine Dienstwaffe lag wie schon so oft in seiner Schreibtischschublade. Aber es war ja noch nicht mal sicher, dass die beiden ihm ans Leder wollten. Hier am helllichten Tag, auf einer belebten Straße. Büchele schlüpfte mit einer hastigen Bewegung seines Fußes in seinen Schuh. Mit dem Rücken an ein geparktes Fahrzeug gelehnt, versuchte er in die Offensive zu gehen. Gegenüber auf der anderen Straßenseite sah jemand den drei Personen gelangweilt vom ersten Stock aus zu.

Sollte er, der von der Polizei war, um Hilfe rufen? Unmöglich. Ein Polizist, auch noch von der Mordkommission, rief um Hilfe. Für ihn undenkbar. Er musste selbst für eine Lösung sorgen. Noch war nichts geschehen, die Fremden hatten ihn nicht beleidigt und auch nicht wirklich bedroht. Noch nicht.

»Kann ich Ihnen irgendwie behilflich sein, meine Herren, wenn Sie mir schon so dicht folgen?«, sprach er die beiden forsch an. Die beiden Fremden, in gutem Zwirn und Krawatte, hielten Abstand von dem Beamten. Einer zupfte an seinem Sakko herum. Er versuchte, sein weißes Hemd an den Ärmeln in Form zu bringen. Meist folgte auf solche Gesten ein Schlag ins Gesicht, sagte Bücheles langjährige Erfahrung. Er bereitete sich darauf vor, indem er versuchte, seine Muskeln anzuspannen. Nichts dergleichen geschah. Der Fremde ergriff nur leise das Wort.

»Kommissar, wir spielen zwar nicht in der gleichen Mannschaft, aber in der gleichen Liga. Wir versuchen Ihnen zu helfen.«

Büchele holte Luft. Er wusste nicht weshalb, aber sein Adrenalinspiegel sank spürbar schnell.

»Lassen Sie mich bitte nur ausreden, dann sind wir sofort weg, versprochen.«

Büchele versuchte sich weiter zu entspannen.

»Noch mal von vorn. Ich bin, wie auch Sie, daran interessiert, dass Ihre Morde in unserem Sinne aufgeklärt werden.«

Verwirrt bemühte sich Kommissar Büchele, den Worten des Mannes zu folgen. Er taxierte abwechselnd die beiden Gestalten.

»Wir sind für die Zunft, tätig, wobei sich eine Verhaftung meiner Person kaum lohnen würde. Ich weiß auch nur so viel, wie ich wissen muss. Mein Name ist Sebastian Barbie-Schatzberg. Nennen Sie mich einfach nur Barbie.« Er reichte Büchele die Hand zur Begrüßung.

Bücheles Unschlüssigkeit und Verwirrtheit schienen wie weggeblasen. Er vertraute dem Fremden instinktiv und nahm dessen Angebot der Begrüßung zögerlich an.

»Sie wollen die Mörder? Wir wollen das Gleichgewicht wiederherstellen und die Drahtzieher finden. Nein, um Ihre Frage gleich zu beantworten, wir haben keinen einzigen Mord begangen. Abgesehen von dem kleinen Missverständnis zwischen Ihnen und einigen Beobachtern der Zunft. Es tut uns auch leid, wenn Sie damals bei dem Gerangel im Container einen körperlichen Schaden erlitten haben.«

Büchele fuhr mit den Fingern über die noch nicht ganz verheilte Platzwunde.

»Hält sich in Grenzen. Und was wollen oder leisten Sie wirklich?«, fragte Büchele jetzt die Fremden.

»Erstens, die Zunft bemüht sich, das Gleichgewicht der Kräfte wieder herzustellen. Was wir möchten, ist keine Monopolstellung eines Einzelnen im Bereich des

Weinbaues. Und das zum Wohle des einzelnen Bauern. Ohne Gewaltanwendung, wenn es geht.

Zweitens, die sofortige Bestrafung für etwaige Vergehen derer, die damit im Zusammenhang stehen. Dabei versuchen wir uns den örtlichen Gegebenheiten anzupassen und setzen auf soziales Recht, nicht auf Korruption. Der Mann, der dem Italiener das Lebenslicht ausgeblasen hat, floh nach Kroatien. Wir haben nach ihm gesucht, ihn aufgespürt und auch gefunden.«

Büchele sah ihn verwundert an.

»Na klar, Sie kenne dees länderübergreifend, i lach me glei dod, Bürschle!«

Barbie behielt die Ruhe. Lässig versuchte er, dem Beamten des Heilbronner Morddezernats die Lage zu erklären. Er griff in die Brusttasche seines Sakkos. Büchele schwante schon Böses. Jetzt war wohl Schluss mit lustig. Nur eine Kanone versteckte man an so einem Ort. Er war auf alles gefasst. Er hörte das Blut durch seinen Kopf rauschen. Es war da, das Gefühl von Gefahr in Verzug.

Barbie in seinem teuren Sakko blieb gelassen. Wie sein Partner, der noch immer mit lässiger Eleganz und breiten Schultern hinter dem Beamten stand. Ein Kommunikationsknopf im Ohr und eine dicke Sonnenbrille auf der Nase, blickte er sich dauernd um. Barbie hielt dem Kommissar einen Briefumschlag vors Gesicht. »Ich bin nicht käuflich, Herr Barbie. Ich bin ein deutscher, genauer gesagt, ein schwäbischer Kriminalbeamter und nicht käuflich, bestechlich oder was auch immer.«

Barbie legte den Umschlag jetzt genau in Bücheles Hände.

»Lesen Sie den Brief. Sie kleiner einfältiger Beamter.«

Jetzt wäre Büchele ihm beinahe an die Gurgel gesprungen, aber irgendwas hielt ihn noch davon ab.

»Pardon, Herr Kommissar, Sie sind kein kleiner einfältiger Beamter, Sie haben recht. Sie werden nur immer irgendwie durch Ihre schwäbische Sturheit ausgebremst. Selbst damals, als Ihr Partner umgebracht wurde, erinnern Sie sich? Sie hatten danach einen Verdächtigen, Sie hatten Beweise. Aber vor Gericht hat der Richter Milde walten lassen. Aus Mangel an Beweisen wurde der Täter auf freien Fuß gesetzt!« Barbie sah ihm jetzt in die Augen, während Büchele bei seinen Erinnerungen an damals die Fäuste ballte.

»Dieser Mörder hat drei Menschen auf dem Gewissen und er läuft noch immer da draußen frei rum.« Dabei zeigte Barbie mit dem Finger in die Luft.

»Aber zurück zu unserem Anliegen. Lesen Sie bitte das Dokument in Ihrer Hand. Der Schuldige aus Ihrem Mordfall, der Mörder des Italieners Giuseppe Spartulini. Sie erinnern sich? Auch wenn der Mörder kein deutscher Staatsbürger ist, wurde er durch unsere Hilfe vergangene Woche in Kroatien verhaftet und regulär abgeurteilt. Er bekam übrigens 85 Jahre Haft für seine Tat. Genug, um dort in einem Gefängnis zu verrotten. Die Beweise und das Urteil liegen in Kopie hier in Ihren Händen. Selbstredend auch eine deutsche Abschrift. Bei Schwäbisch tun sich die Übersetzer schwer. Ist es auf Hochdeutsch okay für Sie?«

Barbie sah ihn an. Reichte ihm nochmals freundschaftlich die Hand.

»Und noch eins. Uns gibt es offiziell nicht. Suchen Sie bitte auch nicht nach uns. Wir werden Ihnen helfen, so oft es geht und es angebracht ist. Hier meine Karte für Notfälle.« Barbie streckte ihm seine Visitenkarte entgegen.

Büchele griff danach, ohne sie anzusehen und steckte

sie in die Hosentasche. Barbie hielt noch immer Bücheles Hand.

»Entschuldigen Sie nochmals, dass wir Ihre kostbare Zeit in Anspruch genommen haben. Sie haben ja gleich ein Date mit Frau Kohlmarx, richtig? Grüßen Sie die Dame von mir. Ach noch was. Die Dame, die dabei sein wird, kommt von uns, glauben Sie ihr bitte jedes Wort. Für mich war leider die Zeit zu kurz, Ihnen hier auf der Straße alles zu erklären. Aber wir sehen uns bestimmt wieder. Genießen Sie ihren Erdbeerkuchen.« Barbie drehte sich um und verschwand mit seinem Begleiter, so wie er gekommen war, fast unbemerkt.

Büchele hielt den Umschlag in der Hand, dessen Inhalt er noch nicht kannte, steckte ihn ein und ging weiter zu seiner Verabredung. Noch fünf Minuten. Büchele beeilte sich, um noch rechtzeitig das Café zu erreichen. Nächste Gasse links, so war es ihm noch in Erinnerung. Geschafft, er bog nach links ab. Von Weitem sah er Birgitt Kohlmarx in einem smaragdgrünen Kostüm im Außenbereich unter einem riesigen Sonnenschirm sitzen. Allein? Hatte Barbie ihn auf den Arm genommen?

Bei Birgitt Kohlmarx angekommen, hob er kurz den Strohhut zum Gruß, wie es sein Anstand gebot. Er gab ihr die Hand.

»Hallo Birgitt, darf ich mich zu dir setzen?«

Mit einer kurzen Handbewegung zeigte sie auf den Stuhl neben sich.

»Was ist so wichtig, dass du mich hier treffen möchtest? Wir gehen doch heute Abend aufs Theaterschiff, hätte es da nicht gereicht?«

Die Journalistin sah ihn mit verträumten Augen und doch ernster Miene an.

»Du hast gesagt, wenn ich was habe und mich melde, kann ich dich sehen.« Sie strich ihm dabei elegant über den Handrücken.

»So isch es«, bemerkte er.

Die Bedienung bemerkte den neuen Gast und kam mit einem Stück Erdbeerkuchen und einer Tasse Kaffee auf dem Tablett an den Tisch.

»Für Sie, Herr Büchele. Wie bestellt, Kaffee, Kuchen und ein Aschenbecher«, sagte die freundliche Bedienung, bevor sie wieder verschwand. Franz blickte Birgitt von der Seite an.

»Woher weißt du, welchen Kuchen ich gerne esse? Und dass ich immer einen Aschenbecher an meinem Tisch wünsche?«

Überrascht sah ihn die Journalistin von Ländle TV an.

»Franz, ich habe dir nichts bestellt. Sieh her, ich habe mir nur einen Kaffee kommen lassen, um mir die Wartezeit zu verkürzen. Danach wollte ich gemeinsam mit dir ein Stück Kuchen bestellen. Sorry, der kommt nicht von mir.«

Ihre Ratlosigkeit sah man beiden an. Konnte Barbie, den er vor keinen fünf Minuten kennengelernt hatte, Gedanken lesen? Mit einem gereizten: »Egal«, tat Franz den Gedanken über seine Gewohnheiten lässig ab.

»Welche Neuigkeiten gibt es? Raus mit der Sprache.«

Birgitt rührte etwas gelangweilt mit dem Löffel in ihrem Kaffee herum. »Bei meiner Recherche nach deinen *Säkularkanonikern* stieß ich auf nichts, was mir einen Anhaltspunkt geben könnte. Die Ordensbrüder sind scheinbar irgendwann untergegangen. Erst ein Artikel in der Times verwies mich auf jemanden, dessen Informationen wohl etwas weitreichender sind als unsere Erkenntnisse?«

Büchele nahm während ihrer Ausführungen aufgeregt einen Schluck Kaffee und schnitt sich vom frischen Kuchenstück mit der Gabel etwas ab. Neugierig fragte er nach.

»Unsere was? Spuck es doch endlich aus, liebe Frau Journalistin? Und werde genauer. Wessen Erkenntnisse und wer ist derjenige? Kennen wir ihn?«

In diesem Augenblick kam aus dem Inneren des Cafés Liberté eine junge Dame auf die beiden zu.

»Rachelle Barbie-Schatzberg von der Umweltbehörde Stuttgart, darf ich mich zu Ihnen setzen, Herr Kommissar?«, stellte sie sich ihm vor.

Dabei wäre dem Kommissar beinahe das Stück Kuchen von der Gabel gerutscht, als er sie sah. Wallendes rotes Haar, schicker Body und ellenlange Beine. »Wenn's sei muss«, antwortete der Kommissar.

»Birgitt, kenntsch du die Frau?«

Stumm nickte Birgitt. »Franz, Frau Barbie-Schatzberg hat einige, interessante Informationen für dich. Ich wollte, dass ihr euch kennenlernt.«

»So, so alles rein zufällig?«, sagte Büchele, der den Namen Schatzberg eben erst unter anderen Umständen gehört hatte. Ist das die Frau von Sebastian Barbie-Schatzberg, kam es ihm in den Sinn.

»Ja, wieso hast du mich dann darum gebeten, dir zu helfen?«, echauffierte sie sich über sein ungehobeltes Benehmen.

»Es sind mir, wenn du mich fragst, ein wenig zu viel der Zufälle, aber egal, ich bin ja nur ein kleiner Beamter«, regte sich Büchele auf.

»Egal, was Sie denken, Herr Kommissar«, begann die fremde Person ihr Gespräch, »es ist alles nicht wichtig. Bestimmt haben Sie schon meinen Mann Barbie getroffen.

Vertrauen Sie ihm, vertrauen Sie mir, bitte. Sie müssen das Ihre dazugeben, damit das Puzzle ein Gesicht bekommt. Damit sind wir gleich beim Thema.«

Sie zündete sich eine Zigarette an, während Büchele höflicherweise noch nach seinem Feuerzeug suchte.

»Wir fanden bis jetzt niemanden, der über die Säkularkanoniker in der heutigen Zeit wirklich etwas weiß. Eigentlich ist das ja Ihr Job!«, befand sie zurecht.

»Wir haben fast nur ältere Informationen. Aber da kommt schon das erste Problem. Die Organisation der Säkularkanoniker arbeitete weltweit schon seit jeher nur im Verborgenen. Ihr Zeichen bestand im Mittelalter aus drei senkrechten Strichen, sprich, eigentlich waren es drei Rebstöcke, Sie erinnern sich? Nur konnte man das schlecht darstellen. Es gab oder gibt, wieso wissen wir nicht genau, noch immer einen Protonotar.«

Büchele sah sie fragend an.

»Ein Protonotar ist ein Würdenträger, angeblich mit einer schwarzen Soutane mit violetten Knöpfen. Den suchen wir. Es gibt ihn offiziell dem Anschein nach, nicht mehr. Aber wir suchen ihn trotzdem. Nicht umsonst bekommt auf wundersame Weise eine Firma aus Baden-Württemberg aus Südamerika in kleinen Mengen Geld überwiesen. Und jetzt wird es spannend, Herr Kommissar. Diese Person unterschreibt nur mit einem **D** und **K** auf den Papieren. Das waren die Initialen des letzten Protonotars vor zweihundert Jahren. *Dominikus Kraft*, ist doch irgendwie seltsam, oder?«

Frau Barbie-Schatzberg, die es vorzog mit dem Namen Schatzberg angesprochen zu werden, holte tief Luft, um weiter auszuführen.

»Dieser Mensch schüchtert andere ein, bedroht, und

wenn es nicht anders geht, ermordet sie für seine Ziele. Aber dies ist erst einmal zweitrangig. Der unbekannt wirkende Orden, wie Sie ihn kennen, ist nicht nur ein national begrenzt agierender Zirkel, er ist international und er kann mehr als Sie denken. Und wir von der Zunft werden es beenden. Sie können beruhigt sein. Mafiamethoden liegen uns nicht.«

Büchele hörte ihr angespannt zu.

»Noch was, Herr Büchele. Sie haben doch schon das Wort, die Anstalten gehört, das ist der Name der Organisation, die von jemandem der Säkularkanoniker geführt wird. Da tappen wir ebenfalls noch im Dunkeln. Vielleicht hören Sie als ausführende Behörde, sozusagen an der Basis mehr davon.«

Birgitt fragte nach einigen Sekunden der absoluten Stille nach. Dabei legte sie, wie zufällig, ihre Hand auf Bücheles Knie.

»Franz, hast du was dagegen, dass Rachelle, die seit gestern vorübergehend bei mir wohnt, mit auf das Theaterschiff geht? Das Theaterstück würde sie so gerne sehen.«

»Klaro, Sie kann gerne mitkommen, wird bestimmt lustig«, antwortete Büchele, etwas überrascht.

Frau Barbie-Schatzberg lächelte ihn an und schlug ihre schlanken Beine übereinander.

»Danke«, sagte sie.

Wieder nahm Büchele einen Happen von seinem Kuchenstück.

»Wir müssen nur noch eine Karte für Sie besorgen, was vielleicht schwieriger wird, als erwartet. Ich habe schon überall herumtelefoniert«, erklärte Birgitt.

Franz dämmerte es. Fast schon Gentlemanlike winkte er ab.

»Nicht so schlimm. Sie können meine Karte haben, wenn es Ihnen nichts ausmacht, Frau ... Frau ...?«

»Für Sie bitte Rachelle, Herr Kommissar«, dabei hielt sie ihm ihre Hand hin. Sie stand auf und gab ihm links und rechts ein kleines Dankeschön-Küsschen.

»Vielen, vielen Dank, Franz, ich darf Sie doch auch Franz nennen? Sie wissen gar nicht, welch große Freude Sie mir dadurch bereiten. Das ist so geil«, dabei hüpfte sie auf ihren Pumps um den sitzenden Kommissar herum.

Franz sah auf die Uhr. »Mädels, ich mache mich, wenn so weit tatsächlich nichts mehr ansteht, dezent vom Acker. Muss ins Dezernat und dann zu Gisela, die hat für mich einen Rollbraten aufgesetzt, okay?«

Büchele verabschiedete sich von beiden herzlich und ging zur Stadtbahn.

Puzzlespiel

Kommissar Büchele wälzte sich unruhig im Schlaf. Die ungeklärten Mordfälle, an denen sein Dezernat arbeitete, bereiteten ihm zusehends mehr schlaflose Nächte. Als ihn dann auch noch sein Handy mit einem Schlager der Hitparade aus dem Schlaf riss, da war es mit seiner Nachtruhe vorbei. Systematisch tastete er im Halbdunkel mit seiner Hand in Richtung Nachttisch. Fast zeitgleich wanderte sein Blick zum Wecker. 5.45 Uhr. Büchele konnte, als er die grüne Taste am Telefon drückte, nur ein verschlafenes »Ja« in den Hörer hauchen. »Wann? Und wer? – Wo genau in Schöntal? – Kenn ich. Ja, ich hole Krüger ab, rufen Sie ihn bitte an. In zwanzig Minuten bin ich vor seiner Tür. Büchele Ende.«

Hauptkommissar Büchele hatte offenbar einen neuen Fall. Und ausgerechnet am heiligen Sonntag. Missmutig bewegte er sich in Richtung Bad. Schnell schlüpfte er in seine Kleidung und zog sich seine Jacke über. Er schrieb für Gisela eine Notiz, dass es für ihn mit dem Gang zur Kirche heute wohl nichts werden würde. Er legte den Zettel gut sichtbar auf den Küchentisch ab.

Max wartete schon ungeduldig am Straßenrand auf seinen Kollegen. Ein kurzer Zwischenstopp mit einem freundlichen guten Morgen und weiter ging die Fahrt in Richtung Autobahn.

»Kann mir mal jemand sagen, weswegen die Kollegen vom Hohenlohekreis uns am heiligen Sonntag anfordern?«, maulte Max zu Franz rüber, der nebenbei versuchte, sich auf den Verkehr zu konzentrieren.

»Der zuständige Ermittler hat anscheinend irgendwelche

Parallelen entdeckt, die auf die letzten Mordfälle im Unterland passen. Und damals waren wir nun mal die leitenden Beamten. Somit hat er uns über die Zentrale angefordert. Ist das schlimm?«

»Halb acht und noch kein Frühstück!«, bemerkte Franz lakonisch, als sie schon etliche Minuten die Autobahn hinter sich gelassen hatten und Büchele sein Fahrzeug in Richtung Schöntal steuerte.

Max sah seinen Freund und Kollegen fragend an.

»Hat dir jemand gesagt, wohin es genau geht?«

»Ich kenne den Platz. Wir müssten etwas außerhalb am Waldgebiet auf einen Grillplatz stoßen. Ist wirklich idyllisch gelegen«, kommentierte Büchele Krügers Neugier. Krüger sah ihn an.

»Klingt so, als würdest du den Platz von früher her kennen.«

»Genau, Max. Damals, als ich noch Jugendgruppenleiter war, haben wir dort einmal im Jahr gezeltet. War sozusagen vierzehn Tage Freizeit von daheim. Vorausgesetzt, es ist der Grillplatz, den ich meine.«

Büchele chauffierte seinen Kollegen kreuz und quer durch die Gegend, bis beide von Weitem schon Blaulichter erkennen konnten, die blinkend ihre Farbe in den noch trostlosen Morgenhimmel warfen.

»Wir sind richtig«, bestätigte Franz grinsend.

Unweit des abgesperrten Geländes parkten sie ihr Fahrzeug direkt neben zwei Beamten, die sich angeregt miteinander unterhielten. Kommissar Büchele und Krüger stiegen aus.

»Am Morgen hat es wohl hier geregnet«, bemerkte Büchele kurz, als sie auf die zuständigen Beamten zugingen und er dabei den aufgeweichten Boden unter seinen Slippern fühlte. Einer der Beamten streckte den beiden Männern die Hand entgegen.

»Guten Morgen, Kollegen, mein Name ist Freesen vom Kriminalkommissariat in Schwäbisch Hall. Sie sind aus Heilbronn? Kommissar Büchele und Krüger, vermute ich? Ich habe Sie angefordert, weil das BKA Ihre Fälle beschrieben hat. Und hier haben wir, verdammt noch mal, vornehm ausgedrückt, so eine ähnliche Vorgehensweise. Für mich ist es eine Sauerei, aber es gibt zumindest deutliche Parallelen zu Ihren Fällen. So was Abscheuliches habe ich während meiner ganzen Dienstzeit noch nicht gesehen. Ich hoffe nur, es ist kein Serientäter. So einen brauchen wir hier beileibe nicht«, kam es von Kommissar Freesen wütend.

»Die Spurensicherung ist noch dran. Wir haben nichts verändert. Langsam wird es ja hell, dann sehen Sie das ganze Ausmaß, Kollegen. Vielleicht ist es ja Ihr Fall?«

Büchele zog sich stumm Einweghandschuhe aus seiner Jackentasche.

»Was macht Sie da so sicher, Herr Kollege?«, war die verständliche Frage von Franz Büchele.

»Warten Sie es ab, bis der Tatort von der Spurensicherung freigegeben ist, dann können Sie sich Ihr eigenes Bild machen«, meinte der zuständige Beamte der Ermittlungsgruppe Hohenlohekreis.

»Wer hat die Leiche gefunden?«, wollte Büchele von Kommissar Freesen wissen.

»Herr Büchele, die Betonung liegt auf dem Wort ›die Leichen‹«, verbesserte der seinen Heilbronner Kollegen.

»Also, der zuständige Förster fand eines der Opfer heute am frühen Morgen, danach hat er uns angerufen. Der macht normalerweise jede Woche seine Runde. Kontrolliert unregelmäßig die Feuerstellen und die Grillplätze seines Einzugsbereiches. Heute Morgen wollte er auf die Jagd gehen. Dort drüben zum Hochsitz. Von dort haben die Jäger morgens gutes Sichtfeld. Deshalb kam er hierher.« Kommissar Freesen wies dabei in Richtung Waldböschung zum Hochsitz. »Hier drüben, wo es zum offenen Gelände geht, steht der Hochsitz.«

Krüger fragte nach.

»Dann wurden die Leichen eher zufällig gefunden? Das hätte ja auch erst nächste Woche sein können, oder?«

Freesen sah ihn an.

»Im Prinzip ja. Nur, wenn einer der Waldbesucher, die diese Grillstelle hier benutzen, früher gekommen wäre, hätte derjenige die Toten gefunden.«

»Moment, wie viele Opfer sind es?« Jetzt wollte Krüger es schon genauer wissen.

»Wir gehen bisher von vier Toten aus.«

Büchele, der bisher stumm geblieben und nur der Aussage seines Kollegen gefolgt war, tippte etwas in sein Handy. Er wollte den Tatort jetzt sehen. Er hob das Absperrband und deutete seinem Kollegen mit einer Handbewegung an, unten durchzugehen.

»Wann genau, Herr Kollege, fand der Jäger die Opfer?«

Freesen blätterte sein Notizbuch durch, um die genaue Zeit nachzulesen. »Der Anruf ging um 5.12 Uhr bei der Zentrale ein. 5.28 Uhr waren mein Kollege und ich vor Ort.«

Leichter Wind kam auf. Vereinzelte Papierschnipsel von Zeitungen und Einpackpapier lagen verstreut auf dem Boden. Der Wind wirbelte sie über den ganzen Grillplatz. Büchele zog seine Lederjacke höher in den Nacken. Es war noch verdammt frisch an diesem Sonntagmorgen. Gerade als die Sonne ihre ersten wärmenden Strahlen über den

Hügel schickte, wurde alles in ein Licht von hellen, goldgelben Farbtönen getaucht.

»Büchele, wo laufen Sie hin?« kam etwas verwirrt die Frage seines Kollegen aus Hohenlohe. »Dort unten ist der Tatort, Sie laufen in die falsche Richtung!«

Büchele ließ sich nicht beirren und ging gefolgt von Krüger weiter. Dem Kommissar aus Hohenlohe blieb nichts anderes übrig, als den Heilbronner Beamten zu folgen. Kommissar Büchele umging weiträumig das Gebiet. Er hielt auf den etwas höher gelegenen Hochsitz zu. So versuchte er, sich einen Überblick über das ganze Gelände und das Ausmaß des Tatortes zu verschaffen. Auf der etwas höher gelegenen Lichtung angekommen, sah er sich nach allen Richtungen um.

»Dort liegt Bieringen, da drüben Oberkessach und dort geht's zum Kloster Schöntal, richtig?«

Freesen, der aus Satteldorf bei Crailsheim, einer anderen Ecke dieser schönen Landschaft, stammte, zuckte nur mit den Schultern.

»Wenn Sie meinen, wird es schon stimmen. Ich bin leider nicht von hier.«

Büchele wandte sich Krüger zu. Aber auch der zuckte nur kurz mit den Schultern. »Franz, wenn du hier in deiner Jugend öfters gewesen bist, dann liegen die gegebenen Örtlichkeiten bestimmt dort, wo du sie vermutest.«

Etwas enttäuscht, dass keiner seinen Ausführungen punktgenau folgen konnte, wandte er sich Freesen zu.

»Kollege Freesen, haben Sie was dagegen, wenn wir von allem ein 3-D- Bild anfertigen? Dazu müsste ich aber einige Leute aus Heilbronn anfordern. Wäre das in Ihrem Sinn?«

»Ein 3-D-Bild?«, stotterte Freesen rum, »kann man so was machen? Gibt es so einen Fotoapparat?«

Krüger brachte seinen Kollegen auf den neusten Stand.

»Erst letztes Jahr war unser PKA Kaufmann auf einer Schulung in den USA. So ein Gerät befindet sich in Stuttgart. Es kann an einen Hubschrauber montiert werden und uns Bilder aus der Luft machen. Dazu kommen die Satellitenfotos der DVLR Lampoldshausen. Auf dem Boden vor Ort knipst jemand Aufnahmen aus der horizontalen Sicht, so einfach. Ein Programm setzt alle Daten zusammen und wir haben das ganze Gebiet kartografiert. Hochauflösend, versteht sich! Aber mit kleinen ferngesteuerten Flugdrohnen geht es inzwischen auch.«

Freesen war sichtlich baff.

»Wenn es hiermit Ihr Heilbronner Fall sein soll, dann nur zu.«

Büchele war erleichtert.

»Wenn wir alles haben, können wir selbstredend auch die Opfer mit ins Bild einbauen, vielleicht haben wir ja Glück und finden etwas, das uns zum Täter führt.«

Er sah sich um.

»Wobei die Möglichkeit in Betracht gezogen werden muss, dass der Täter, bei so viel Arbeit, die sich aus der Vielzahl der Opfer zwangsläufig ergibt, wahrscheinlich einen Helfer hatte.«

Unten, vom vermutlich ersten Tatort her, winkte ihnen jemand zu. Einer von der Spurensicherung im weißem Overall hatte wohl eine Entdeckung gemacht.

Kommissar Krüger wandte sich kurz seinem Chef zu. »Franz, soll ich nun unser Team rufen, zumindest Kaufmann?«

»Schon erledigt, Max! Ich habe vorhin schon eine SMS losgeschickt. Kaufmann wird gebracht. Und der Polizeihubschrauber ist unterwegs.«

Überrascht sah Max ihn an.

»Was ist?«, kam es ein wenig patzig von Büchele.

»Glotz me net so entgeistert a. Ich hans ebe gwisst, es wird unser Fall, so oifach!«

Der Beamte der Spurensicherung ging den Unterländer Beamten entgegen.

»Eines der Opfer muss noch bis vor ein paar Stunden gelebt haben. Der Todeszeitpunkt nach Leichenstarre und Lebertemperatur zu urteilen war zwischen drei und vier Uhr. Schreien konnte der nicht mehr. Seine Stimmbänder waren durchtrennt worden. Genaueres nach der Obduktion. Sollen wir jetzt die Leichen einsammeln?«

Kommissar Büchele kam Freesen zuvor.

»Warten Sie bitte noch, bis mein angefordertes Unterländerteam alles besichtigt hat, und ein Hubschrauber über uns war«, dabei blickte er verstohlen zum Himmel. »Dann erst gehen die Leichen nach Heilbronn zur Gerichtsmedizin.«

Freesen nickte zustimmend. Wie auf Kommando erschien kurze Zeit später mit lautem Geräusch am Horizont der angeforderte Polizeihubschrauber. Bücheles Handy klingelte.

»Büchele? Ja, bitte so oft wie es geht überfliegen und aufnehmen. Wie? –Ja, der kommt noch. Die Daten zu ihm. – In Ordnung Kollege, wir warten. – Ja, ich gebe es weiter. Danke.«

Büchele steckte das Telefon zurück in die Tasche.

»Haben Sie ein Megafon im Auto, Herr Kollege? Die Spurensicherung, einfach alle Ermittler, müssen beim Fotografieren aus dem Gebiet, wenn der Hubschrauber ordentliche Ergebnisse liefern soll. Dort kommen sie.« Büchele zeigte in nördliche Richtung.

Freesen wies alle Beamten über Megafon an, das Gebiet kurzfristig zu verlassen. Keiner verstand weshalb, aber jeder folgte den Anweisungen, die aus dem Megafon kamen.

»Ich weiß«, dabei warf Büchele Kommissar Freesen einen kurzen Blick zu, »ich mag den neumodischen Kääs au net wirklich, aber wenn's hilft. Isch a unser erster Tescht mit dem Maschinle. Ich bin au gschpannt, wie en Flitzeboge.«

Mit lautem Getöse zog der Polizeihubschrauber eine gute Viertelstunde seine Kreise über ihnen. Alle Daten würden per GPS aufgearbeitet und durch ein Vergleichsparameter geschickt, was dann eine perfekte 3-D-Landschaft ergab.

Nur bedienen sollte das dann jemand, der sich damit auskannte.

»PKA Kaufmann kann so was wirklich?«, vergewisserte sich Büchele bei Krüger, als er Kaufmann von unten aus im Hubschrauber winken sah.

»Der ist doch letzte Woche fast bei der Schießübung durchgefallen.«

»Ja, aber er hat das Zeug ein Jahr lang in den USA studiert, bevor er zu uns kam. Mit einem PC kann er wohl besser umgehen, als mit einem Schießprügel.«

Verwundert sah Franz ihn an.

»Hano, Hano, do hat des Buele noch Potenzdings, Potenz… Na… ebe noch ungeahnte Fähigkeite, do glotsch mei lieber Vatter.«

Max nickte ihm zu. »Und so e Kepsele hosch du im Team, Franz, kosch stolz sei«, sagte er grinsend.

Endlich kehrte nach einigen erneuten Überflügen des Helikopters Ruhe am Waldrand ein. Aber eben nur fast.

Kaum zwanzig Minuten später hupte jemand. Krüger blickte sich um. »Do kommt e rotes Kabriole, wer isch au des?«

Büchele wandte sich kurz seinem hohenlohischen Kollegen zu: »Birgitt Kohlmarx mit PKA Kaufmann. Birgitt hat ihn, soweit meine Vermutung, als der Hubschrauber auf dem nahe gelegenen Segelflugplatz, keine fünf Kilometer entfernt landete, abgeholt.«

»Zivilisten hier? Und gleich jemand von der Presse?«, fragte Krüger genervt seinen Vorgesetzten.

»Max, jetzt sei net so. Sie hat mir Infos geliefert, an die ich sonst nie rangekommen wäre. Dafür darf sie die Story nach den Ermittlungen bringen und den Kaufmann hat Sie mitgebracht, so oifach.«

Lächelnd wandte Krüger sich ihm zu.

»Und du glaubst, sie hält sich daran?«

Büchele sah seinen Partner an.

»Ich nehme es mal stark an. Sonst war es ihre letzte Story von uns«, dabei klopfte Büchele seinem jüngeren Kollegen auf die Schulter. Beamte aus Hohenlohe hielten das Fahrzeug schon weit vor der Absperrung an. Kurz darauf wurde es durchgelassen.

»Erstaunlich«, dokumentierte Krüger von hier oben, was er sah.

»Da ist nichts Erstaunliches dabei. Kaufmann hat bestimmt seinen Dienstausweis in der Tasche.«

Das Cabrio bog auf den Parkplatz ab. Krüger, Büchele und Freesen gingen dem Fahrzeug langsam entgegen. Beschäftigt zog Kaufmann, gleich, nachdem er ausgestiegen war, ungeachtet der Kollegen eine große Apparatur aus dem Fond des kleinen Cabrios, an dessen Spiegel das Presseschild baumelte. Auch Birgitt Kohlmarx war ausgestiegen. Sie strich sich über ihre Kleidung und tatschte an ihren Haaren herum.

»Guten Morgen, meine Herren, ich wünsche Ihnen allen einen wundervollen Sonntagmorgen. Sofern es denn einer wird«, war ihre kurze Begrüßung. Freesen versuchte, die Dame in ihrem Hosenanzug sofort abzuwimmeln.

»Kein Zutritt für die Presse.«

Frau Kohlmarx baute sich, das Bein zur Seite gestreckt, kokett vor ihm auf.

»Sehen Sie ein P wie Presse an meiner Kleidung? Oder bin ich eine Passantin in Ihrem Sinn? Alles falsch. Ich bin lediglich die Fahrerin von PKA Kaufmann, richtig, Herr Büchele?«, dabei sah sie zu dem Heilbronner Beamten und zwinkerte ihm zu.

»Äh … So gesehen hat sie recht, Kollege Freesen. Ich weiß, Sie ist im eigentlichen Sinn nicht berechtigt hier zu sein, aber sie verschwindet auch gleich, wenn Kaufmann ausgeladen hat.«

Der Kommissar aus Hohenlohe war verwundert. Schien aber dennoch der Aussage seines Kollegen Glauben zu schenken.

»Ist sowieso schon Ihr Fall. Wenn die Spurensicherung fertig ist, lass ich Ihnen die Fahrzeuge zur Überführung der Leichen und Beweismittel nach Heilbronn da. Der Rest ist Ihr Ding. Die Zeugenaussage vom Förster schicke ich nach. Okay?«

Büchele nickte ihm zufrieden zu.

»Danke, Herr Freesen.«

Es dauerte, bis das Team der Spurensicherung alles gesichert, fotografiert und katalogisiert hatte. Birgitt Kohlmarx hatte abseits von allen anderen eine kurze Diskussion mit Büchele. Nach wenigen Augenblicken gab sie ihm links und rechts einen flüchtigen Kuss auf die Wange. Winkte auch Krüger mit einem »Tschüss, Herr Krüger« zu und verschwand mit ihrem Auto. Ohne Kaufmann auf dem Beifahrersitz.

»Was ist denn mit ihr los, sie gibt doch sonst nicht so schnell nach. Wieso rauscht sie ohne Kaufmann ab. Tut sie doch sonst nie?«, wunderte sich Max.

»Kaufmann bekommt aus Heilbronn einen Dienstwagen und später die restlichen Infos von uns.«

Verwundert blickte Krüger ihr immer noch nach. Jetzt erst betrat das Heilbronner Team den Tatort. Überall standen gelbe Hütchen mit Zahlen. Fundstücke hatte man auf einem eigens dafür aufgebauten Tisch der Forensik fein säuberlich aufgereiht. Daneben sortierte ein Beamter verschiedene Blätter, legte sie auf einen Stapel und wollte sich gerade aus seinem weißen Overall herausschälen, als Büchele an ihn herantrat.

»Dort drüben auf dem Tisch«, dabei zeigte er auf den aus Baumhälften geformten Tisch, »dort legt doch normalerweise jeder sein Grillzeug ab. Weshalb habt ihr dort die Ausweise abgelegt?«

Bevor der Beamte der Spurensicherung Büchele antworteten konnte, versuchte er sich vollends von dem Overall zu befreien.

»Das lag alles schon so auf dem Tisch, als wir ankamen. Sind wohl Papiere von den Toten, die wir noch nicht einmal identifiziert haben. Fünf Dokumente, vier Ausweise und ein Führerschein«, erklärte sich der Beamte.

Nicht gerade überzeugt blickte Büchele den Beamten von der Schwäbisch Haller Spurensicherung an. Freesen, der hinter ihm stand, nahm Büchele jetzt am Arm zur Seite.

»Kollege, sehen wir uns die Toten an?«

Büchele betrachtete sich zuerst genauestens den Vorplatz der Grillstelle. Hier stimmt was nicht, sagte ihm sein professioneller Instinkt.

»Welche Fahrzeuge sind von euch, Kollege?«

»Der, der, und der da hinten. Und hier vorne steht der Kombi der Spurensicherung, inwiefern ist dies so wichtig für Sie, Kollege?«, sagte Freesen, und zeigte auf die Autos.

»Max, vergleiche die Ausweise der Toten mit den fünf fein säuberlich aufgereihten Autos hier vorne. Da hat sich jemand wirklich auffällig viel Mühe gegeben. Fällt es euch nicht auf? Wir haben hier vier Ausweise, einen Führerschein und fünf Fahrzeuge. Wenn ich mit meiner Vermutung richtig liege, kannten sich die Opfer. Wie kommen sonst die Fahrzeuge hierher? Oder sie sind hierher gelockt worden. Nächste Möglichkeit. Sie wurden eingeladen und kamen alle freiwillig hierher. Alle Kennzeichen«, dabei wies der Beamte mit dem Finger seiner rechten Hand auf die abgestellten Fahrzeuge, »sind aus dem Heilbronner Raum, bis auf diesen Pick-up, der kommt aus Öhringen. Überprüft bitte sofort die Halter und vergleicht sie mit den Daten der Ausweise.«

Die Spurensicherung von Kommissar Freesen hatte sich zurückgezogen. Sie warteten bei ihrem Kombi, der für alle Arten der Spurenerfassung ausgerüstet war, auf das Kommando ihres Vorgesetzten. Nur noch das Bergen der vier Leichen musste ausgeführt werden, dann war ihr Dienst für heute wohl erledigt.

»Okay, Sie gehen voran. Mal sehen, was uns der Tatort verrät.«

Am Himmel tauchte ein Bussard auf, der still seine Kreise zog. Die Beamten sahen instinktiv nach oben. Nur das Rascheln der Blätter unter ihren Füßen war zu vernehmen. Eine unheimliche Stille war förmlich zu spüren, während sie stumm dem kleinen Trampelpfad folgten.

»Der da oben«, dabei zeigte Kommissar Büchele in Richtung des Bussards, »der hat den besten Überblick.«

PKA Kaufmann ging unbeirrt von allen anderen langsam mit seiner Apparatur in den Händen zwischen den Bäumen auf und ab. Eigentlich war auch ihm nicht bekannt, wie weit das Gebiet des Tatortes reichen würde. Er versuchte, sich an den leuchtend gelben Absperrbändern der Spurensicherung zu orientieren. Er arbeitete sich von außen nach innen, danach von links nach rechts durch das kleine Waldgebiet.

Kommissar Freesen brachte Büchele bis kurz vor die Fundstätte der Leichen.

Die ersten Sonnenstrahlen drangen durch das dichte Blätterdach und bahnten sich ihren Weg hinab auf den Waldboden. Durch die Erwärmung des Bodens stiegen kleine dichte Dunstschwaden vom Boden auf. Der ganze Wald schien in schaurigen Elfennebel gehüllt. Freesen stoppte.

»Kollege, noch zwanzig Meter, hier drüben liegt Opfer Nummer eins. Können Sie alleine gehen? Ich will mir das nicht noch mal antun, sorry Kollegen.«

Franz Büchele verstand so etwas. Er nickte ihm zu. Alleine ging Büchele, vorbei an seinem Kollegen, die letzten Meter in die angegebene Richtung.

Von Weitem kam keuchend Max Krüger angerannt. Kurz vor seinem Chef stoppte er. Es kam nur ein leises, keuchendes: »Habe kurz eine Fahrzeugüberprüfung gemacht. Die Ausweise gehören zu den Besitzern der abgestellten Autos. Hier die Namen.«

Er streckte seinem Chef seinen kleinen Notizblock entgegen.

»Es sind die gleichen Namen, die wir bei Bademeister Kaiser fanden. Die waren seltsamerweise auf ein Kalenderblatt gekritzelt worden. Aber weswegen schreibt jemand Namen auf, von jemandem den er kennt, und auch noch regelmäßig trifft. Bestimmt kein Zufall, wie ich annehme, oder? Na ja, ich habe auch unseren Hobbygolfer Fröschle angerufen. Der sitzt an seinem freien Sonntag nicht weit von uns, drüben auf der Golfanlage Kaiserhöhe, in Ravenstein und bekommt auf der Anlage heute nichts zustande.«

Jetzt erst bemerkte Krüger, dass Büchele allein vor ihm stand. Noch immer leicht außer Atem, wollte er wissen: »Wieso ist Freesen nicht mit dir ganz hierher gegangen und steht dort drüben mit einer Kippe im Mund?«

»Das Übliche, du kennst es ja«, sagte Büchele nur.

Krüger verstand nicht wirklich, was er meinte.

»Hier, komm mit, da drüben soll das erste Opfer liegen.«

Seite an Seite gingen sie an dicken Baumstämmen vorbei in die Richtung, wohin Freesen gedeutet hatte. Die Beamten sahen sich suchend um. Nichts, kein Toter fiel den beiden Beamten ins Auge. Max wies mit einer Hand in die Richtung, wo ein Ermittler ein rotes Fähnchen in den Boden gesteckt hatte.

»Franz, dort drüben muss es sein.« Dabei wies er mit dem Finger zu einer Baumreihe. Uralte Buchen standen dicht gedrängt mit weniger als fünf Meter Abstand zueinander. Büchele erblickte das rote Markierungsfähnchen im Boden. Sekunden später hatte Max als Erster den Markierungspunkt erreicht. Keine Leiche? Er blickte sich um. Erstarrt vor Abscheu, konnte Max Krüger nur ein: »Oh Gott, Franz, hier!«, seinem herbeieilenden Kollegen zurufen. Auch Franz sah jetzt den Leichnam eines der Opfer, die vermutlich gestern noch feuchtfröhlich unten am

Grillplatz gefeiert hatten. Franz ging vor dem Toten in die Hocke und betrachtete den grausigen Fund aus der Nähe. Die brutale und bizarre Vorgehensweise eines ihm noch unbekannten Täters, war in seinem Job nichts Ungewöhnliches.

Der Täter hatte sich wohl sehr, sehr viel Zeit gelassen. Was zwangsläufig die Frage nach einem Helfer aufwarf. Der tote Mann saß mit offenen Augen und leicht geöffnetem Mund vor ihnen im Schneidersitz. Akkurat die Beine wie zur Turnstunde übereinandergeschlagen. Stumm lehnte er in seiner Bomberjacke an einer dicken uralten Buche.

Zeitgleich wehte ein lautloser Luftstrom unendlich viele gelbe Samen aus den Baumwipfeln auf sie herab. Sie bedeckten zart, fast schon unsichtbar die Kleidung des Toten. Büchele sah nach oben. Gespenstische Stille.

Die Handflächen des Opfers wiesen nach oben. Immer wieder rieselten von oben Samen in die Hände des Toten nach. Büchele, der in die Hocke ging, versuchte, die Jacke des Opfers zu öffnen, und bemühte sich, ihn dabei etwas nach vorn zu ziehen. Fehlanzeige. Franz sah zu Max hinauf, der neben ihm stand.

»Der Tote hängt wo fest!«

Krüger ging nun auf Augenhöhe seines Partners in die Hocke. Sie versuchten langsam, den Reißverschluss seiner Jacke zu öffnen. Die hatte er sich wohl wegen den nächtlichen, nicht gerade warmen Temperaturen, angezogen. Das leise Geräusch des Reisverschlusses war in der Stille zu hören.

Franz machte die Jacke auf.

»So ein Scheißsadist«, sagte er. Das weiße Jersey-Hemd des Toten war blutgetränkt. Alles, auch die Hose war mit

Blut vollgesogen. Max, der keine Wunde erkennen konnte, knöpfte das vor Blut triefende Hemd auf. Erschrocken sah er Franz an. Der Mörder hatte das Opfer mit einem Spaltkeil, den er offenbar durch den Körper des Toten hindurch getrieben hatte, förmlich am Baum genagelt. »Kein Blut im Gesicht, keine sonstigen Abschürfungen. Der Täter war ein Profi. Wir sollten den Herrn schnell finden.«

Max sah jetzt noch genauer hin. Er schlug den Kragen der Jacke etwas zurück. Der Tote trug ein rotes Halstuch. Seltsam, dachte er sich, als er versuchte, den Knoten zu lösen. Er stoppte sein Vorhaben schnell. Wie still miteinander verbunden, sahen sich Franz und Max an.

»Hast du es auch gesehen?«

»Ja, warte mal, Max. Ich möchte noch was nachsehen.« Er zog seine Gummihandschuhe ein Stückchen höher und nahm vorsichtig den Kopf des Opfers in seine beiden Handflächen. Er bewegte ihn langsam nach links und rechts ohne einen nennenswerten Widerstand zu spüren. Büchele rückte trotz der blutverschmierten Handschuhe seinen Strohhut zurecht und zog seine Lesebrille aus der Jacke. Er setzte sie auf und ging wieder in die Hocke, um die seltsame Erhöhung, die seine Finger oben an der Schädeldecke ertastet hatten, zu begutachten. Krüger sah ihn nur grimassenhaft an und folgte seinem Ansinnen aus kurzer Distanz.

Kommissar Büchele wurde anscheinend im Haar des Toten fündig und streckte seinem Kollegen etwas entgegen.

»Ein kleiner Zweig, vermutlich von oben herabgefallen.«

Krüger rückte mit seinem Kopf näher an das Opfer.

»Du hosch recht?«, sagte er.

»Denke nicht, dass er damit erschlagen wurde, Max. Mach das Halstuch weg.«

Max befolgte die Anweisung seines Chefs jetzt noch sorgfältiger. Behutsam versuchte er, den Knoten des Tuches zu lösen.

»Geschafft«, freute der sich leise. Er legte das blutdurchtränkte Tuch links und rechts auf die Schultern des Toten beiseite. Büchele wies ihn mit seinem Finger auf einen dünnen unscheinbaren Schnitt hin.

»Ein schneller Schnitt und ein schneller Tod. Ihm wurde die Kehle durchgeschnitten. Vermutlich ein scharfes Messer oder dergleichen. Nur etwas extrem Scharfes kann einen so glatten Schnitt verursacht haben. Hm ... Eine Machete, ein Schwert oder so was in der Art.« Büchele betrachtete den Toten jetzt noch kritischer.

»Wir werden sehen, was die Forensik dazu sagt. Kriegen wir aber noch raus, mach dir da keine Sorgen. Sieh mal, wie er sitzt. Fast so als wollte er uns was sagen. Mir kommt es vor, als stiert er in eine Richtung.«

»Der redet bestimmt nicht mit uns. Ja, ja, Herr Kommissar Büchele und sonst wird alles gut. Wieso sollte der hier mit uns reden? Was du so an einem Toten alles entdeckst, Franz. Das wundert einen manchmal schon«, meinte Max Krüger.

Dabei schüttelte er den Kopf. Büchele versuchte, den letzten Satz seines Kollegen zu ignorieren und wiegelte mit der Hand ab.

Hier hatte sich der Täter sehr wohl viel Zeit genommen. Büchele kam langsam aus der Hocke hoch. Breitbeinig stand er vor dem Toten, dann ging er ein, zwei Meter zurück und betrachtete ihn.

»Wieso dieser Mann? Wieso in dieser Sitzposition?« Dabei sah er immer wieder seinen Kollegen an. So, als hätte der vielleicht eine Antwort parat.

»Lass uns die anderen Opfer ansehen. Aber vorher brauch ich einen Kaffee, du auch Max?«

»Glaubst du, die haben unten am Sammelplatz Kaffee?«

»Die von der Spurensicherung haben immer welchen dabei. Kann hier ja länger dauern. Komm, drüben an den Bäumen steht Kommissar Freesen, den muss ich noch etwas fragen.«

Langsam gingen die Unterländer Kriminalbeamten auf den Kollegen Freesen zu, der etwas abseits, zitternd eine Zigarette nach der anderen rauchte.

»Und, was Neues entdeckt, Büchele?«, fragte dieser neugierig, als er gierig an seiner Zigarette zog.

»Wir müssen die Spurensicherung noch mal nach oben schicken. Kommissar Freesen wurde in diesem Moment kreidebleich. Er ließ seine Zigarette fallen und rannte einige Meter weiter, um sich mit einem unverkennbaren Geräusch hinter einem Baum zu übergeben. Kurze Zeit später kam er zurück. Mit einem Taschentuch wischte er sich übers Gesicht. Zitternd versuchte er die Fassung wieder zu erlangen.

»Wissen Sie«, stammelte er in kurzen Sätzen. »Eine Leiche, okay. Ein Selbstmord ist auch noch so weit klar. Vielleicht auch noch ein Doppelmord, habe ich auch schon gesehen. Aber Kindermorde und das Werk von einem Serientäter, so etwas geht mir ans Gemüt.«

Krüger legte ihm beruhigend die Hand auf die Schulter.

»Geht uns allen irgendwann so, Kollege. Das verstehen wir am besten. Bleiben Sie unten bei der Grillhütte. Lassen Sie uns runtergehen, einen Kaffee trinken. Haben Sie welchen?«

Mit einem Nicken stimmte Freesen zu. Keine zweihundert Schritte später kamen sie unten am Grillplatz an.

Büchele ging schnurstracks auf den Chef der Spurensicherung zu. Er erklärte ihm kurz seinen ersten Eindruck vom Zustand der Leiche und bekam auch von ihm die volle Unterstützung zugesagt. Sofort begab sich sein Trupp nochmals zur Fundstelle.

»Max, ruf noch mal Bruno Fröschle an. Wir brauchen den Gerichtsmediziner hier ein wenig schneller als gedacht! Ich brauche seine gerichtsmedizinische Erfahrung am Tatort. Vielleicht kann er uns was sagen, was wir übersehen haben?«

Krüger griff zum Handy und drückte auf die Kurzwahltaste. Inzwischen hatte sich der Ermittler aus Schwäbisch Hall wieder so weit beruhigt, dass er Büchele aus der großen Thermoskanne einen heißen Kaffee anbieten konnte.

»Milch, Zucker?«

Büchele bedankte sich.

»Milch ja, und drei Stückle Zucker bitte.«

Freesen ließ drei Stück Würfelzucker in Bücheles Plastikbecher fallen.

»Löffel, Herr Büchele?« Dabei streckte Freesen ihm einem weißen Plastiklöffel entgegen.

»Noi, nett rumrühre, um Gotts Wille, ich mag's net so süß, danke.« Max kam vom Telefonieren auf die beiden Kollegen zu.

»Fröschle ist unterwegs, sollen wir so lange hier warten?«

»Nicht nötig, Max. Wir kommen bis dahin auch so klar. Wenn er da ist, ist er da. So oifach. Wenn wir ausgetrunken haben, zeigt uns Kommissar Freesen den Fundort des zweiten Opfers.«

Büchele sah auf die Uhr. Langsam klarte der Himmel etwas auf. Der Wald dampfte förmlich noch immer durch die wärmenden Strahlen der Morgensonne. Auch der leichte Bodennebel hatte sich fast ganz verzogen. Nur hier und da hielten sich hartnäckig kleine Nebelbänke in den Senken der Auen.

»Wo sind die anderen Leichen?«, wollte Büchele wissen, als er den Pappbecher zurück auf den Tisch stellte.

»Dort rüber, nach etwa zweihundert Metern ist Opfer Nummer zwei. Dann rechts rüber, vielleicht hundertfünfzig Meter weiter, da liegt die Nummer drei. Und der Letzte die Nummer vier, ungefähr zweihundert Meter in diese Richtung«, dabei wies Freesen mit der Hand in die jeweilige Richtung.

»Okay, Freesen, dann zeigen Sie uns das Opfer Nummer zwei vom letzten Fundort aus.«

Bereitwillig stimmte der seinem Kollegen zu. Keine zwanzig Schritte von ihrer Basis entfernt, kamen sie an dem Tisch mit den Ausweisen der Leichen vorbei.

»Moment.« Büchele stoppte. Er sah sich, ohne etwas zu berühren, die Dokumente an.

»Freesen, ihre Spurensicherung sagte, das wären die Ausweise der Toten, richtig?«

Freesen nickte ihm zu.

»Ja, richtig«, gab er als Antwort.

Büchele lehnte sich über die Dokumente.

»Falsch, Freesen. Es sind vier Ausweise und ein Führerschein.«

Freesen sah ihn entgeistert an. Er wusste nicht, auf was Büchele hinauswollte.

»Ja und, was ist dabei? Dann sind es eben vier Ausweise und ein verdammter Führerschein. Was spielt das für eine Rolle?«

Büchele sah ihn kritisch an.

»Eine verdammt Wichtige, Freesen. Dadurch, dass die Dokumente hier auf einem Tisch ausgebreitet sind, möchte der Täter uns etwas sagen. Wie eine Handschrift, wie ein Buch kann es uns etwas über ihn verraten. Er nimmt den Toten nicht nur das Leben, sondern durch ihre Ausweise, somit auch ihre Identität. So raubt er ihnen symbolisch die Persönlichkeit. Das glaubt zumindest er. Er will uns sagen, die Toten sind nichts. Unser Mörder ist ein Psychopath. Er nimmt sich Zeit, nach den persönlichen Dokumenten zu suchen. Aber weshalb ist ein Führerschein dabei? Und wo ist, sofern wir den Dokumenten jeweils ein Opfer zuordnen können, Opfer Nummer fünf?«

Freesen zuckte mit den Schultern.

»Wir haben keine weitere Person gefunden.«

Büchele sah sich um. Wie ein Spürhund versuchte er, sich in den Mörder hineinzudenken.

»Sehen Sie, Freesen. Die Dokumente liegen fein geordnet. Ich verwette meinen schwäbischen Arsch, dass die Autos da drüben«, dabei wies er zu den Fahrzeugen der Opfer. »In der gleichen Reihenfolge stehen, wie die Papiere hier auf dem Tisch liegen.«

Wiederholt drehte sich Büchele im Kreis. Er sah zum Grillplatz, zur angrenzenden Hütte, die mehr zum Schutz vor Regen, als zum Grillen gedacht war, zum Parkplatz und zum angrenzenden Wald. Er beobachtete aufmerksam die Gruppe der Spurensicherung, die noch mal zum Fundort der ersten Leiche unterwegs war. Aber er sah auch aus dem Augenwinkel heraus, wie Kaufmann gerade das Equipment seiner Foto- und Filmausrüstung ins Auto packte. Jetzt schien bei ihm ein Licht aufzugehen.

»Dieser Schweinehund. Der hat alles geplant, meine Herren.«

Büchele wandte sich seinen beiden Kollegen zu. »Nehmen wir mal spekulativ und hypothetisch Folgendes an. Sie wollen mit Freunden zum Grillen. Dann möchten Sie bestimmt, dass der Platz frei ist, richtig?«

Krüger und Freesen nickten.

»Nehmen wir weiter an, Sie möchten es hier tun. Was bleibt Ihnen da anderes übrig, als sich bei der Gemeinde oder der Forstverwaltung zu erkundigen, ob am besagten Tag ein Termin für diese Grillstelle frei ist? Den lassen Sie sich bestätigen und haben den Platz an diesen Tag für sich. Abgesehen von Wanderern, die zufällig vorbeikommen, um ein Würschtle aufs Feuer zu werfen, sonst stört Sie hier kein Mensch. Vielleicht gibt es unbekannte Zeugen?«

Krüger und Freesen sahen sich jetzt etwas ratlos gegenseitig an.

»Aber, und jetzt kommt es, meine Herren, versetzen Sie sich in den Täter und in die Opfer gleichermaßen. Sie kommen hier fröhlich nacheinander an. Möglichkeit zwei. Sie kommen alle gleichzeitig hier an. Nun meine Frage an Sie. Wie würden Sie parken?«

Noch bevor einer von ihnen antworten konnte, ergriff Büchele wieder das Wort. »Wir alle, Sie und ich, meine Herren, würden vorfahren und mehr oder weniger wild unsere Autos abstellen und entladen. Richtig? Aber hier, Kollegen, sehen Sie sich doch gründlich um. Hier stehen die Autos der Toten fein säuberlich mit der Front in Richtung Ausfahrt.«

Freesen und Krüger sahen sich um.

»Du hast recht, Franz. Ja stimmt, so hatte ich es nicht gesehen. Kann aber auch Zufall sein«, kam es jetzt schon fast bewundernd von seinem Freund Max. Büchele holte tief Luft.

»Und nun, meine Herren, wird Kommissar Freesen mir den Fundort des zweiten Opfers zeigen. Und du, Max, wirst mit Kaufmann die Autoschlüssel der Fahrzeuge suchen. Frage bitte gleich mal die Herren von der hohenlohischen Spurensicherung. Vielleicht haben die ja was entdeckt.«

Büchele ging gemeinsam mit Freesen in östliche Richtung. In langsamen Schritten tapsten sie der aufgehenden Sonne entgegen. Steil in den Wald hinein folgten sie einem kleinen Trampelpfad.

»Dort drüben, Kollege!« Freesen zeigte wieder in eine Richtung. »Ich bleib lieber hier, wenn Sie erlauben. Mein Nervenkostüm ist heute nicht das Beste.«

Franz Büchele sah sich einige Meter weiter nach Opfer Nummer zwei um.

»Freesen, wo soll der Tote sein? Ich sehe ihn nicht.«

»Dort hinten, zwei, drei Meter weiter, an den Büschen«, kam es hinter einem Baum hervor. Dankbar für den Tipp, winkte Büchele ihm zu. Beinahe wäre er an der Leiche vorbeigelaufen. Er sah sich rückwärtig um. Ein »Verdammt« entwich ihm heute zum wiederholten Mal, als er die zweite Leiche entdeckte. Das viele Blut bemerkte Büchele sofort. Es war anders als bei dem ersten Opfer. Überall war klebriges rotes Blut auf dem feuchten Waldboden verteilt. Bekleidet mit einem T-Shirt, hatte dieses Opfer die Arme fast wie aus Protest vor der Brust verschränkt. Die Stellung erinnerte ihn an ein trotziges Kind. Büchele wollte dem auf den Grund gehen. Suchend tastete er den Waldboden ab und griff sich einen kleinen Zweig. Er sollte wohl dieser Aufgabe gerecht werden. Büchele ging vorsichtig vor, bestätigte sich seine Vermutung? Langsam tastete er mit dem Zweigende an den geschlossenen Augenlidern. Zaghafter

Widerstand machte sich bemerkbar. Zur Überprüfung drückte er nochmals abwechselnd auf das rechte, dann auf das linke Augenlid. Noch da, stellte er erleichtert fest, als das Augenlid dem Druck des Zweiges standhielt. Er hatte mit Schrecklicherem gerechnet. Prüfend begutachtete er, so weit es möglich war, ohne Spuren zu beseitigen, den Mann genauer. Er entdeckte wie beim letzten Opfer dieselben Spuren am Hals. Er betrachtete die Arme, dann die Frisur des Toten. Kein Zweifel. Auch hier war die gleiche Vorgehensweise wie beim ersten Opfer zu erkennen. Dem Kommissar wurde klar, dies war die Tat eines Serienkillers.

Will der Mörder uns verhöhnen? Lacht er über uns?, überlegte der Kommissar. Bei Psychopathen lag diese Annahme nah. Wieder werkelte Büchele an der Kleidung des Opfers vorsichtig herum.

Sorry mein Freund, mach ich auch nicht gerne, sagte er vor sich hin. Der Täter musste kalt wie ein Fisch mit einer Skrupellosigkeit und Genauigkeit vorgegangen sein, die seinesgleichen suchte. Abscheulich. Konnte so etwas ein Täter überhaupt allein bewerkstelligen, oder benötigt man dazu Hilfe? Hatte er einen Komplizen gehabt? Kreuz und quer gingen Büchele die Gedanken durch den Sinn. Mutmaßungen mit anderen bekannten Fällen verknüpfte sein Gehirn in Sekundenbruchteilen. So eine Grausamkeit hatte es seit dreißig Jahren nicht mehr im Unterland gegeben. Büchele betrachtete das blutverschmierte T-Shirt des Opfers. Keine Spur wies dieses Mal auf eine Befestigung am Baumstamm hin. Der Aufdruck »Weinfest 2013 Schwäbisch Hall« war noch gut zu lesen. Nur, was war das? Mit einem roten Stift war das Wort Wein auf dem Shirt ausgestrichen worden. Zufall oder Absicht?

Leichte Kratzspuren im Gesicht wiesen darauf hin, dass das Opfer vielleicht seinen Täter noch gesehen hatte. Drei tiefe Kratzer, wie von einer Bärentatze, liefen quer über das Gesicht.

»Krallen!«, mutmaßte Büchele jetzt laut. Viel zu sehr schwirrte Büchele noch sein letzter Fall im Kopf herum.

Er sah in die Richtung des ersten Mordopfers. Er versuchte, die Gedanken des Mörders zu erahnen, indem er sich neben die Leiche setzte. Abwechselnd schaute er in Richtung des ersten Opfers, danach folgte sein Blick der Richtung, in die das neben ihm sitzende zweite Mordopfer, blickte. Dabei fiel ihm auf, dass beide in die gleiche Richtung blickten. Was nichts bedeuten musste. Dies konnte auch ein Zufall sein.

Er rief zur Spurensicherung hinüber, die noch immer mit der ersten Leiche beschäftigt waren. Er wies sie an, auch hier weitere Ermittlungsfotos anzufertigen. Er ging die wenigen Schritte zurück zu seinem Kollegen Freesen. Krüger kam ihm entgegen.

»Wir haben keine Schlüssel gefunden, Franz. Kaufmann sucht noch mal mit dem neuen Magnetometer alles ab. Die Fahrzeugschlüssel haben ja eine magnetische Signatur, wenn die nur zwei Meter in der Nähe des Prüfgerätes sind, findet er sie. Ist so ähnlich, wie bei einem Metalldetektor.«

Kritisch und zugleich sehr überrascht sah Freesen, der danebenstand, die Unterländer Kollegen an.

»Soweit ist unsere Technik? Wusste ich nicht.«

»Freesen, zeigen Sie mir jetzt bitte den Tatort oder den Fundort der dritten Leiche?«, sagte Büchele.

Freesen drehte sich kurz um und überlegte, als er den Wald mit seinen Augen absuchte. Er wies mit der Hand nach rechts. »Dort, keine zweihundert Meter neben der anderen Leiche. Dort muss es sein. Stolpern Sie nicht drüber, ich bleib hier, okay?«

Auch dieses Mal zwang Franz seinen Kollegen nicht, ihm die Fundstelle persönlich zu zeigen. Nur die Bemerkung, stolpern Sie nicht drüber, klang für ihn nicht witzig, eher makaber.

»Max, komm, wir gehen los«, war das Einzige, was ihm da noch blieb. Max gehorchte. Sie gingen an den Beamten der Spurensicherung vorbei, die noch mal alles unter die Lupe nahmen und fotografierten. Wortlos schritten sie nebeneinander durch das lose Unterholz. Immer wieder blickten sie sich nach dem vermeintlichen Opfer um.

»Verdammter Hurensohn!«, dokumentierte Max seine Entdeckung. »Hier Franz, unser Opfer Nummer drei. Kollege Freesen hatte recht, ich wäre fast über ihn gestolpert.«

Franz, der keine fünf Meter neben seinem Freund und Kollegen stand, kam langsam näher. Büchele sah den Leichnam an.

»Welche Bestie ist zu so etwas fähig. Der Arme muss höllische Schmerzen ausgehalten haben, bevor er starb.«

»Und geschrien hat er vermutlich wie am Spieß. Sein Mund steht noch offen«, fügte Max hinzu. Büchele ging um den Toten herum. Der war diesmal zwischen zwei dicken Ulmen positioniert. Man konnte nur den Körper oberhalb der Hüfte auf dem Waldboden sehen. Die Hände waren links und rechts auf dem Boden ausgestreckt.

»Wo sind die Beine und seine Hüfte? Etwa…?«, Max stockte, »…etwa abgeschnitten?«

Franz griff nach einem herumliegenden Ast und stocherte um den Oberkörper des Toten herum. »Der Mann hier ist eingegraben worden. Die Beine sind noch dran.

Sieh her.« Büchele stocherte, da wo die Beine sein mussten, tiefer im losen Erdreich herum.

»Hier ist der Hosenbund. Die Hose ist nicht auf den Waldboden gelegt worden. Er ist definitiv eingegraben. Ergo sind auch noch die Beine da. Zumindest ein Stück.«

Die Augen des Opfers quollen buchstäblich aus ihren Höhlen. Sie hatten den letzten Angstblick im Angesicht des Todes in sich. Als hätten sie den leibhaftigen Teufel gesehen, wie es Büchele nannte.

»Was geschah hier?«, fragte Büchele seinen Kollegen. Obgleich er wusste, dass es hierfür nur ungenügende Erklärungen gab.

»Es muss ein Sadist sein, der Lust am Leiden, und Lust am Töten hat.« Teilweise gab Büchele ihm recht.

»Schon, aber der Täter verfolgt ein Ziel. Welches? Nur den Opfern ihre Identität rauben? Zu einfach. Sieh da, an den Schläfen. Der kreisrunde Abdruck. Was ist das?«

Büchele fuhr vorsichtig mit dem Finger darüber. Zwischen Daumen und Zeigefinger verrieb er es. Er roch daran. »Vaseline und kreisrunde Brandspuren. Der ist niemals hier ermordet worden. Man hat ihn hier eher so hindrapiert, wie eine Puppe. Keine größeren Blutspuren auf dem Boden, siehst du?«

Jetzt erst bemerkten sie, dass dem Opfer außer einigen Kratzspuren im Gesicht ein paar Tropfen Blut aus der Nase gelaufen waren. Nicht viel. Fast hätte er diesen Umstand nicht bemerkt. Die eingetrocknete Blutspur war keine fünf Millimeter lang. Franz hatte da eine Vermutung. Er drehte den Kopf des Opfers etwas zur Seite.

»Dachte ich es mir doch.« Max blickte ihn, ohne zu verstehen, an. Jetzt erst bemerkte er es auch. An den Ohren des Opfers befanden sich die gleichen, blutigen kleine

Rinnsale. Kommissar Büchele sah dem Toten in die offenstehenden Augen. Büchele kramte in seiner Tasche nach einer Taschenlampe. Knipste sie an und leuchtete dem Toten ins Gesicht. Auch hier waren kleine Mengen Blut aus den Augenhöhlen gelaufen, bevor er verstarb.

»Suche auf dem Boden überall nach Metalldrähten oder einem Schwamm«, schrie Büchele Max hektisch an. Beide tasteten und stöberten wie zwei Trüffelschweine den Waldboden ab. Ohne Erfolg.

»Max, Moment, sieh hinten am Hosenbund nach.« Hektisch schoben die Beamten das Laub am Boden hin und her.

»Ich hab was!«, langsam hob Max etwas mit seinem Bleistift, den er aus der Jacke gezogen hatte, in die Höhe. »Was um Himmelswillen ist das?«

»Max, du bist Gold wert«, freute sich Franz wie ein kleiner Schuljunge, als er sah, was Max gefunden hatte.

»Uralte Utensilien aus einer längst vergangenen Epoche«, freute er sich, als er die kleine unscheinbare Apparatur in seinen Händen hielt. Erst als er bemerkte, dass Max ihn entgeistert ansah, schaltete seine Mimik von freudig, wieder auf ernst um.

»Siehst du hier die Brandspuren an seinen Schläfen? Kreisrunde Abdrücke. Jemand hat ihm Elektroden an den Kopf gehalten. Das Blut quoll aus Nase und Ohren, als ob jemand sein Hirn mit Strom gegrillt hat.« Ungläubig sah Max ihn an.

»Du spinnsch ja, do im Wald gib's doch koi Steckdose. Du spinnsch jetzt wirklich, Franz. I glab de Gaul und die Fantasie geht mit dir durch!«, kam es in Schwäbisch von Max Krüger. Büchele nahm ihm die Fundstücke ab.

»Und was ist das da, Kollege? Saugnäpfe, Elektroden

und ein Stück Kabel. Ein transportabler kleiner Trafo vielleicht, wer weiß, ein Ladegerät vielleicht wie bei den Autos, portabel versteht sich. Das Ding hätte genug Power um dich zu grillen.«

»Ein bisschen weit an den Haaren herbeigeholt, Chef. Aber eine Möglichkeit, das muss ich zugeben.«

Büchele betrachtete die zwei seltsamen Dinger genauer. Stromkabel liefen, befestigt mit Klebeband, an kleinen, dreißig Zentimeter langen Stahlrohren hoch zu den Saugnäpfen. Perfekt eingepasst in konisch verlaufende Vertiefungen, waren sie an ihnen professionell befestigt. So konnte mit etwas Leitendem versehen, der Strom problemlos zum Körper gelangen. Ein perfekter elektrischer Leiter. An den Kopf gehalten und mit genügend Energie aus einer Stromquelle versorgt, wurden so früher die Erinnerungen gelöscht. Zuviel der Strommenge führte unweigerlich zum Kochen des Gehirns. Die Vorstellung einer solchen Folter war gruselig. Büchele zippte an den gummiartigen Saugnäpfen herum.

»Leuchte mal mit der Lampe hier her, Max«, Büchele deutete auf das Innenleben des Metalltrichters. Max richtete den Lichtkegel auf das Metall.

»Da steht was, Franz. Einen Moment, ich kann es nicht genau sehen. Gleich, halt doch das Ding ruhig.«

Büchele zitterte.

»Da stehen Kürzel drauf. Ich kann es nicht genau erkennen. Ein Mikroskop oder eine Lupe wäre hilfreich. Einen Moment noch, halt doch das Ding endlich ruhig, verdammt noch mal, gleich hab ich es«, sagte Krüger, ungehalten über Bücheles Zitterei.

»Hier stehen Großbuchstaben. Ein großes **C** ein **V** und ein **H.** Sagen uns die Zahlen und Buchstaben etwas?«

Max sah Büchele an.

»**CVH**. Moment mal, die gleichen Buchstaben haben wir im Eiskeller an dem Gestell des Stuhles gefunden. Aber wir wissen bis heute nicht, was es bedeutet. Es sieht aus wie ein medizinisches Instrument. Vielleicht aus einer Psychiatrie? Irgendwo gestohlen? Vermutlich nicht, oder? Ich glaube, so ein Scheiß ist nicht erlaubt. Und die Dinger hier sind nicht die Jüngsten«, mutmaßte Büchele.

Von Weitem hörte man, wie jemand sein Auto dröhnend die Zufahrtsstraße zum Grillplatz heraufjagte. Mit hoher Motordrehzahl fuhr ein alter MG aufs abgesperrte Gelände. In Golfkleidung mit Schiebermütze und Brille entstieg Dr. Bruno Fröschle seinem seltsamen Gefährt. Für einen Gerichtsmediziner im Walde sah er mit seinen nostalgischen Knickerbockerhosen etwas unpassend gekleidet aus. Kurz darauf hievte er seinen Arbeitskoffer aus dem Kofferraum heraus. Als ihm unten einige Kollegen den Weg zu Büchele und Krüger mit Handzeichen wiesen, stand er kurz darauf vor ihnen.

»Männer, da bin ich. Was liegt an?«

Büchele sah ihn an.

»Die Arbeit eines Verrückten, eines Serienmörders. Das, solltest du dir ansehen. Noch was, sieh mal bitte nach, ob du in den Kratzspuren der Toten etwas findest. Oder, ob dir sonst was auffällt. Max bringt dich zu den Leichen.«

»Den Leichen? Wie viele sind es denn?«

»Vermutlich vier. Drei haben wir schon in Augenschein genommen«, berichtete ihm Kommissar Büchele mit monotoner Stimme.

»Komm Bruno, ich zeig dir die Fundorte«. Krüger zog seinen Kollegen hinter sich her. Kommissar Büchele war zurückgegangen und betrachtete mit akribischer Genauigkeit die eingegrabene Leiche. Er schlich um den Toten herum, begutachtete alles um ihn herum. Ging mal rechts, mal links. Dann sah er das Opfer von Weitem und aus der Nähe an. Bei dem angstvollen, starren Blick der Leiche bekam Franz eine Gänsehaut. Weshalb grub der, oder wenn man den Zeitaufwand betrachtete, die Täter jemanden ein? Weswegen die Folter? Und die grauenhaften Verstümmelungen. Genügte es dem Mörder nicht, dass sein Opfer starb. Wer waren diese Männer? Wirklich nur, wie Krüger nach seinen Überprüfungen herausgefunden hatte, nur harmlose Freunde, die sich zum Bocciaspiel trafen? Aber weshalb waren sie alle hier? Zum Grillen, zu illegalen Absprachen oder steckte mehr dahinter, deren Tragweite keiner der Ermittler erkannte? Waren es vielleicht doch nur wahllose Opfer in einem perfiden Spiel? Vielleicht gab es eine Verbindung mit dem Täter? Irgendeine Spur muss es doch geben, gingen Gedanken dem Kommissar durch den Kopf. Er konnte sich keinen Reim darauf machen. Ekel überkam ihn, bei so viel Abscheulichem. Das Einzige, was für ihn eine Verbindung darstellte, waren die Buchstaben **CVH**. Aber für was standen sie? Waren es Firmeninitialen, Namen der Opfer, vielleicht nur die Zeichen der Herstellerfirma oder vielleicht etwas ganz anderes? Einiges davon war schon damals, bei den Ermittlungen der letzten Fälle eine Sackgasse gewesen. Und diese zwei komisch aussehenden Teile ähnelten mehr Salatlöffeln, als einem Mordinstrument. Stammten sie wirklich aus einer Psychiatrie? Fast unmöglich. Solch altes Zeug fand man nur noch in Sammlungen oder im Museum. Büchele ging, nachdem er sich auch dieses Mal Notizen in seinem kleinen Block gemacht hatte, zurück zu Freesen, der inzwischen unten am Sammelpunkt stand.

»Kaffee, Herr Büchele?«

Gedankenversunken nickte dieser ihm zu. Er sah auf die Uhr. Halb neun. Wanderer zogen an der abgesperrten Grillstelle vorbei. Familien, die sich einen schönen Tag bei Steak und Grillwurst machen wollten, parkten meist unweit des Geländes und mussten unverrichteter Dinge, ohne ausreichende Erklärung wieso und weshalb, wieder abziehen.

»Freesen, verstärken Sie bitte ihre Leute rund ums Gelände. Ich möchte nicht, dass ein Passant uns die Spuren verwischt. Auch kein Wort an die Presse. Lassen Sie sich was für die Angehörigen einfallen. Sonst ist das Gerücht über die Tat eines Serientäters und die dazugehörige Panik schneller in Umlauf, als uns lieb ist. Dies erleichtert uns nicht gerade die Arbeit. Oder?«

Freesen verstand und forderte sofort über Funk mehr Sicherheitskräfte an. Gerade kam Kaufmann von der Suche mit dem Magnetometer zurück.

»Keinen blassen Schimmer, wo die ganzen Autoschlüssel abgeblieben sind, Chef. Hier vorn und im Waldgelände sind sie jedenfalls nicht. Hat jemand die Autos da drüben durchsucht oder dort Spuren gesichert?«, fragte Kaufmann bei Kollege Freesen nach.

Schulterzuckend tat der völlig unwissend.

»Ist jetzt Ihr Heilbronner Fall, Kollege.«

Büchele sah, nachdem er dies aus der Distanz vernommen hatte, rüber zu PKA Kaufmann.

»Deine Aufgabe Jungspund, vielleicht finden wir einen Hinweis.« Büchele nahm den letzten Schluck aus seinem Pappbecher.

»Kann mir jemand sagen, wieso eigentlich kein Mensch etwas gehört und gesehen hat? Und wohin und mit welchem Fahrzeug ist unser Täter verschwunden?«

Es blieb still. Niemand hatte eine Antwort oder Erklärung auf die Frage des leitenden Beamten.

»Wenn unser eifriger Staatsanwalt Krümmbusch diesen Fall in die Finger bekommt. Dann gute Nacht um sechs. Der macht ein Riesenfass auf, kann ich euch sagen.«

Büchele ging zur Grillstelle zurück. Die Gemeinde hatte den Waldgrillplatz wundervoll für jeden Wanderer und Naturfreund angelegt. Ein toller Grill, ausreichend Feuerholz und Mülleimer alle fünfzig Meter. Wenn jeder ein bisschen auf Ordnung achtete, könnte das hier über viele Jahre ein beliebtes Ausflugsziel werden. Solche Gedanken streiften trotz der harten Arbeit Bücheles Gemüt. Aber wie so oft holte auch ihn die Realität immer wieder ein.

»Möchten sie jetzt unsere letzte, besondere Leiche sehen?«, sprach Freesen seinen Unterländer Kollegen an.

»Besondere Leiche?«, fragte dieser verwundert nach.

»Ja, eine ganz besondere Leiche oder was von ihr übrig ist.« Franz sah neugierig und irgendwie gespannt den Beamten Freesen an.

»Gibt es überhaupt besondere Leichen?«

»Wenn es die überhaupt gibt, dann ist der Mann dort oben eine besondere Leiche«, betonte er ohne sich nach dem ihm folgenden Büchele umzudrehen.

»Nehmen Sie lieber Verstärkung mit. Da braucht jeder ein gutes Nervenkostüm.«

Büchele sah ihn etwas misstrauisch nach. Er hatte schon etliche Tote gesehen, aber was sollte an diesem anders sein? Seine berufliche Neugier war aufs Neue geweckt. Krüger hatte Fröschle allein gelassen und war auf dem Rückweg, als Franz ihn zu sich winkte.

»Max, komm wir gehen zum Fundort des vierten Opfers.«

»Wo ist die?«, fragte Max Krüger neugierig.

»Dort oben«, wiederholte Büchele etwas mürrisch. Freesen ging voraus und blieb nach einigen Metern dem Waldweg folgend vor seinen Kollegen stehen und zeigte mit seiner Hand in den Wald.

»Seht ihr die Baumgruppe, da wo die Bäume weit auseinander stehen?«

Max und Franz versuchten der Richtung mit den Augen zu folgen.

»Dort wo doppeltes Absperrband um die vier, fünf Bäume gezogen ist?«, fragte Max nach.

»Richtig, dort ist es. Aber stolpert mir nicht über den armen Kerl.«

Franz und Max sahen sich verwundert über Freesens Aussage nur an.

»Dann wollen wir mal!«, ermutigte Max seinen Chef zum Weitergehen. Langsam gingen beide Beamten in die angewiesene Richtung. Büchele blickte sich irritiert zu Freesen um. Der hatte einen kleinen Flachmann aus der Jackentasche gezogen und nahm einen kräftigen Schluck. Er zog an seiner Kippe und zitterte wie Espenlaub.

»Unser Kollege benötigt dringend einen Schreibtischjob. Und auch psychologische Hilfe. Der ist doch ganz durch den Wind«, bemerkte Max dazu. Stummes Nicken von Franz bestätigte dies.

»Max, lass uns nicht gleich zu Nummer vier rüber. Ich möchte alles nochmals abgehen. Hier rüber.«

Krüger folgte brav der Bitte seines Chefs. Sie sahen sich alle Opfer nochmals an. Opfer Nummer eins wurde die Kehle mit einem scharfen Gegenstand durchgeschnitten, sein Körper wurde an einem Baum befestigt. Opfer Nummer zwei wurde auf dieselbe Art getötet, aber weshalb? Sie gingen weiter zu Opfer Nummer drei.

»Dem hier wurde förmlich das Hirn gegrillt, so meine erste Vermutung.«

Max Krüger wollte hier nicht lange verweilen, ihm wurde schlecht. »Jetzt lass uns zu Opfer vier gehen. Wo soll der noch mal sein?«

Büchele blieb nichts anderes übrig, als mit der Hand in die Richtung zu zeigen, die auch Freesen angegeben hatte.

»Hier rüber, Max.« Stumm gingen sie einige Meter nebeneinander her. Büchele kam der ganze Aufwand des Mörders schon etwas seltsam vor, als er sich fragend an seinen Freund Max wandte.

»Kannst du mir sagen, wieso sich einer die Mühe macht, die Leichen so zu drapieren? Ist dir aufgefallen, dass sie alle in eine Richtung blicken? Und wieso hat der Täter diese Leute ausgewählt. War es Zufall oder Absicht?«, fragte Büchele seinen Freund.

Max sah seinen langjährigen Partner und Freund Franz an.

»Bin ich Jesus? Wächst bei mir Gras aus den Sandalen? Ich bin Kriminalbeamter und habe keinen Schimmer, auf was der Mörder rausmöchte, noch nicht.« Dabei hob er drohend seinen Zeigefinger in die Höhe. »Klar, es hat Ähnlichkeit mit unserem Freibadfall vor einiger Zeit, mehr auch nicht. Kann ja auch Zufall sein.«

Wirsch drehte sich Franz zu ihm hin.

»Ich glaube an keine Zufälle. Zumindest nicht bei Mord. Tut mir leid. Es muss einen Grund für alles geben, ein Motiv. Sonst hätte er die armen Männer erschießen können und fertig wäre der Fall gewesen. Ohne langes Vorspiel. Verdammt, Max, das hier ist kein Spiel. Hier rennt ein durchgeknallter Psychopath durch die Gegend.«

Krüger hielt seinen Kollegen an den Armen fest.

»Ist ja schon gut, mein Freund, beruhige dich, Franz.«

Schnaubend wie ein Stier kam vom Hauptkommissar ein lautes »Dieser verdammte Dreckskerl.«

Alle Beamten im Wald drehten sich nach Büchele um. Jetzt rief Krüger, der in Erklärungsnöten war, den Kollegen zu: »Alles okay Freunde, Büchele hat nur laut nachgedacht. Macht eure Arbeit bitte weiter, sie ist wichtig.«

Max versuchte Büchele flüsternd zu beruhigen.

»Sollen wir den Fall überhaupt übernehmen, Franz? Fühlst du dich in der Lage, die Ermittlungen zu führen? Möchtest du Opfer vier mit mir ansehen oder nicht?«

Franz nickte verhalten, zu sehr brachte ihn diese gespenstische Gräueltat an den Rand seines gesunden Menschenverstandes. Kurze Zeit später, als er sich gesammelt hatte, kam nur ein für ihn übliches, brummiges »Sehen wir uns die Leiche an?« über seine Lippen. Sie gingen den restlichen Weg ohne Eile. Vor dem letzten markierten Fundort blieben sie erstarrt stehen. Mit einem Zähneknirschen versuchte Büchele als er das Opfer sah, seiner Wut und Machtlosigkeit dem Mörder gegenüber Luft zu machen. Mit der Faust schlug er immer wieder auf einen der Bäume ein.

»So ein verfluchter, schizophrener Sadist. So ein Teufel. Eine Ausgeburt der Hölle.«

Als er sich beruhigt hatte, holte er tief Luft. Ein schauderhaftes Szenario musste es gewesen sein, was sich in der Nacht hier zugetragen hatte. Max schluckte. Kreisrund war der Waldboden etwa zwei Meter im Durchmesser akribisch von Blättern befreit worden. Kein noch so kleiner Zweig, nur kleine, frisch herabgefallene Blätter lagen im markierten Kreis. Jungfräulicher Waldboden markierte das Grauen. Inmitten des fast perfekten Kreises saß punktgenau und stumm ein toter Mann mit geschlossenem Mund, die Augen weit aufgerissen, auf einem Stuhl. Nur ein paar Kratzer an der Stirn und eine kleine Einstichwunde unterhalb des Kiefers waren an dem sonst makellosen Kopf zu erkennen. Ein sorgsam geschnittener Oberlippenbart ließ auf ein gepflegtes Äußeres des Toten schließen. Zwei kleine krause Locken fielen ihm in die Stirn.

»Vielleicht fünfunddreißig Jahre?«, mutmaßte Krüger. Das Szenario wirkte unreal und künstlich. Aber das war noch nicht alles an diesem gespenstisch wirkenden Tatort. Die Ärmel eines roten Hemdes waren akribisch genau in dem Kreis, der einer großen Uhr glich, deren Mittelpunkt der Tote auf dem Stuhl markierte, platziert. Büchele ging um den angelegten Kreis respektvoll herum. Er zählte durch. Zwölf Rebstöcke waren akkurat, wie bei einer Uhr, am äußeren Rand verteilt in den Boden gerammt worden. Die Hemdsärmel waren etwas versetzt zum Rand nach innen aufgestellt und trafen sich in der Mitte unter dem Stuhl des Opfers, wie zwei große Zeiger einer Uhr. Franz sah es sich genauer an. Alles am Boden glich tatsächlich einer riesigen Uhr. Makaber. Absichtlich oder ungewollt? Büchele traute der ganzen Sache nicht. Zögerlich hob er einen der Ärmel mit seinen Fingerspitzen an.

»Die Ärmel liegen wirklich lose auf dem Boden«, sagte er vor sich hin. Er war überrascht. Alles hier kam ihm seltsam vor. Er bewegte sich wieder auf seine alte Position zurück.

»Vielleicht eine Art übergroße Uhr? Dann zeigen die Hemdsärmel ungefähr halb drei oder viertel zwölf an, je nachdem, wo man gerade steht. Oder sogar acht Uhr, sofern die Anordnung der roten Ärmel etwas zu bedeuten hat«, kommentierte Max jetzt seine eigenen Gedanken.

»Max, hast du es bei allen Leichen bemerkt? Sie blicken alle in eine Richtung. In Richtung Waldhütte.«

Krüger wiegelte die etwas weit hergeholte Vermutung seines Chefs mit einer abweisenden Handbewegung schnell ab.

»Franz, ist wohl Zufall. Mich würde eher interessieren, wann und woran sie wirklich gestorben sind.«

Gerichtsmediziner Fröschle hörte dieses Gespräch, als er gerade auf die beiden zuging. Er zeigte auf die Ärmel am Boden und den Toten auf seinem Stuhl.

»Derjenige, der diese Tat begangen hat, meine Herren, der hatte zumindest Fantasie und hat euch ein Rätsel aufgegeben. Anhand des Laborberichts kann ich euch später mehr sagen. Kann ich die armen Kerle, die ich schon besichtigt habe, nach Heilbronn bringen lassen, Franz?«

»Klar doch, wir haben genug gesehen.«

Aufgeregt kam ihnen PKA Kaufmann entgegengerannt.

»Leute, kommt mit, das müsst ihr euch ansehen, schnell.«

Ohne eine weitere Erklärung rannte er, gefolgt von den anderen Heilbronner Beamten, zurück zum Grillplatz. Auch dort fiel die Hektik von Kaufmann den anderen Beamten auf. Freesen, der an einem Tisch lehnte, beobachtete, wie Kaufmann in seine Richtung hastete, an ihm vorbeilief und am einem der geparkten Fahrzeuge stehen blieb.

»Jetzt kommt doch mal«, forderte er seinen Chef und alle anderen auf, ihm zu folgen. Als alle versammelt waren, fuhr Büchele den Kollegen an: »Rainer, jetzt sag uns aber mal, was los ist!«

»Ich habe die Autoschlüssel gesucht. Nada, nichts gefunden. Alle Autos sind verschlossen, warum auch immer.

Aber bei diesem Fahrzeug«, dabei wies er auf den schwarzen Pick-up hinter sich, »bei dem fiel mir was auf.«

»Hast du wenigstens von dem den Schlüssel gefunden?«, wollte Krüger wissen. Wieder Kopfschütteln von Kaufmann.

»Jetzt sag schon, Rainer, spann uns nicht auf die Folter. Wir haben gleich Mittag. Was hast du entdeckt?«, forderte jetzt Büchele ihn auf, sich genauer zu äußern.

»Meine Herren«, dabei ging er um das Fahrzeug herum zur Ladefläche nach hinten.

»Was ist das auf der Ladefläche?«

Jeder sah von Weitem nur drei Kisten.

»Materialkisten oder leere Gewehrkisten. Rainer, stell uns nicht so unwissend hin, sag uns lieber, was drin ist. Oder mach sie auf, damit wir selbst sehen können, verdammt noch mal«, forderte Krüger ihn ungehalten auf. Kaufmann öffnete von den zwei vorderen Kisten die Metallverschlüsse. Gleichzeitig hob er die beiden Deckel an.

»Heiliger Bimbam, verfluchte Scheiße«, machte Kommissar Büchele seiner Wut und seiner Abscheu Luft. Der Mörder hatte die Utensilien seiner Opfer in Kisten gelegt, die mit roter Flüssigkeit gefüllt waren. Blut? Polizeimeister Christ, ein junger Beamter aus Freesens Truppe, musste sich bei diesem widerlichen Anblick übergeben und verließ zügig den Bereich des Fundortes. PKA Kaufmann grinste.

»Es ist nach meiner ersten Analyse kein Blut, meine Herren. Nur rote Künstlerfarbe, wie in Filmen, nur Autoschlüssel sind keine dabei. Dies wirft aber folgende Frage auf: Wurde der Täter beim Abtransport von jemand gestört? Oder hatte er einen Ordnungswahn?«

»Wollte er, dass man die Kisten findet?«, stotterte Krüger.

Das ganze Team blickte nur verstohlen auf die Behälter. Was bedeutet das alles? Das konnte unmöglich die Tat eines Einzelnen sein.

Dr. Fröschle, der den Menschenauflauf am Sammelplatz nicht mitbekommen hatte, da er im Wald geblieben war, sah sich beim Arbeiten an den Leichen verschreckt um. Es raschelte unweit der Fundstelle, als er gerade dabei war, den Todeszeitpunkt einer Leiche festzustellen. Erschreckt sah er sich um. Kaum einer war hier oben im Wald. Unten an der Leitstelle hatten sich fast alle Beamten versammelt. Nur noch zwei, in weiße Overalls gepackte Ermittler der Spurensuche folgten seiner letzten Anweisung und bereiteten die Opfer eins bis drei für den Abtransport nach Heilbronn vor. Er hatte ein weiteres Transportmittel aus Heilbronn angefordert. Leises Gerede drang vom Leitstand herauf. Wiederholt drang leise etwas an sein Ohr. Hatte er sich verhört. Da das Geräusch von weit entfernt kam, machte sich Fröschle keine großen Gedanken. Vielleicht ein Reh auf Futtersuche oder sonst einer der üblichen Waldbewohner, redete er sich ein. Keine hundert Meter entfernt, gerade als er sich mit einem Kollegen der Spurensicherung unterhielt, hörten diesmal beide das seltsam klingende Geräusch. Erstarrt vor Angst blieben beide wie angewurzelt stehen und sahen in die Richtung, aus der das Geräusch zu kommen schien. Minutenlang rührten sie sich keinen Millimeter vom Fleck. Ihre Anspannung wich erst, als eine Bache grunzend aus dem Unterholz brach. Sie waren weit genug entfernt, sodass das Borstentier nicht wirkliches Interesse an ihnen zeigte. Quiekend und grunzend verschwand es kurz darauf wieder im Dickicht. Fröschle gab seinem Kollegen Entwarnung. Sie waren sichtlich erleichtert, als das

Wildschwein wieder im Dickicht verschwunden war. Gerichtsmediziner Dr. Fröschle gab letzte Anweisungen und ging dann runter zur Leitstelle, als ein weiterer Kollege mit einem Leichentransportmittel ihnen entgegen kam.

»Haben wir alles?«, fragte Franz Büchele seinen Kollegen Max, der an dem Tisch der Grillstelle stand und die Ausweise lange ansah, aber diesmal anderer Meinung war als sein Chef. Er griff sich den einzigen Führerschein, der bei den vier Ausweisen lag in die Hand.

»Wenn mir jemand sagen kann, wo dieser Mann, Marcel Greif, ist, dann haben wir alles.«

Büchele sah ihn an.

»Stimmt, hatte ich total verpennt im Trubel. Hast du die anderen anhand der Bilder erkennen können?«

»Na ja, so wage schon. Aber von diesem hier, einem Marcel Greif, fehlt jede Spur. Nur sein Auto steht da«, er zeigte auf den schwarzen Pick-up, auf dem PKA Kaufmann die Kisten gefunden hatte.

»Wenn er nicht zufällig spazieren gegangen ist, tja dann haben wir was übersehen, Franz.«

»Klingt einleuchtend, Max«, stimmte Büchele zu. Freesen, dem es anscheinend wieder etwas besser zu gehen schien, tippte Büchele auf die Schulter.

»Kollege Büchele, als wir ankamen, haben wir den Wald durchsucht. Naja, so gut es ging. Wir sind ja alle nasenlang auf einen Leichnam gestoßen.« Er schüttelte den Kopf. »So genau war das auch wieder nicht.«

Franz sah in die Runde. Gerade verstauten Beamte den letzten Leichnam und Kaufmann studierte mit Krüger die Dokumente. Fast alle Beamten standen am Leitstand. Sollte er die Spürhunde anfordern? Vermutlich die einzige Möglichkeit, den vermissten Marcel Greif zu finden. Noch während seiner Überlegung sah er Dr. Fröschle nach, wie der am eigenen Hosenlatz hantierte und hinter der Waldhütte verschwand. Offensichtlich musste der Gerichtsmediziner mal austreten.

»Franz, Max, alle mal hier her, schnell«, rief Fröschle kurz darauf hinter der Hütte hervor. Als sie um die Ecke zur Rückseite der Hütte kamen, sahen sie, was er meinte. Dr. Fröschle stand mit offenem Hosenschlitz wie angewurzelt da. Erst jetzt zog der Gerichtsmediziner langsam den Reißverschluss an seiner Hose nach oben.

Fröschle stand keinen Meter neben einer Leiche. Opfer Nummer fünf. Der Gerichtsmediziner bückte sich. Kein Zweifel, dieser Mann, der vor ihm an der Waldhütte lehnte, war erschossen worden. Es war der von Büchele gesuchte Besitzer des Führerscheins, Marcel Greif. Fröschle ging vor dem Toten in die Knie. Hatte er vielleicht noch gelebt, als die Ermittler eintrafen? Hätte man ihn retten können, wenn man ihn gleich nach ihrer Ankunft gefunden hätte?

Regungslos und still sahen die Ermittler sich das schauderhafte Szenario an. Die Furcht und Abscheu waren bei diesem Anblick jedem ins Gesicht geschrieben. Freesen, der zu seinem Flachmann griff, nahm einen tiefen Schluck.

»Armer Kerl«, sagte Büchele. Er trat nach vorn. Er sah in den Eimer, der neben dem Toten stand. Der war fast randvoll mit sehr heller, roter Flüssigkeit. Zu hell für Menschenblut, wieder Künstlerblut? Auf dem Grund des Eimers funkelte etwas. Ein Anhänger, vielleicht die gesuchten Autoschlüssel? Neben dem Eimer lag ein Zettel. Vermutlich war er dem Opfer aus der Tasche gefallen, nachdem sein Mörder ihn verlassen hatte. Büchele hob ihn auf. Es war eine Skizze. Mit Kohlestift war ein Monogramm gekritzelt, das er aber nicht entziffern konnte. Er vermutete eine Art Brücke, Keller oder was Ähnliches. Aufgemalt mit dickem Schwarz in großen Lettern prangte das Wort »Heilanstalten« darüber. Auch er hatte einen ähnlichen Zettel von der Zunft bekommen. Weshalb? Büchele hatte jetzt einen weiteren Anhaltspunkt. Die Heilanstalten. Aber welche und wo?

»Ich wusste es!«, rief er schon etwas lauter. Jeder blickte ihn entgeistert an, wobei ihm keiner so richtig folgen konnte. Er reichte Krüger den Zettel zum Eintüten.

»Kommt dir da was bekannt vor, Max?«

Krüger sah auf das Stück Papier.

»Ähnelt es nicht dem Zettel, den dir die von der Zunft in die Jacke stopften? Oder sind es, na ja, sieht aus wie Katakomben, oder?«

»Max, wir sind so nah dran.« Ungläubig sah dieser ihn an.

»Leute!« Büchele sah auf die Uhr. Gleich vierzehn Uhr.

»Wir müssen alles akribisch sichern. Gebt euch Mühe. Und du, Bruno, machst wie immer einen wundervollen pathologischen und toxikologischen Bericht«, sagte er aufmunternd zu Fröschle. Rainer Kaufmann war hinter Büchele aufgetaucht.

»Chef, bekomme ich den Eimer und dessen Inhalt zur Analyse?«

Büchele drehte sich zu ihm um.

»Äh ja. Na klar, den nehmen wir mit. Du kannst die Schlüssel rausfischen, wenn es überhaupt welche sind. Die Autos der Opfer nehmen wir auch mit. Ruf schon mal einen Transporter. Vielleicht finden wir was. Aber noch wichtiger, Rainer, wenn du mit dem hier fertig bist, gehst du das Areal nochmals großräumig ab. Vielleicht haben wir was übersehen. So wie ich es sehe, hat der Täter einen

Hang zu Theatralischem«, dabei wanderte sein Blick in den Eimer mit der roten Flüssigkeit.

Kaufmann nickte und schnappte sich vorsichtig den Eimer. Er stellte ihn auf dem Tisch der Spurensicherung ab. Wie erwartet, ergab der erste Test Künstlerfarbe. Gekonnt fischte er danach einen Schlüssel nach dem anderen mit einem Haken vom Grund des Eimers nach oben. Etwas am Grund des durchsichtigen Eimers schimmerte fahl. Kaufmann fischte danach.

»Verdammt. Chef, kommen Sie mal bitte?« Büchele kam hinter der Hütte hervor. Kaufmann hielt ein wichtiges Beweisstück in den Fingern.

»Ich wische es nicht ab. Könnten noch Spuren dran sein. Wenn ich richtig liege, haben wir so was schon mal gefunden, richtig?«

Büchele trat näher an das Objekt heran. Zog seine Lesebrille aus der Tasche und begutachtete das Fundstück. Eine wundervolle Gliederkralle kam zum Vorschein. Gerade perlten die restlichen roten Tropfen der Flüssigkeit von diesem Stück Metall ab, als er seinen jungen Kollegen bat, es umzudrehen.

»Volltreffer, Rainer. Halte die Kralle so, dass ich es genauer sehen kann. Ja, genau so. Bravo, da stehen neben der reichhaltigen Verzierung zwei Buchstaben. Siehst du sie? Eintüten!«

PKA Kaufmann sah seinem Chef Franz Büchele nach, als der wieder hinter der Hütte verschwand. Hatte er richtig gehört? Sein Vorgesetzter hatte ihn zum wiederholten Mal beim Vornamen genannt? Er schmunzelte in sich hinein.

Nachdem man vom toten Marcel Greif genügend Fotos gemacht hatte, legten die Ermittler ihn für eine genauere Obduktion in der Gerichtsmedizin in einen Leichensack.

Urplötzlich trällerte Bücheles Telefon mit einem Hitparadensong los.

»Du solltest mal den Klingelton ändern«, schlug Krüger ihm vor, als Büchele endlich an den Hörer ging.

»Ja, Büchele. Birgitt, du störst bei Ermittlungen. Was? Eine Bombe? Wer sagt dir so was? Wo genau?«

Er hörte Birgitt Kohlmarx konzentriert zu.

»Rachelle Schatzberg, bist du sicher? Und wann? 14.30 Uhr, okay, danke. Bis später. – Ja, ja, doch, Tschüss.«

Büchele sah auf die Uhr. Die Zeiger standen auf 14.20 Uhr. Er sah sich hektisch um.

»Verdammte Scheiße. Männer, hört alle zu. Wir haben nur zehn Minuten Zeit. Gleich geht hier irgendwo auf dem Gelände eine Bombe hoch. Schnappt die restlichen Leichen, packt alles weg und bewegt eure Hintern in Richtung Autos! Das ist ein Befehl!«

Hektisch wurde alles verpackt. Krüger folgte ohne jeglichen Kommentar den Anweisungen seines Vorgesetzten. Er versah die Eimer mit einem Deckel und verstaute sie geschützt zwischen allerlei anderem Zeug. Jeder verließ so schnell er konnte, zu Fuß oder mit dem Dienstwagen, das Gelände. Wieder sah Büchele, der als Letzter das Gelände verließ, auf seine Uhr, es war 14.28 Uhr. Er sah sich um. Alle Dienstfahrzeuge standen auf der Zufahrtsstraße. Büchele verfolgte den Zeiger seiner analogen Armbanduhr. 14.30 Uhr nichts geschah. 14.32 Uhr noch immer keine Explosion. Hatte sich da jemand einen Scherz erlaubt? Jeder sah Büchele an. 14.34 Uhr Büchele kam aus der Deckung hinter dem Dienstwagen und hob entschuldigend die Arme in die Höhe.

»Hätte ja auch …«, zu mehr kam er nicht. Oben im Wald, dort wo Fröschle noch eben mit seinem Kollegen das Wildschwein gesehen hatte, genau da gab es eine ohrenbetäubende Detonation. Instinktiv duckte sich Büchele. Bäume, Erde und Gestrüpp wirbelten infernalisch gegen den Himmel. Rauchschwaden versperrten die Sicht. Erst Minuten später, als sich der Rauch gelegt hatte, kam wieder Bewegung in die Truppe. Büchele übernahm sofort das Kommando.

»Krüger und Fröschle, wir gehen rauf. Alle anderen bleiben hier. Wir wissen ja nicht, ob es sich nur um eine Bombe handelt. Los Männer, wir gehen!«

Schnell war die Stelle der Explosion erreicht. Ein riesiger blutverschmierter Krater aus menschlichen Überresten und Gestrüpp lag verstreut herum. Noch immer versuchte Kaufmann seinen Chef auf seinen Fund im Wald hinzuweisen. Ergebnislos. Der hatte seine Gedanken letztendlich nur bei den Folgen der Detonation.

»Verdammt, es war eine selbst gebastelte Splitterbombe mit Zeitzünder. Seht ihr?« Krüger wies auf Kabel, Nägel und die Reste eines Weckers. Fröschle zeigte auf etwas unkenntlich Zerfetztes, das in winzigen Teilen verstreut herumlag.

»Das sind menschliche Überreste, Franz. Hier liegt der Teil eines Oberschenkels. Ich denke, jemand hat sich hier seines Helfers entledigt. So gibt es keine Zeugen.«

Franz sah Bruno an.

»Kannst du ihn mir wieder zusammensetzen, damit wir wissen, um wen es sich gehandelt hat?«

Ungläubiges Kopfschütteln kam von Bruno.

»Aber eine DNA kriegen wir. Wenn er der Polizei bekannt ist, haben wir Glück, ansonsten Pustekuchen, mein Lieber.«

»Okay. Bringen wir die Reste nach Heilbronn. Ich

schicke dir jemanden zum Einsammeln hoch. Wir sehen uns dann morgen früh, Bruno.«

Fröschle rief nach einer Schaufel und Behältnissen, um die Überreste des Opfers einzutüten. Krüger und Büchele gingen zu den anderen am Sammelplatz. Schnell war jemand gefunden, der dem Gerichtsmediziner zur Hand ging.

Rainer Kaufmann, der neben Kommissar Büchel stand, fasste allen Mut zusammen und tippte seinem Vorgesetzten auf die Schulter. »Chef, ich hatte doch den Auftrag das Gelände abzusuchen, richtig?« Büchele nickte. »Ich habe eine Stelle gefunden, die unweit der Opfer sich befindet.« Büchele war sich nicht sicher, wovon sein junger Kollege sprach.

»Welche Stelle, Rainer?«

PKA Kaufmann schluckte kurz. »Na ja, Chef, die Stelle, wo alles anfing. Da, wo vermutlich alle ermordet wurden, bevor sie auf ihre Plätze drapiert wurden, kommt ich zeig sie euch.

Eilig folgten Büchele und Krüger ihrem Kollegen in den Wald. Kaum mehr als dreihundert Meter vom Fundort eines der Opfer entfernt, hinter riesigen Büschen und einem Stapel Spaltholz, befand sich der Platz.

Hier stand eine provisorisch aufgebaute Holzbank, die einer Werkbank ähnelte. Dar Boden war über und über mit Blut, Fleischteilen und Mordwerkzeugen übersät. Den Beamten bot sich ein Bild, wie auf einem Schlachtfeld. Der Täter hatte sich hier nicht die Mühe gemacht, Spuren zu beseitigen, war er doch weit genug weg von jeglichem Publikumsverkehr.

Büchele rief nach Dr. Fröschle und der Spurensicherung. Drei Stunden später waren alle Spuren und Beweise aufgenommen und katalogisiert.

Nach allen Ermittlungen vor Ort, als sich alle zurück zu ihren Dienststellen begeben hatten, blieb der gesamte Tatort für zehn Tage gesperrt. Polizisten mit Spürhunden suchten das Gelände nach weiteren Bomben ab. Gott sei Dank wurden keine gefunden. Das Ergebnis der durchgeführten DNA-Analyse des Opfers fand sich in keiner bekannten Datenbank. Sein Schicksal und sein Name würden wohl für immer im Dunkeln verborgen bleiben. Furchtbares hatte sich dort zugetragen. Wieso und weshalb, das blieb zu klären.

Müde und abgekämpft fühlte sich nun auch Kommissar Büchele, dieser Arbeitstag hatte seine Spuren in jedem Ermittler hinterlassen. Auch in ihm.

Nun stellte er seinen alten Audi auf dem Parkplatz vor dem Haus ab. Ausgelaugt von den Strapazen des Tages, blieb er noch einige Minuten sitzen. Instinktiv ließ er alles noch mal vor seinem geistigen Auge Revue passieren.

Schon fast dreißig Jahre lang übte er diesen Beruf aus. Mord und Totschlag begleiteten ihn ständig auf seinem Weg bei der Mordkommission Heilbronn. Manch einen Beamten zerstörte der Anblick von Blut und Leid mit der Zeit.

Nur Büchele schien immer unbeschadet durch diese Zeit gekommen zu sein. Bisher konnte er Kraft bei seinen Freunden schöpfen. Aber jetzt schien auch für ihn alles mühsam, kräftezehrend und manchmal sinnlos zu sein. Irgendwie war die Luft raus. Vermutlich benötigte er nach alldem eine Ruhephase, etwas mehr Erholung. Aber die gab es für ihn selbst viel zu selten. Jedes neue Todesopfer war für ihn ein Opfer zu viel.

Büchele atmete durch und zog den Schlüssel aus dem Zündschloss. Nun sprach er schon mit sich selbst. »Schicht im Schacht, für heute ist Schluss. Morgen ist auch noch Zeit, um die Welt zu retten!«

Langsam und behäbig ging er auf die Eingangstür zu. Gisela, die ihn schon kommen sah, öffnete wortlos die Tür. Sie spürte, wenn bei Franz die Batterie auf Reserve lief. Sie ging zügig auf ihn zu und umarmte ihn fast schon mütterlich.

»Eben habe ich noch mit Krügers Frau Babsi geredet. Ich hatte mir schon Sorgen gemacht, wo du abgeblieben bist. Lass dich drücken, alter Freund. Ich weiß, du würdest jetzt dich einfach gerne vor den Fernseher setzen und in die Glotze starren.«

Sie blickte ihn in diesem Augenblick an. Büchele grinste, weil sie seine Gedanken erraten hatte.

»Nix isch, Büble! Du grigsch e Wanne voll Wasser. Und mir han en Gascht zu Bsuech. Es freit di bestimmt. I mach dir a gouds Vesper. Komm rei ind Stuwe.«

Etwas enttäuscht, nicht relaxen zu können, folgte Franz ihr durch den Hausflur. Am Eingang zur Küche empfing ihn Birgitt Kohlmarx. Sie fiel ihm sofort um den Hals.

»Franz, ich habe mir Sorgen um dich gemacht. Nicht auszudenken, wenn die Bombe dich erwischt hätte. Da hätte ich niemand mehr, der mit mir ins Café geht. Geschweige denn von dem ich Informationen erhalte«, witzelte Birgitt herum, als sie ihn an sich drückte und auf die Wangen küsste. Franz war überrascht und genoss dennoch diese herzliche Umarmung.

»Noch lebe ich, aber danke für den Tipp am Telefon. Hättest du uns nicht gewarnt, ich weiß nicht, was geschehen wäre. Lass mich raten, Rachelle hatte den Tipp von ihrem Mann, Barbie, richtig?«

Birgitt nickte.

»Wusste ich es doch. Egal«, winkte er demonstrativ ab, »ich gehe mal in die Wanne. Essen wir nachher gemeinsam Abendbrot?«

Wissen ist Macht

Als am nächsten Morgen der Wecker klingelte, setzte sich Franz auf den Rand seines Bettes und wischte sich mit beiden Händen übers Gesicht. War das alles nur ein Traum, dachte der Kommissar. Sein Nacken schmerzte. Er sah auf seine Füße und bewegte spielerisch die Zehen.

»Doch kein Traum, höchstens ein Albtraum«, begann er mit sich zu flüstern. Von unten drang ihm der Duft von frischen Brötchen in die Nase. Nach einer kurzen Morgentoilette ging er ganz langsam die Treppenstufen hinunter. Lilly, die gerade aus ihrem Zimmer kam, bemerkte, wie Franz ungewohnt langsam die Stufen der Treppe nach unten ging. Wie immer wollte sie ihm einen guten Morgen wünschen. Aber sie spürte es. Irgendetwas war anders als sonst. Sollte sie ihn darauf ansprechen? Hatte er Schmerzen? Sie verwarf ihre Absicht. Franz hätte ohnehin nur Ausflüchte, aber keine Erklärung abgegeben.

Auch die beiden Norddeutschen, die ihr hätten helfen können, waren nicht präsent. John und Polly waren noch im Schwarzwald auf Reisen. Sehnsüchtig erwarteten alle die Rückkehr des Paares. So blieb es nicht aus, dass am Tisch Gisela und Lilly mit Büchele alleine waren.

»Mädels, kuckt mich nicht so entgeistert an. Ich muss erst den gestrigen Tag aus meiner Birne bekommen. Gebt mir ein paar Tage Zeit, dann bin ich sicher wieder der Alte, okay?« Verständnisvoll nickten die Frauen ihm zu.

»Du, Franz? Ich habe was im Netz herausgefunden«, berichtete die Profilerin Lilly.

»Wie war noch mal die Namen von den beiden Buben im Freibad, du weißt schon?«

Gestört bei seinem Frühstücksritual, fuhr Büchele sie bissig an.

»Was ist mit denen?«

»Na ja, ich habe im Internet gestöbert. Und mich ein wenig in den Foren aufgehalten. Auf der Website der Jugendlichen haben die Eltern bekannt gegeben, dass sie ihre Weinberge verkaufen werden und ins Ausland gehen. Ist doch schon komisch oder nicht?« Sie drehte sich zu ihm hin.

»Und der andere Junge sollte nach dem Abschluss an der FH den elterlichen Betrieb zu Hause übernehmen. Die Eltern haben jetzt ein Alter ...« Lilly überlegte kurz.

»Ich schätze mal, sie sind so um die sechzig oder siebzig Jahre alt. Ein Alter, wo man sich gerne zur Ruhe setzen möchte. Die haben auch schon ihren Betrieb samt Weinbergen verkauft. Und du darfst raten, wer den Zuschlag erhielt.«

Sie ließ Franz, der sie mit offenen Augen ansah, erst gar nicht zu Wort kommen.

»Genau, Franz. Er ging an Edith Goldhammer.«

»Lilly hatten wir alles schon mal. Kaufen und verkaufen ist nicht strafbar. Und sie ist bestimmt nicht der gesuchte Abaddon aus der Offenbarung von Johannes, mein liebes Kind. Unser Todesengel trägt die Initialen DK oder CVH, irgend so etwas in der Art.«

Draußen hupte Krüger. Das war das untrügliche Zeichen, dass ein neuer Arbeitstag begann.

Es folgten fast vier endlose scheinende Wochen, die Büchele mit seinem Team mit Kleinarbeit verbrachte. Sie hatten genug zu tun. Fünf Morde waren aufzuklären, nicht zu vergessen, Mordopfer sechs, derjenige, der durch eine

Bombe zerrissen wurde, nachdem er bereits mehrere Stunden zuvor verstorben war. So hatten es die forensischen Ermittlungen der letzten Tage ergeben. Recherchen wurden in alle Richtungen geführt. Selbst Birgitt Kohlmarx, die Journalistin von Ländle TV, legte sich mächtig ins Zeug. Jeden Morgen kam, was schon fast lästig war, Staatsanwalt Krümmbusch in die Abteilung. Er hatte zwar inzwischen begriffen, dass die Beamten sich Mühe gaben, aber die erwünschten Erfolge ausblieben.

Eines Abends, als Büchele dem Ruf des allwöchentlichen Stammtisches folgte, bekam er wieder mal einige Sprüche seiner Stammtischbrüder zu hören. Über Freundinnen, die ihre Liebhaber loswerden wollten, wurde geredet und auch über absonderliche schwäbische Rituale. Opferungen für den geselligen Weinberggott, Anzünden einer Kerze gegen Gicht und allerhand anderen, für Franz Büchele, unglaubwürdigen Schwachsinn. Ein Kollege aus der Stammtischrunde berichtete von einem Freund, der in einer ansässigen Wäscherei arbeiten würde. Nebenbei würde er nach Feierabend, sozusagen als Ausgleich, Stühle und Betten zimmern. Sein merkwürdigster Auftrag letzte Woche sei es gewesen, lebensgroße schwarze Holzkreuze anzufertigen. Büchele wurde hellhörig. War es nur der übliche Tratsch, den er da vernahm? Franz fragte unbemerkbar nach.

»Alfred, des isch jo wohl en Witz, oder?«

Der Stammtischbruder sah Büchele ernst ins Gesicht.

»Noi Franz, mein Kumpl, de Holzwurm, hat wirklich diese Kreuze gmacht, i schweers!«, dabei hob er seine rechte Hand zum Schwur. Augenblickliche Stille verbreitete sich am Tisch der geselligen Runde.

»I hann se zuerscht in seiner Garasch gsee, glaubs mir

doch. I hann meim Freind natürlich gholfe. Und mier henn die am letzte Donnerstickobed beim Hermannhof ausglade. Oeufach ans Stalldährle glehnt, wies sei Auftraggeber gwunsche hot. Sah scho finster aus. Sechs Teil sins gwäh. I schweers.« Wieder hob der alteingesessene Bauer Alfred Schacht seinen rechten Arm zum Schwur. Kommissar Büchele spitzte den ganzen Abend die Ohren.

Am folgenden Tag studierte er im Dezernat die örtlichen Gegebenheiten auf der Landkarte genauer. Er wusste von dem alten Gut Hermannshof, aber was sich jetzt darauf befand, davon hatte er keinen blassen Schimmer. Anscheinend befand sich nur ein gemieteter Bürotrakt auf dem Anwesen, der von einer Zuckerstangenfabrik genutzt wurde. Historische Stallungen und in die Tage gekommene Häuser. Mehr Info gaben die kartografischen Pläne und Satellitenaufnahmen nicht her. Vielleicht brauchten sie ja solche namenlose Kreuze, um irgendwelche Tests zu machen oder etwas zu markieren. Ist wohl eher etwas für die Klatschspalte im Ländle TV, war sein schmunzelnder Gedankenblitz hierzu. Dies hat wohl nichts mit echter Polizeiarbeit zu tun. Aber was sollte es, später vorbeifahren und nach dem Rechten sehen, schadete ja niemandem. Büchele beobachtete Lilly aus dem Augenwinkel heraus. Sie war eifriger denn je, seit John und Polly abwesend waren. Dies förderte natürlich auch die gemeinsame Polizeiarbeit. Gegenüber versucht PKA Kaufmann mit mäßigem Erfolg den Kopierer zu füllen. Einige der Blätter vielen lautlos zu Boden. Franz sah kopfschüttelnd seinen Freund Max an.

Beide versuchten nochmals, die Spuren der letzten Tat zu interpretieren. Frustriert standen sie vor der großen Wand. Auf ihr waren allerlei Skizzen, Fotos und Zettel, auf denen Bemerkungen gekritzelt waren, befestigt. Selbst

Fotos von der Umgebung waren angefertigt worden. Breitbeinig, die Hände vor der Brust verschränkt, stand Büchele wie ein Fels davor. Max wischte sich mit dem Taschentuch den Schweiß aus dem Gesicht und sah ihn an.

»Du glaubst nicht, wie oft ich so, wie du davorgestanden und diese blöde Wand mit den Notizen angestarrt habe.«

PKA Kaufmann, der Jüngste des Morddezernats, kam eilig vom Kopierer zu den beiden herüber.

»Na, meine Herren Kommissare«, witzelte er gut gelaunt.

Krüger und Büchele sahen sich gegenseitig an. Dann wanderte ihr Blick zurück zum Kollegen Kaufmann. Jetzt erst bemerkte PKA Rainer Kaufmann, dass seine gute Laune und seine ausgewählte Wortwahl nicht gerade den erhofften Erfolg hatten.

»Rainer, spuck's aus.« Mit einem lächelnden: »Tja meine lieben Herren Kommissare!«, wurde PKA Kaufmann jetzt schon überfreundlich. Büchele bremste ihn sofort ein.

»Schwätz net so gschwolle doher, Bub. Komm zur Sach!«

»Ich habe die 3-D-Daten ausgewertet, Chef. Und jetzt wird es gruselig. Sehen Sie selbst.« Fast schon förmlich schob Kaufmann ihm sein elektronisches Tablet entgegen, das er die ganze Zeit in seinen Händen gehalten hatte. Büchele versuchte in dem Wirrwarr an Farben, Strichen und Punkten etwas zu erkennen. Kaufmann bemerkte Bücheles Ratlosigkeit. Er nahm ihm das Ding aus der Hand und zeigte mit seinen schmalen Fingern darauf.

»Hier Chef. Verbinden wir die Punkte, sprich die Fundorte der Leichen miteinander, dann bekommen wir dieses Bild.«

Kaufmann tippte auf dem Gerät in schneller Abfolge hin und her. Büchele sah nochmals aufs Tablet.

»Ich kann nichts erkennen, Rainer, du etwa?«

»Chef, hier, es ergibt sich die klassische Form eines Kreuzes. Wobei, wenn wir den fünften Toten dazunehmen müssen«, wieder tippte er dabei wie besessen mit seinen Fingern auf dem Foto herum, »dann ergibt sich dieses Bild. Das erkennen Sie doch oder?«

Büchele versuchte, den bebilderten Gedankensprüngen seines jungen Kollegen zu folgen. Er erkannte nichts.

»Ja, stimmt, du hast recht. Jetzt erkenne ich es auch. Bravo Rainer, spitze.«

Krüger sah Büchele etwas perplex an. Er wusste, wenn sein Chef das Wort »spitze« benutzte, dann hatte er am wenigsten einen Plan. Nur einer wusste es nicht, PKA Rainer Kaufmann.

»Nur, Chef, was ich nicht begreifen und logisch erklären kann, sind die Reben auf dem Boden.«

Wieder zeigte er ihm Bilder auf dem neumodischen Tablet.

»Und das Opfer auf dem Stuhl bildet tatsächlich in Verbindung mit den abgelegten roten Hemdsärmeln eine Uhr auf dem Boden. So habe ich es jetzt zumindest anhand der Luftaufnahmen analysiert. Und ich frage einfach mal Sie, Chef. Weshalb Reben als Stundenzeiger? Weshalb die Uhr? Und noch kurioser, aber nur meine Meinung: Der Mörder muss gewusst haben, zu welcher Zeit wir am Tatort sein würden. Die Bombe hat in Übereinstimmung mit der, nennen wir es mal ›Menschenuhr‹, pünktlich gezündet. Woher hatte der Täter seine Infos? Pure Annahme oder Berechnung?«

Büchele ging kurz zum Schreibtisch, griff sich nochmals die abgeschlossene, kopierte Akte »Eiskeller« und blätterte darin herum. Sein Blick schweifte über die an der Wand befestigten Informationen.

»Rainer hat recht. Immer erscheint irgendwo eine Rebe. Für uns aus dem Schwabenland leicht zu übersehen. Hier, der Publizist mit dem Tattoo. Die Reben in der Hand oder im Körper der Toten. Hm … Nur die beiden Jungs im Freibad hatten wohl nichts mit Reben am Hut. Oder?«

»Irrtum, Chef!«, hörte man eine Stimme aus einer anderen Ecke des Raumes. Lilly kam auf die kleine Gruppe zu.

»Ich hatte es schon erwähnt. Nur hört hier mir keiner richtig zu. Der Jugendliche, nennen wir ihn einfach mal Junge A, hatte Eltern, die ihren alten Weinberg damals verkauften. Und Junge B, das andere Mordopfer im Freibad, studierte Weinbetriebswirtschaft an der FH. Die Eltern sind gerade dabei, ihren gesamten Weinbergbestand zu veräußern. Jeder hatte irgendwie mit Reben zu tun. So oder so. Schon vergessen, Franz?«

Büchele sah sie an.

»Richtig, hattest du schon erwähnt. War wohl mein Fehler, ich habe es nicht weiter verfolgt, sorry.«

Nachdenklich stützte Büchele, umringt von den Kollegen, die Fäuste in die Hüfte.

»Dann suchen wir den oder die Täter, die etwas mit Wein oder Weinbau zu tun haben. Oder ergo, die sich eine Monopolstellung verschaffen wollen. Aber wieso oder weswegen gibt sich jemand so viel Mühe? Wie wir wissen, wird alles über das Ausland abgewickelt. Somit entzieht es sich unserer Kontrolle. Bis Interpol reagiert, können Monate, wenn nicht Jahre ins Land gehen. Wir wissen es von früheren Fällen.«

Krüger zeigte auf ein Foto.

»Und was ist mit den Tatwaffen, Franz? Fröschle hat nur zum Teil gesicherte Erkenntnisse, da tappen wir im Dunkeln.«

Lilly begann zu fantasieren.

»Es wäre affengeil, wenn wir, wie im Netz überall, reinsurfen könnten. Ich würde die Bilder und alle Schriftstücke sehen. Ich hätte da einen ganz heißen Hacker an der Hand, Interesse?«

»Lilly, bleib auf dem Teppich. Wir müssen uns auf Fakten und Gespräche verlassen, nicht auf das blöde Internet. Jeder versucht im Fall ›Eiskeller‹ nochmals alle Kontakte abzuklappern.«

Max ergriff das Wort. »Und du, Franz, schaust mal in deinen Kontakten nach. Birgitt und Barbie, vielleicht seine Frau? Du hast doch bei deinem Krankenhausaufenthalt jede Menge Leute kennengelernt, oder etwa nicht?«

Gedanklich war Franz Büchele schon ganz woanders.

»Ja Max, du hast recht, wir alle geben unser Bestes.« Keine fünf Sekunden später ging die Tür auf. Staatsanwalt Krümmbusch schritt durch die Abteilung direkt auf Büchele zu. Er ergriff seine Hand und schüttelte sie mit den Worten.

»Bravo Büchele, ich wusste, Sie finden was. Bleiben Sie dran. Die Hartnäckigkeit wird bald von Erfolg gekrönt sein. Bravo.« Er drehte sich um und verließ, so schnell, wie er gekommen war, das Morddezernat.

»Was zur Hölle war das? Wieso gratuliert der uns, steht der heute unter Drogen, wirft der sich was ein? Kann mir irgendjemand sagen, was hier läuft?«

Alle schüttelten bloß den Kopf. Schnurstracks lief Franz zum Büro seines Chefs Dirk Kastfeld. Ohne anzuklopfen, trat er ein. Dezernatschef Kastfeld konnte nur noch sein Telefonat beenden, bevor er Büchele zuvorkam.

»Keine Ahnung, Franz, weshalb unser Schicki-Micki-Krümmbusch so guter Laune ist. Der kam eben von der

Gerichtsmedizin hoch. Mehr kann ich dir nicht sagen. Ach so, und mit Frau Kohlmarx vom Ländle TV hat er anscheinend auch geredet. Die hatten vor dreißig Minuten ein Interview.« Mit einem schwerfälligen: »Danke Chef« verließ Büchele das Büro wieder.

Zurück an seinem Platz musste Franz dies erst einmal verdauen.

»Max, was zum Henker weiß der schlitzohrige Messdiener, was wir nicht wissen? Und noch besser, der hat Informationen von irgendjemandem bekommen, aber woher? Was haben wir übersehen, woher zum Teufel weiß er was?«

Büchele warf seinen abgekauten Bleistift in die Mülltonne. Er ärgerte sich über sich selbst.

Mit einem lauten: »Guten Morgen, meine Herren der Mordkommission!« ging die Tür auf. Bruno Fröschle betrat mit einer versiegelten Tüte in der Hand den Raum. Er kam selten aus seinem, wie Franz Büchele zu sagen pflegte, dunklen Kellerloch. Aber auch er informierte sich an der Basis gerne über die Fortschritte. Und heute war wohl wieder so ein Tag.

Nur kurz sah Büchele zu ihm rüber, als er eintrat und auf den Arbeitsplatz von Max und seiner Wenigkeit zuhielt.

»Bringst du uns unser Vesper?«, kam es lapidar von Franz Büchele, ohne dass er ihn dabei anblickte. Angekommen beim Schreibtisch von Büchele, warf der Gerichtsmediziner eine Asservatentüte auf den Tisch.

»Das ist besser, als ein Vesper, Franz. Ich habe eine Spur oder besser einen Anhaltspunkt für dich.«

Büchele, der immer noch gelassen in seinem abgegriffenen Dienststuhl saß, blickte ihn an. Lustlos nahm er die Tüte in die Hand, riss sie auf und betrachtete den Inhalt.

»Ein Knopf, na und, was soll ich damit? Bin ich Schneider?«

Fröschle, den sonst nichts so leicht aus der Ruhe bringen konnte, wurde nun ärgerlich.

»Du bist ein solcher Hornochse!«, schrie er Büchele an. Lilly Hansen, aufgeschreckt vom lauten Tonfall des Mediziners, kam nun auch dazu. Sie nahm die kleine Tüte in die Hand und betrachtete den Inhalt.

»Ein violetter Knopf mit goldener Umrandung, interessant.«

»Könnt ihr euch noch an den Tatort erinnern, der aussah wie eine Uhr? Der Tote, die Hemdsärmel, die Reben, na, ihr wisst schon«, erklärte Fröschle.

»Weiter, was möchtest du uns sagen, Bruno?«, ermutigte ihn Lilly in seinen Ausführungen fortzufahren.

»Jeder Ärmel zeigte doch in eine Richtung.«

Max und Franz nickten.

»Darunter habe ich diesen wunderschönen Knopf gefunden«, berichtete er fast schon stolz über seinen Fund.

»Die Fasern weisen das gleiche Material auf. Sechzig Prozent Baumwolle und vierzig Prozent Mikrofaser. So ein Knopf gibt es nicht an jeder Ecke. Was mich auch aber nicht sonderlich erstaunte, war die Untersuchung der Kratzspuren bei den Leichen. Es waren keine Abwehrspuren, so viel steht fest. Das Massenspektrometer förderte dann weitere Partikel zutage. Staub, Gras und – jetzt haltet euch fest – Commiphora myrrha.«

Verwunderung und Unwissenheit standen allen Anwesenden ins Gesicht geschrieben. Bruno lächelte sie an, um diesen Moment des Triumphes auszukosten.

»Und weiter, Kollege Fröschle, was noch?«, forderte jetzt Büchele den Gerichtsmediziner auf, fortzufahren.

Fröschle wurde ernsthaft in seiner Ausführung und ein wenig leiser.

»Es ist Myrrhe, schlicht und ergreifend das gleiche Zeug wie damals. Die gleiche Konsistenz, die ich bei dem Italiener gefunden habe. Unten im Labor laufen weitere Tests. Von den Schnittwunden der Jungs haben wir damals Gewebeproben genommen. Jetzt suchen wir gezielt nach diesem Stoff.«

Fröschle steckte seine Hände in die Taschen seines weißen Kittels und ging langsam um die Ermittler herum.

»Wenn ich mit meiner Vermutung richtig liege, dass auch die Leichen vom Grillplatz dieses Zeug in irgendeiner Wunde haben. Na ja, dann kann ich euch mitteilen, einer der Täter arbeitet wohl bei einer Firma, die mit Myrre etwas zu tun hat. Was aber fast nicht sein kann. Denn Myrrhe ist ein Harz. Es wird, soviel ich mal gelernt habe, im Oman angebaut und verarbeitet. Weihrauch, Parfüm und Öle werden daraus gemacht. Rein wissenschaftlich ist es in der westlichen Welt ein pharmazeutisches Mittel. Ich verwette meinen Bobbes, dass zumindest einer eurer gesuchten Täter oder der Mörder in oder für die Kirche arbeitet. Männer, jetzt ist es eure Angelegenheit.«

Fröschle griff sich das Tütchen mit dem Knopf.

»Ich nehme ihn wieder mit. Lilly, kommst du mit runter. Ich gebe dir dann die Fotos von den Objekten.«

Lilly nickte ihm lächelnd zu.

»Und du, Franz, bekommst sie auf deinen Rechner. Oder möchtest du sie aufs Handy?«

Franz, dem jetzt sein etwas schroffes Benehmen gegenüber seinem Freund leidtat, winkte nur ab.

»Mach was willsch, aber mach es. Aber dankschee Bruno!«

Am Nachmittag hatte jeder Ermittler die Fotos aus der Gerichtsmedizin auf dem Bildschirm. Lilly betrachte sie lange.

»Ich kenne den violetten Knopf von irgendwo her. Ich kann es momentan nur nicht zuordnen. Wo hab ich diesen verdammten Knopf schon zu Gesicht bekommen? Zumindest einen Ähnlichen. Franz, frag doch Birgitt. Die kommt doch viel in der Weltgeschichte rum. Oder wie wäre es mit einer Anfrage bei Barbie? Leg ihnen doch die Fotos vor.«

Franz nickte zustimmend in ihre Richtung.

»Kann ich machen, kein Problem.« Franz drückte an seinem Handy die Kurzwahltaste.

»Franz hier, Birgitt, könnten wir uns treffen? Sagen wir um halb eins oben auf dem Wartberg? Die haben gutes Tagesessen. Nein, kann ich dir so nicht sagen. Lass dich überraschen. Ja, ist doch okay«, dabei sah er auf die Uhr. »Ja, ich versteh es. Nein, nein, ist nicht lebenswichtig. Wir können auch ein andermal … Jetzt doch? Okay, um halb eins auf dem Wartberg. Ja, ich freue mich auch.« Stirnrunzelnd fast schon genervt blickte er sich um, bevor er mit einem mürrischen »Ja, bis später«, das Gespräch beendete.

»Darf ich mit zum Mittagessen, Franz?«, fragte Lilly mit einem verschmitzten Lächeln.

»Von mir aus, aber dann fährst du, verstanden?« Lilly nickte. Kurz darauf zog Franz die Schreibtischschublade auf und holte einen kleinen runden Aschenbecher heraus. In den Diensträumen war seit etlichen Jahren Rauchverbot, was aber Kommissar Büchele ab und zu ignorierte. Er zog sich eine Zigarette aus der Schachtel, steckte sie sich zwischen die Lippen und tastete sich suchend nach seinem Zippofeuerzeug ab. Endlich, als er die Gesäßtasche seiner Hose durchsuchte, fand er, was er suchte. Ein kurzes, markantes Klong ertönte. Der Verschlussdeckel sprang auf und mit kurzem Druck auf das Rädchen des Feuersteines, gab das blecherne Etwas seine Flamme preis. Jetzt erst, als Büchele alles wieder in die Tasche zurückverfrachtete, viel es ihm auf. Die Visitenkarten. Er nahm die Erste, schon fast zerknüllte in die Hand. Er legte sie auf den Tisch und strich sie mit seinem Handballen gerade. Marius Gottselig, Professor für deutsche Geschichte und Kirchengeschichte, Wohnadresse Ottilienberg, war darauf in goldener Schrift zu lesen. Genau, jetzt erinnerte er sich wieder. Der langhaarige Professor aus dem Krankenhaus, der immer eine junge Hilfskraft bei sich hatte. Ihn hatte er fast vergessen. Er wollte ihn schon vor Wochen besuchen.

Büchele lächelte in sich hinein und griff nach der zweiten Karte, die sich in der Gesäßtasche befand. Er studierte sie aufmerksam. Auch hier standen Informationen, die er normalerweise, wenn überhaupt, nur überflog. Aber diese Karte erregte jetzt erst seine Aufmerksamkeit. Gewissenhaft las er sie sich laut und langsam vor: »Sebastian Barbie-Schatzberg, Agrarwissenschaftler, Deutscher Gemüseanbau, Essen aus nachhaltigem biologischem Gemüseanbau.« Daneben stand eine Anschrift, die er nicht kannte. Zum einen stand da fett abgedruckt ein Ort in Hessen. Zum anderen stand darunter ein ausländischer Ort, der ihm vollkommen unbekannt war. Eine Dienststelle im Ausland? Vielleicht hätte er bei Barbie etwas über die laufenden Verfahren in Erfahrung bringen können?

Büchele zuckte mit den Schultern. Er ging lieber seinem eigenen Gespür nach, als jemanden zu fragen, der mehr Fragezeichen als Antworten in seinem Lebenslauf hatte. Er behielt es aber trotzdem im Hinterkopf. Büchele sah nochmals beide Karten an, bevor sie im hinteren Fach seiner

Geldbörse verschwanden. Er nahm ein paar tiefe Züge von seinem Glimmstängel, inhalierte tief und blies den Rauch in kleinen kreisrunden Wölkchen in die Luft. Für ihn Entspannung pur. Lilly kam auf ihn zu.

»Zwölf Uhr, Franz, wir können fahren«, dabei winkte sie mit ihrem Autoschlüssel vor seinem Gesicht hin und her.

»Sofort Lilly, bin gleich so weit.« Büchele ließ sie stehen und ging zu den Kollegen Kaufmann und Krüger. Keine drei Minuten später stand er wieder bei Lilly.

»Jetzt aber, dann mal los, ich bin so weit, wir können, wenn du möchtest«, war das Startzeichen für ihre Fahrt zur Wartberggaststätte. Auf dem Parkplatz präsentierte Lilly ihr Fahrzeug wie ein Hauptgewinn: »Trara! Das ist mein Auto, gefällt es dir?«

Franz musste seine Gedanken in höfliche Worte fassen, um die zartfühlende Lilly nicht komplett vor den Kopf zu stoßen.

»Das ist dein Auto?«, dabei wies er mit der Hand auf etwas, na ja, was für ihn unwesentlich größer war als eine Schuhschachtel, beklebt mit riesigen gelben Sonnenblumen. Auf der Heckscheibe ein Aufkleber mit der Aufforderung: Befreit alle Tiere. Pelz nein danke.

»Ja, das ist mein ganz privat bezahlter kleiner Fiesta«, kam es überzeugend von ihr. »Wollen wir?«

Was blieb Franz anderes übrig, als ihr zuzustimmen? Er zwängte sich auf den Beifahrersitz und versuchte dennoch die Fahrt zu genießen.

Er dirigierte Lilly am Theater vorbei in Richtung Trappensee und dann immer gerade den Weg zum Wartberg hoch. Gekonnt parkte Lilly ihren kleinen Sonnenblumenflitzer stolz auf einem Parkplatz. Büchele sah auf die Uhr mit der Bemerkung:

»Wir haben noch Zeit, Lilly. Frau Ländle TV wird sicher gleich da sein.« Als Lilly zu seiner Bemerkung mit einem Fingerzeig in Richtung Restaurantanhöhe wies. Es winkte Ihnen jemand vom Haupteingang aus zu.

»Huhu, hier oben Franz!«

Lilly blickte ihn an. Es war ihm etwas peinlich, diese persönliche Art und Weise, die Birgitt Kohlmarx öfters an den Tag legte. So gut befreundet waren sie aus seiner Sicht doch nicht.

Beim Tagesmenü wurde geplaudert, was das Zeug hielt. Mehr Belangloses als Handfestes. Nach dem Dessert konnte Birgitt, die Franz gegenübersaß, sich nicht mehr zurückhalten. Sie ergriff seine Hände, die auf dem Tisch lagen.

»Franz, jetzt lass die Katze einfach aus dem Sack. Was war dir so wichtig, dass wir uns beim Mittagessen treffen und du am Telefon darüber geschwiegen hast?«

Kommissar Büchele zog seine Hände vom Tisch und kramte in seinen Taschen herum. Er legte einen Umschlag auf den Tisch und schob ihn ihr zu. Lilly verfolgte das ganze Geschehen wortlos. Birgitt griff danach und öffnete den Umschlag vorsichtig.

»Bilder?«

Franz nickte.

»Ein Knopf?« Sie nahm das nächste Foto in die Hand. »Eine …«, sie stockte. »Was ist das? Eine Kette?«

»Eine Gliederkette, mehr eine Kralle«, bemerkte Büchele. Die Journalistin betrachtet die Fotos aufmerksam und genauestens.

»Die Ornamente sind schön geformt. Ein Emblem?« Sie zögerte kurz. »Was ist das? Sind das Initialen?«

Wieder kam ein Nicken von Franz. Sie nahm das letzte

Bild in die Hand. »Ein Blechschild mit Abkürzung?«, fragte sie zögernd. Wieder kam nur ein kurzes Nicken als Bestätigung von Franz. Noch immer erstaunt über die Fotos blickte sie nun ihr Gegenüber an.

»Und was soll ich dabei tun? Gehört dies zu eurem Fall?«

Lilly sah sie nur stumm an. Franz ergriff das Wort.

»Hör zu, Birgitt, du kommst doch mit vielen Menschen zusammen.«

Sie nickte.

»Vielleicht kannst du dir selbst einen Reim darauf machen, oder du kennst irgendjemanden, der was darüber wissen könnte. Ein Knopf in der Farbe violett, wer trägt so was? Ein Stück Kralle, vielleicht ein Teil einer Gliederkette mit der Initiale DK. Kann ja auch von Gothicfreaks sein und ins Leere führen, wer weiß? Höre dich bitte um. Und die Initialen CVH auf der Bahre: Was bedeuten sie? Sind sie vom Hersteller oder vom Besitzer? Ich sitze in einer Sackgasse«, resignierte er.

»Den Knopf, nun da frage ich meinen Schneider. Zumindest der sollte über Knöpfe Bescheid wissen«, ließ sie die beiden Ermittler kokett wissen.

»Mit CVH kann ich nichts anfangen. Mit der Kralle auch nichts. Sorry, aber ich höre mich um, versprochen. Und ich bekomme die Story?«, versicherte sich Birgitt zum wiederholten Mal dem Beamten gegenüber und sah Franz dabei tief in die Augen.

»Ich stehe zu meinem Wort Birgitt«, bestätigte der Beamte. »War so abgemacht.«

Nachdem sich die Journalistin für die Einladung bei ihnen bedankt hatte, machte sich jeder wieder auf den Heimweg. Birgitt Kohlmarx wollte noch kurz, wie sie es beiläufig erwähnt hatte, vor einem geplanten Interview zur Videothek Hollywood, einige Filme abgeben. Und Lilly fuhr mit Büchele auf dem Beifahrersitz in Richtung Präsidium. Keinem der beiden fiel auf, dass in ihrer Nähe ein schwarzer Porsche anhielt und einen Parkplatz in der Nähe ansteuerte. Zufall, oder folgte ihnen jemand?

Nach wenigen Hundert Metern Fahrt, fiel Franz noch etwas ein, das er der Journalistin unbedingt mitteilen wollte. Er bat Lilly, die die Videothek Hollywood kannte, kurz dort vorbeizufahren und im Auto auf ihn zu warten. Mit einem kurzen: »Okay«, willigte sie ein und bog in Richtung Industriegebiet ab.

Lilly hatte stattdessen für sich einen ganz eigenen Plan. Sie wollte die Wartezeit nicht nutzlos verstreichen lassen und lieber in einem nahen Schuhladen stöbern, als nur untätig im Auto auf Franz zu warten. Angekommen auf dem weiträumig angelegten Parkareal stellten sie ihr Fahrzeug ab. Beim Aussteigen erklärte Lilly ihm den Weg über die Rolltreppe nach oben zum Videoladen.

»Bin gleich wieder da. Höchstens zehn Minuten. Wir treffen uns hier am Auto wieder.«

Büchele suchte instinktiv zuerst den Parkplatz mit seinem Blick nach dem kleinen roten Flitzer der Journalistin ab. Viele rote Autos standen auf dem Parkplatz und warteten auf ihre Besitzer, aber Birgitts Cabrio erblickte er nicht. Vielleicht hatte sie ja hinter dem Haus geparkt oder war schon weg. Zumindest war es ein Versuch wert, ihr auf dem Weg zur Dienststelle noch eine kurze Information über die angesprochenen Fotos zu geben.

Er nahm die Rolltreppe nach oben.

Geschäfte reihten sich aneinander. Modegeschäfte, Restaurants und auch ein kleiner Kiosk waren auf der oberen

Ebene vorhanden. Nach wenigen Metern sah er die Videothek. Lebensgroße nachgebildete Filmfiguren, Poster und allerlei für ihn Befremdliches wies auf das Filmgeschäft hin. Genau gegenüber einem riesigen Laden, der vorne im Schaufenster, Krankenschwesteruniformen, Arbeitsmäntel und Gummistiefel anbot.

Büchele wandte sich wieder dem Videogeschäft zu, rückte seinen Hut zurecht und betrat den Videoladen. Laute Radiomusik dröhnte ihm entgegen. Kaum Laufkundschaft war zu sehen. Einige Kids stöberten in der Spieleabteilung in Schachteln und Hüllen herum. Niemals zuvor war Franz Büchele in so einem Laden gewesen. Seine Filmzeit endete mit den VHS-Kassetten, die völlig unbeachtet in einer großen Schütte vor ihm lagen. 99 Cent für drei Kassetten stand auf einem rosa Preisschild. Büchele seufzte und schwelgte einen Moment lang in Erinnerungen an alte Zeiten.

Die Videoabteilung ließ sich gut überblicken. Büchele versuchte, im Gewirr von Regalen, Birgitt zu erspähen. Sie war nirgends zu sehen. War er hier richtig? Kommissar Büchele wollte sich Gewissheit verschaffen und ging auf den Informationsschalter zu. Eine auffällig geschminkte füllige Dame stand hinter dem Ladentisch und grinste ihn an. Mit einem auffälligen fremden Akzent sprach sie ihn in gebrochenem, fast unverständlichem Deutsch an.

»Gute Tag, kann ich helfen Ihnen?«

Sekundenlang, ein wenig sprachlos über das etwas holprig gesprochene Deutsch, starrte in diesem Moment Büchele der Frau auf ihre Halskette. Es war eine Gliederkette mit übergroßen Gliedern aus billigem Plastik.

»Hallo Chef, welche Film du wolle? Ich helfen kann?«, holte sie ihn aus seinen Gedanken zurück. Büchele reagierte zurückhaltend.

»Entschuldigen Sie, ich suche Frau Kohlmarx. War sie schon hier? Sie trägt ein dunkles Kostüm«, versuchte Büchele Birgitts Aussehen zu umschreiben.

Verwirrt und entrüstet verstand die Angestellte wohl kaum, was Büchele von ihr genau wollte.

»Nix Kostum anhaben. Du kucken«, dabei streckte sie, soweit sie konnte, ihr Bein hinter dem Infoschalter hervor.

»Ich Hose hab. Nix Kostum brauch. Mann schimpfen, wenn nix Fuß zu.« Büchele beließ es dabei und versuchte anderweitig sein Glück. Er zeigte auf eine Tür, an der in großen Buchstaben Erwachsenenbereich Zutritt ab 18 Jahren stand.

»Kann es sein, dass Frau drin?«, versuchte er jetzt seinerseits sich in gebrochenem Deutsch der Situation anzupassen.

»Kuckst du selbst. Vielleicht suchen dicke Ballons oder kuckst du andere.« Die füllige Brünette machte eine auffordernde Handbewegung und öffnete ihm sogar die Tür. Als Büchele, was sonst nicht seine Art war, diese heiligen Hallen betrat, schluckte er. Er sah sich gewissenhaft im Erwachsenenbereich um, aber keine Brigitt Kohlmarx war in diesem Bereich zu sehen.

Büchele ging weiter durch den Raum nach hinten. Überall in den Regalen lauerten Versuchungen der besonderen Art. Sieht sich Birgitt so etwas an, oder zieht sie sich so etwas an? Verkehrte sie in diesen Kreisen? Hatte er sie falsch eingeschätzt? Und sie irrtümlich für eine geldbesessene Frau gehalten? Ihm taten sich hier Abgründe der Hölle auf. Für ihn ein kaum vorstellbarer Gedanke, dass Birgitt so was bevorzugte. Gummi, Latex und Peitschen standen oder hingen in den Regalen um ihn herum. Ihm kreisten die verrücktesten Gedanken im Kopf herum.

Fünf Minuten später war der Raum auf einmal seltsam leer geworden und kein Kunde war mehr zu sehen. Nicht mal der Typ mit Glatze, der eben noch interessiert in Coverhüllen gewühlt hatte, war noch da. Hatte man ihm seine Unsicherheit oder etwa sein Handwerk angesehen?

»Schei…«, entfuhr es ihm, als er an sich herabsah und für alle Anwesenden sichtbar, seine Dienstmarke vorne am Hosengürtel erblickte. Kein Wunder verließ jeder, der ihn sah, zügig den Raum. Genau jetzt im unpassendsten Augenblick drückte ihn die dritte Tasse Kaffee. Seine Blase machte sich bemerkbar. Suchend sah er sich nach einer Toilette um. Da schien Rettung in Sicht. Im entferntesten Teil des Raumes erblickte er das rettende Schild. WC Männer. Schnell schritt er durch den Raum. Vorbei an Kunststoffvibratoren, Poster und aufblasbaren Puppen, und vorbei an CDs, deren Inhalt er sich nicht vorstellen mochte, schnurstracks auf das WC-Zeichen zu. Der Schlüssel steckte von außen, Gott sei Dank. Er drückte den Türgriff und suchte den Lichtschalter. Klack-Klack, Klack-Klack. Die Glühbirne war wohl defekt. Kein Grund für Büchele, sein starkes Verlangen zu unterdrücken. Er ließ hinter sich die Türe auf. So kam wenigstens ein kleiner Lichtstrahl in den kleinen Raum. Überall standen packenweise Leerhüllen herum. Wischmopp rechts und ausrangierte Regalwände links. Büchele war dies schlichtweg egal. Plötzlich, gerade als er fertig war und seinen Hosenschlitz mit einem Ruck schloss, fiel die Türe hinter ihm krachend ins Schloss. Jemand hatte vermutlich irgendwo eine Tür geöffnet und hier zog der Luftstrom die Türe zu, so seine Vermutung. Kein Grund zur Panik. Er versuchte sich zu konzentrieren. Kniff die Augen kurz zu und gab ihnen damit Gelegenheit, sich an die totale Dunkelheit zu gewöhnen. Er hielt kurz die Luft an. Er hörte etwas, das wie schweres Atmen klang, als er die Sterne vor sich tanzen sah. Hände ergriffen seinen Nacken und schlugen ihm dem Kopf auf den Deckel des Wasserkastens. Klirrend und krachend fiel die Abdeckung in tausend Einzelteilen vor ihm zu Boden. Noch ehe er begriff, was vor sich ging, spürte er etwas Scharfes, Spitzes an seinem Kehlkopf. Plötzlich, starr vor Schreck hielt Büchele in seinem Abwehrverhalten inne. Er unterschätzte diese Situation wohl kaum. In zahllosen Schulungen hatte man den Beamten beigebracht, die Ruhe zu bewahren um Schlimmeres zu verhindern. Dies war in so einer Stresssituation leichter gesagt als getan. Derjenige, welcher auch immer, ihn in diese Situation gebracht hatte, holte hörbar tief Luft. Mit einem Pfeifton schoss der Sauerstoff in seine Lungen. Jetzt sprach er Büchele leise ins Ohr.

»Nicht forschen, Kommissar. Ob du, ob Birgitt, ob Barbie oder andere Konsorten. Den Knecht des Teufels wirst du so niemals orten. Der Rebenwein ist mein. Der Tod wird sein dann dein!«

Büchele atmete schwer. Befreiungsversuche scheiterten am engen Griff seines Widersachers. Mit einem kraftvollen Ruck schleuderte der Unbekannte Büchele vom Wasserkasten zurück an die gegenüberliegende Wand. Der Stiel des Wischmopps traf ihn in diesem Moment genau ins Gesicht. Feine Blutspritzer aus Mund und Nase bildeten ein bizarres Bild an den Kacheln. Sekunden danach hörte er nur noch, wie jemand das WC verschloss. Dann verlor er das Bewusstsein und sackte vor der Toilette zusammen.

Lilly, die offensichtlich ihren Schuhtrip vorzeitig hinter sich gelassen hatte, dauerte Bücheles Abwesenheit etwas zu lange. Sie versuchte Büchele zu folgen. Sie wunderte sich noch, als sie am Eingangsportal in Richtung Rolltreppe nach oben sah. Ein Mann, vermummt mit einem Schal, schwarzem Hut und Ledermantel, war auf der Rolltreppe auf dem Weg nach unten. »Hallo Lilly, was suchst du denn hier?«, fragte Birgitt Kohlmarx, die ihr noch vor der Rolltreppe mit ihren Filmen in der Hand entgegenkam.

»Dachte, du bist in der Videothek, Birgitt?«

»Wieso? Bin doch nach oben unterwegs, wie du siehst. War noch kurz beim Metzger. Wo ist Franz?«, fragte die Journalistin nervös, jetzt ihrerseits Lilly.

»Vermutlich noch oben. Er sucht dich in der Videothek.«

Sie betraten die Rolltreppe. Schon am Eingang der Videothek hörten sie ein lautes: »Hilfe, Hilfe, Polizei!« aus den Räumen der Videothek. Sie rannten die letzten Meter zur offenen Tür der Videothek. Die beiden Frauen, Lilly vorweg mit gezogener Dienstwaffe, stürmten hinein. Torkelnd kam ihnen Büchele entgegen. Neben ihm fuchtelte die Verkäuferin wild mit den Händen. Sämtliche Erklärungsversuche von Büchele, dass er von der Polizei sei, fruchteten nicht. Lilly und Birgitt versuchten, die Angestellte zu beruhigen, indem Lilly ihr den Dienstausweis vor die Nase hielt. Nach kurzer Debatte und der Versorgung seiner kleinen Schnittwunden an Hals und Nase, verließ Büchele gestützt von Birgitt und Lilly den Laden. Er sei im Dunkeln auf der Toilette ausgerutscht und gegen den Wischmopp gefallen, erklärte er ihnen. Die Angestellte hätte daraufhin, aufgeschreckt durch den Lärm, nach ihm gesehen. Was zumindest im Ansatz der Wahrheit entsprach. Er bat Lilly, ihn doch wegen seines Brummschädels zurück zur Weinvilla Fischer zu fahren. Später wollte er ihr und Birgitt mehr über sein WC-Erlebnis berichten.

Noch im Auto telefonierte er mit dem Gerichtsmediziner Fröschle. »Bruno, kannst du zur Weinvilla kommen? Bring deine Utensilien mit! Ja genau. Erklär ich dir, wenn du hier bist. Ja, bis nachher.«

»Du bist auf den Mopp gefallen und brauchst jemand von der Spurensicherung?«, fragte ihn Birgitt Kohlmarx die sein Telefonat mitgehört hatte.

»Das stinkt zum Himmel, Franz Büchele. Verarsch doch bitte deine Freunde nicht.«

Büchele sah beide Frauen mit treuem Dackelblick an.

»Ich erkläre es euch, sobald ich meiner Vermutung sicher bin, versprochen.«

Lilly und Birgitt sahen ihn an. Sein Hut war zerbeult, sein Hemd aufgerissen, die Hose verschmutzt und die linke Sohle von seinen heiß geliebten Slippers hing lose baumelnd herab. Dazu noch sein unschuldiger Blick. Konnte man so jemandem böse sein? Lilly versuchte telefonisch Gisela zu erreichen. Nur der Anrufbeantworter ging ran.

»Die isch heut bei de Landfraue. Kuche backe«, war Bücheles murrender Kommentar, als er zu Lilly rüber sah. An der Villa angekommen, versorgte Lilly Hansen den angeschlagenen Freund mit einer Aspirintablette und einem Glas Wasser, bevor sie einen Kaffee aufsetzte. Büchele nahm die Tablette in die eine Hand und das Wasserglas in die andere.

»So was soll ich trinken? Isch koi Viertele. Und in so was poppen die Fisch!«

Lilly sah ihn unnachgiebig an. »Austrinken, verstanden?«

Büchele gehorchte und tat anstandslos, wie geheißen. Er schluckte die Tablette und stellte das leere Glas zurück auf den Tisch.

»Zufrieden?«

Lilly nickte. Draußen in der Küche spuckte inzwischen blubbernd die Kaffeemaschine die letzten heißen Tropfen Wasser ins duftende Kaffeepulver. Kurze Zeit später kam Lilly mit frisch aufgebrühtem Kaffee aus der Küche zurück. Auf dem Unterteller lagen, wie es Franz mochte, drei Stück Zucker. Franz ließ ihn einfach mit einem Plob in der schwarzen Brühe versinken, goss ein wenig Kaffeemilch nach und wartete, bevor er daran nippte. Lilly sah ihm dabei zu.

Eine halbe Stunde später klingelte es an der Haustüre. Ein Auto war vorgefahren. Franz stand auf und öffnete. Bruno Fröschle stand bewaffnet mit einem Alukoffer in der Hand auf der Türschwelle. Verwirrt sah er ihn an.

»Franz, wie siehst du denn aus? Hast du mit einem Panzer geknutscht?«

»Ha, ha, du Witzbold, noi, komm endlich rein.«

Sie gingen durch den Hausflur zu Lilly ins Esszimmer hinein.

»Hast du ihn so zugerichtet, Lilly?« Bruno lachte dabei. Es war mehr eine spaßige, als ernst gemeinte Frage.

»Nö, Bruno. Aber das Kunstwerk, die vielen Pflaster im Gesicht sind von Birgitt und mir. Sieht doch cool aus oder nicht?«

Fröschle spielte ihr Spiel mit.

»So betrachtet ähnelt Franz jetzt einem Picasso. Na ja, nicht ganz. Für einen Picasso bekommst du Geld. Bevor aber Franz jemand nimmt, da musst du noch was drauflegen«, machte er seinen eigenen Spaß über Bücheles komische Gesichtsvernissage. Büchele, der vor beiden stand, fand das alles nicht so lustig.

»Ha, ha, Witzle gmacht oder oin Kaschper gfeschpert,

ihr zwoi Blödel?«, versuchte jetzt Büchele seinerseits spaßig zu wirken.

»Bruno, untersuch bitte diese Wunde. Nimm eine Probe«, dabei zeigte er auf seinen Kehlkopf. Fragend stand Fröschle die Neugier ins Gesicht geschrieben.

»Warum am Kehlkopf? Du hast noch einige andere Verletzungen im Gesicht.«

»Ich habe was Scharfes gespürt. Wenn ich richtig liege, hat unser Täter mich nur vorgewarnt, aber er wollte, weshalb auch immer, mich nicht töten. Noch nicht. Die Chance dazu hatte er zumindest. Vielleicht war es eine Warnung?«

Fröschle zog sich seine Handschuhe über und entfernte mit einer schnellen Bewegung alle Pflaster von Bücheles Haut. Aus einigen lief sofort frisches Blut heraus. Der Mediziner griff nach einem steril verpackten Wattestäbchen, öffnete den Verschluss und zog es aus der Plastikverpackung. Langsam tupfte er jede Wunde mit einem separaten Stäbchen ab, packte es in eine Plastiktüte und beschriftete diese sorgfältig.

»Franz, ich brauch jetzt noch Gewebeproben. Wird ein bisschen zippen, aber du überlebst es.«

Büchele nickte. Fröschle griff nach einem Skalpell und einem Wattestäbchen. Vorsichtig schnitt er winzige Hautfetzen aus der jeweiligen Wunde.

»Lass sie auch auf DNA-Spuren untersuchen, Bruno.«

»Franz, nur zu deiner Info. Die letzten DNA-Proben der aufgefundenen Leichen vom Grillplatz habe ich schon untersucht. Es gab keine Übereinstimmung, keinen Treffer in unserer Datenbank. Auch nicht in der des Militärs, Fehlanzeige. Unser Gesuchter hat eine blütenreine Weste. Aber wenn ich was finde, sag ich dir Bescheid.«

Mit einem Grinsen im Gesicht drückte Dr. Fröschle

gekonnt Kinderpflaster mit Tiermotiven auf die kleinen Schnittwunden in Bücheles Gesicht und auf den Hals. Die Wunde am Hals versorgte er mit einem etwas größeren Pflaster. Lilly grinste. Es zeigte eine kleine Giraffe mit ihrem langen Hals und zwei übergroßen Ohren. Fröschle sah Lilly zwinkernd an. Anscheinend das Zeichen, Büchele nicht in seine Pflasterkunst einzuweihen. »Ich bringe es ins Labor«, sagte er noch, dann verabschiedete er sich. Jetzt waren Lilly und Büchele allein. Lilly konnte nicht anders. »Dich wollte jemand umbringen? Wieso hast du das Birgitt und mir nicht gesagt? Sind wir nicht deine Freunde?«, warf ihm Lilly vor, jetzt wo Fröschle gegangen war.

»Ja, schon gut, Lilly. Ich wollte euch weder beunruhigen, noch wollte ich euch in Gefahr bringen. Kannst du das verstehen?«

Lilly ging mit verschränkten Armen vor ihm auf und ab.

»Du musst es Birgitt sagen. Ich finde, sie hat ein Recht darauf.«

»Ja, okay Süße, aber lass mir Zeit, bis die Laborergebnisse da sind. Spätestens übermorgen berichte ich es ihr, versprochen. Bis dahin bleibt es unser Geheimnis, okay?«

Büchele sah sie dabei mit seinem herzzerreißenden Bernhardinerblick an. Lilly nickte. Büchele nahm sie wie eine Tochter in den Arm, um ihr zu zeigen, dass er sie wirklich gern hatte.

»Lass uns nicht streiten, Lilly«, dabei strich er ihr über ihr aufgewühltes Haar.

»Und jetzt machen wir uns einen neuen Kaffee, bevor Gisela zurück ist und die Regie übernimmt.«

Beide lachten ganz herzhaft über diese charmante Äußerung. »Du machst den Kaffee und ich gehe kurz hoch, mir ein neues Hemd anziehen. Okay?« Lilly sah ihn grinsend an. Sie wusste, sobald er einen Spiegel sah, würde die Hölle losbrechen. Büchele stand vor seinem Schiebetürschrank und suchte ein geeignetes Hemd heraus. Als er in die Ärmel schlüpfte und das Hemd zuknöpfte, betrachtete er sich das erste Mal richtig im Spiegel. Das Hemd saß tadellos. Nur was war das? Er ging näher heran.

»Dieser Halunke, dieser Spitzbub!«, fluchte er vor sich hin. Danach lachte er laut über sich selbst, als er sich die kleinen Tierkarikaturen auf den Pflastern genauer ansah. Lilly, die unten alles gehört hatte, war ein wenig enttäuscht und zugleich erleichtert. Hatte sie doch eher eine von Bücheles typisch-schwäbischen Fluchattacken erwartet. Sie goss die Kaffeetassen voll.

»Kaffee ist fertig!«, rief sie von der Küche aus in den Flur. Worauf noch immer lachend und mit sich selbst brummelnd Büchele die Treppe herunterkam und dabei auf die Kinderpflaster zeigte. »Bruno isch doch en Lausbub«, meinte er lächelnd, als er sich an den Kaffeetisch setzte. In Bücheles Lederjacke begann sein Telefon mit einem neuen Song aus der Hitparade zu trällern.

»Lilly, bring mir bitte das Telefon? Es ist in meiner Jackentasche.«

Lilly, die Bücheles extravaganten Klingelton nicht mochte, ging in den Flur, zog es aus der Tasche und brachte es Franz an den Tisch. Erst als Franz die Hörertaste drückte, verstummte die krächzende Stimme.

»Büchele!«, meldete er sich, »Hallo Frau Barbie-Schatzberg, was kann ich für Sie tun? Aber gerne doch Frau …, äh Rachelle. Wer? Hecht, ja von früher, wieso? Sie reden doch von Rüdiger Hecht oder? Nein? Wen meinen Sie dann? Ach so, ja stimmt, der hat noch einen Bruder. Ich glaube Sibirius Hecht. Richtig. Und wie kommen Sie zu dem

Typen? Doch nicht einfach so, oder? Okay, wo und wann? Ja, kenne ich. Oben auf der Heuchelberger Warte. Geben Sie mir eine Stunde. Ja, bis gleich Rachelle, Tschüss.« Büchele legte auf.

Er sah Lilly entgeistert an. Sie verstand diese schwäbische Art der Konversation nur schwer. Einmal war der Schwabe mit jemandem per »Du«, zugleich redete er mit der gleichen Person in der »Sie«-Form. Sie schüttelte ungläubig den Kopf.

»Euch Schwaben kann man nicht begreifen, Franz.«

Büchele starrte auf sein Telefon.

»Ich muss noch mal weg. Sag Gisela, es kann später werden. Ich esse einen Happen auf der Heuchelberger Warte. Aber zuerst, Lilly, nehme ich mir die Zeit und trinke den Kaffee hier mit dir in aller Ruhe aus.«

Kurze Zeit später schnappte sich Franz Jacke und Hut. Er griff sich die Autoschlüssel von der Ablage und verschwand nach draußen.

Am letzten Parkplatz unterhalb des Treffpunktes mit Rachelle Schatzberg stellte er sein Fahrzeug ab. Die Straße war für Fahrzeuge aller Art auf der letzten Etappe zum Turm und des angrenzenden Ausflugszieles gesperrt. Er sah nach oben zum Turm.

»Verdammt, noch ein ganzes Stück«, schnaubte er vor sich hin. Er lief über den riesigen Parkplatz und folgte der Straße nach oben. Keine fünfzig Meter weiter stoppte er. Rechts erschien eine unendlich lange Treppe, sie würde seinen Weg nach oben verkürzen. Sollte er es wagen?

Büchele hatte die steile Treppe hinter sich gebracht. Langsam ging er die letzten Meter in Richtung Aussichtsplattform.

Es duftete von überall her nach gebratenem Fleisch und gegrillten Würsten. Heute Hexenpfännle mit Bratkartoffeln oder Schupfnudeln mit Kraut, stand auf einer Schiefertafel. Büchele lief schon das Wasser im Munde zusammen. Schwitzend und mit seinem Strohhut auf dem Kopf dachte er darüber nach, was er wohl heute verspeisen würde. Zwischen schwatzenden Menschen und Kindergeschrei suchte Kommissar Büchele nach seinem Kontakt. Rachelle Schatzberg sah er von seiner jetzigen Position nicht. Das Gelände der Heuchelberger Warte war seit Jahren ständig erweitert worden. Inzwischen gab es auch eine kleine Kinderspielstätte und einen großen Biergarten. Das gab schon rein optisch was her. Stadtbekannt als lohnenswertes Ausflugsziel für Alt und Jung war es der Augenschmaus und ein kulinarisches Erlebnis schlechthin und weit über seine Grenzen hinaus bekannt, wobei Büchele noch immer für sich, die Gaststätte Waldheim am Fuße des Heuchelberges, für sich als Bestes seiner Art kürte. Musste man hier zumindest nicht einen Berg erklimmen, um an sein Essen zu gelangen.

Büchele lief das weiträumige Gelände ab. Ständig wurde er gegrüßt und hob, wie es für einen Schwaben Plicht war, anständig seinen altersschwachen Strohhut an, um die Grüße zu erwidern.

Dann, etwas abseits unter einem weißen Pavillon, winkte Rachelle ihm zu. Als er auf ihren Tisch zuging, erkannte Franz ein Gedeck von Kaffee und Kuchen. Anscheinend hatte sie sich schon etwas bestellt. Sie erhob sich. In ihrem hellgelben kurzen Kostüm war sie sofort ein Blickfang für die Männeraugen. Sie umarmte ihn. Fast schon so, als würden sie sich ewig kennen. Sie richtete einen Gruß von Birgitt aus.

»Kaffee, Kuchen, Franz? Oder doch eher was Herzhaftes? Die Bedienung kommt gleich.«

Kommissar Büchele knurrte der Magen. Wieder fiel ihm die beschriftete Schiefertafel ins Blickfeld. Franz traute sich kaum, an sein kulinarisches Hexenpfännle zu denken.

»Ich nehme einen Kaffee und eine Schwarzwälder Torte.«

Rachelle nickte ihm zu. Sie legte einige Fotos und beschriebene Blätter vor ihm auf den Tisch.

»Wenn die Informationen stimmen, dann sind wir auf der richtigen Fährte«, berichtete sie.

»Welche Fährte?«, kam prompt die Nachfrage von Büchele.

»Franz, wenn ich davon ausgehe, dass wir den gleichen Menschen oder Täter suchen, Weinbergaufkäufer oder wie wir ihn auch immer nennen möchten. Dann haben wir einen vielversprechenden Insidertipp bekommen.«

Prüfend sah Franz sie an.

»Von wem?«

»In der Zeitarbeitsfirma von Bachmaier hatten wir einen Informanten. Leider hat der, doof, wie er ist, gekündigt. Aber nicht ohne vorher einige Dokumente zu fotografieren. Und siehe da! Da taucht immer wieder ein Dietmar Koppen auf. Die Zeitarbeitsfirma hatte bei Bachmaier einige Aufträge laufen. Die Firma war saisonbedingt bei der Weinlese und beim Rebenrückschnitt tätig.«

Franz sah sie erwartungsvoll an.

»Hallo, Franz, macht es bei dir klick?« Rachelle sah ihm in die Augen. »Ich hoffe, Dietmar Koppen ist identisch mit deiner Initiale DK auf der Kralle.«

Erst jetzt begriff Büchele den Zusammenhang und wurde sichtlich neugieriger.

»Ihm gehört, abgesichert über einen Generationenvertrag, der Aalkistensee bei Maulbronn. Nach meinen Recherchen hat er die letzten zehn Jahre einige, warte mal«, genervt von dem aufkommenden Lüftlein, blätterte sie angestrengt in den Unterlagen hin und her, »hier haben wir es. Er besitzt neunzehn Weinberge. Davon ein größeres Weingut in Duttenberg. Vierzehn Anwesen sind geerbt. Sind alles ehemalige schwäbische Weinbauer ohne Erben gewesen. Den Rest hat er käuflich erworben. Er betreibt auf ihnen biologischen Weinbau ohne Genmanipulation, aber auch ohne nennenswerte Erträge. Einige Weine spendet er der Heilbronner Tafel. Vermutlich Tarnung, nehme ich an. Und ein Weinberg bekam er von einem ehemaligen Heilbronner Auswanderer, der jetzt in Südamerika lebt. Er hat vor knapp fünfzehn Jahren einen Verein gegründet, als er das Kloster Maulbronn verließ. Dort war er aber nur kurze Zeit, wie du sicherlich in den Akten, die ich dir letzte Woche gegeben habe, schon nachgelesen hast. Er war wohl zu sehr mit biologischem Anbau beschäftigt, was seine Glaubensgemeinschaft nicht gerne sah. Der Verein biologischer Weinbau der Neuzeit e.V. erwirtschaftet keine Gewinne. Nach den Büchern zu urteilen, lebt er überwiegend vom Verkauf seiner Fische. Alles andere geht für die biologische Bewirtschaftung und die Löhne der Saisonarbeiter drauf. Könnte dies der gesuchte Tatverdächtige sein, Franz?«

Franz begann, sich am Hinterkopf zu kratzen.

»Kann sein, die Eckdaten klingen schon mal gut. Aber erben ist keine Straftat. Wenn natürlich der Straftatbestand einer Nötigung oder Erpressung vorausging, schon. Wann war seine letzte Erbschaft?«

Angestrengt sah Rachelle in den Unterlagen nach.

»Vor drei Jahren?«, kam es eher zögerlich von ihr.

»Komisch, kann es sein, dass einiges über Strohmänner läuft?«, fragte Franz nach.

»Wieso?«

Franz beugte sich über den Tisch, um ihr etwas ins Ohr zu flüstern.

»Meine letzten, von mir untersuchten Mordfälle sind noch nicht mal Monate her. Um weiter zurückzugreifen, höchstens ein volles Jahr. Und in der ganzen Zeit soll bei Dietmar Koppen nichts los gewesen sein? Wohl fraglich oder gut getarnt.« Büchele begann schelmisch, ja schon fast ungläubig dabei zu grinsen.

Rachelle zuckte mit den Schultern. »Möglich oder unmöglich. Ich kann es nicht dementieren oder bestätigen. Aber die Initialen im Ring, sie sind offensichtlich echt, oder etwa nicht?«

Büchele genoss zwischendurch die Schwarzwälder Torte, die er bestellt hatte.

»Du hast recht, Rachelle. Es spricht einiges für den Täter. Aber was, wenn es ein Griff ins Klo ist? Ich möchte mir erst gar nicht ausmalen, was die Presse dann aus uns macht. Vermutlich Haschee.« Büchele holte Luft und wurde ernster.

»Hast du auch die Zeiten, an denen er sich zu Hause aufhält? Oder wo er sich rumtreibt? Wohnort und so?«

Rachelle sah ihn an.

»Natürlich, ist alles in den Akten. Und sicherheitshalber in deinem Mail-Postfach. Birgitt wollte auch die Daten, sorry.«

Büchele sah sie missmutig an.

»Frauen sind ein liebenswertes Übel unserer Zeit«, war sein einziger Kommentar dazu.

»Ich hoffe, sie bringt es nicht gleich in der Zeitung.«

Rachelle schüttelte jetzt ihre Mähne.

»Sie hat es mir versprochen, es erst zu veröffentlichen, wenn du Fakten hast oder ein Zugriff getätigt wurde.«

Rachelle begann etwas zu frösteln. Die Sonne verlor schon langsam ihre wärmende Kraft, bevor sie hinter den Bergen verschwand. Büchele nahm die Papiere vom Tisch und schob sie in seine Jackentasche, bevor beide nach über einer Stunde Aufenthalt den Aussichtspunkt Heuchelberger Warte verließen. Büchele bezahlte die Rechnung. Sie gingen über den Fußweg zum Parkplatz zurück. Auf dem Weg dahin bot Franz ihr an, sie in die Stadt zu fahren, da es angeblich auf seinem Weg lag. Rachelle, die mit einem Taxi zur Aussichtsplattform gekommen war, willigte dankbar ein. Auf der Fahrt gingen Franz endlos viele Dinge durch den Kopf. Würden sie endlich den oder vielleicht die Schuldigen überführen können? War dies der Lohn für Bücheles lange, unermüdliche Nachforschungen? Viele schlaflose Nächte lagen hinter ihm. Fand dies jetzt seinen Abschluss? Keine der Fragen konnte er für sich bis jetzt beantworten. Es wurde vertuscht, er wurde geschlagen und bedroht. Aber letztendlich wofür? Hatte jemand so eine Macht in unserer Gesellschaft? Zumindest in Bücheles Bezirk?

Hier ging es aus seiner Sicht meist um Kleinigkeiten, wenn man die Morde nicht mit berücksichtigte. Womit würden dann die Kollegen der Drogen, Sitte oder Wirtschaftsabteilung täglich kämpfen? Darüber wollte der Beamte sich erst gar keine Gedanken machen.

Dafür ging sein Täter mit einer Brutalität und Zielgenauigkeit vor, die seinesgleichen suchte. Rachelle Barbie-Schatzberg die neben ihm saß, deutete auf ein Straßenschild.

»Hier bitte rechts reinfahren, Franz, ist eine Abkürzung.«

Er bog zwischen zwei großen Ligusterhecken ab. Staunend schob er, während er langsam die befestigte Privatstraße entlangfuhr, seinen Hut nach hinten.

»Wow!«, war alles, was er herausbrachte. Vor ihm lag eine lange Straße, die links und rechts von mächtigen Linden gesäumt war. Hier war Büchele noch nie gewesen. Und dabei dachte er, jeden Winkel im schönen Unterland schon gesehen zu haben. Die Bäume schaukelten ganz leicht im Wind hin und her. So als würden sie einen willkommen heißen. Am Ende des Weges kam ein altes, mit mächtigen Steinsäulen umgebenes Herrenhaus in Sicht. Franz konnte sich an so viel Schönheit nicht genug sattsehen. Instinktiv hielt er davor an.

»Danke fürs Bringen, Franz«, verabschiedete sich Rachelle von ihm mit einem flüchtigen Kuss auf seine Wange.

Büchele schien sichtlich zufrieden zu sein und wendete seinen alten 200er. Sie winkte ihm noch zu, als ihr Mann Barbie an der Tür erschien und auch kurz grüßend die Hand hob. Franz grüßte wie in Trance zurück, als er den Gang einlegte.

Zugriff gleich Fehlgriff

5.15 Uhr. Früh brach Kommissar Büchele von zu Hause auf. Er wollte niemanden so früh wecken und schloss behutsam und leise die Eingangstür hinter sich. Die ersten Vögel begrüßten mit ihrem morgendlichen Gezwitscher die aufgehende Sonne. Büchele beschlich Unbehagen. Er hatte für den heutigen Tag einerseits ein mulmiges, andererseits ein gutes Gefühl. Würde die Festnahme des vermeintlich Gesuchten gelingen. War er der lang gesuchte Drahtzieher, der hinter den ganzen Verbrechen stand? Vielleicht bestand die Hoffnung, all diese Grausamkeiten heute beenden zu können. Mit gemischten Gefühlen begab er sich zur Dienststelle.

Vor der Tür seines Dienstzimmers atmete er tief durch, dann betrat er mit gewohntem Elan den Raum. Es brannte Licht. Hatte jemand vergessen, es nach Dienstschluss auszumachen? In der Ecke ratterte monoton der in die Jahre gekommene Laserdrucker vor sich hin. An Krügers Arbeitsplatz flimmerte dessen Monitor. Büchele sah sich um. Kein Mensch war im Raum. Träumte er? Gerade als er seine Lederjacke von den Armen streifte, öffnete sich die Tür. Büchele zuckte kurz zusammen, er hatte keinen seiner Kollegen so früh erwartet.

»Guten Morgen, Franz, auch schon wach?« Büchele sah seinen Kollegen etwas missmutig an.

»Guten Morgen, Max, was machst du so früh hier? Hat dich Babsi etwa aus dem Bett geschmissen?«

Max, der einige Stapel Druckerpapier in Händen hielt, grinste nur.

»Ne, ne«, rechtfertigte sich Krüger.

»Ich konnte, wie auch du vermutlich, kein Auge zumachen. Und ich war nur noch kurz im ersten Stock Druckerpapier organisieren.«

Er hielt ihm den Stapel Papier vor die Nase.

»Wie ich dich kenne, möchtest du heute Dietmar Koppen einen Besuch abstatten. Richtig?« Krüger sah ihm dabei etwas zweifelhaft in die Augen. »Aber eine Frage hätte ich da an dich. Haben wir genug Infos über den Typen?«

Franz hängte während der Unterhaltung die Jacke über seinen Stuhl und legte den Hut vor sich auf den Tisch.

»Hm. Ich wollte die Infos nochmals durchgehen. Ich habe da auch meine kleinen Zweifel bei der dünnen Beweislage. Genau deswegen bin ich früher als üblich hier. Die ganze Sache ist mir zu offensichtlich.«

Büchele drückte den Startknopf an seinem Rechner. Mit einem kurzen Piep meldete sich der Rechner betriebsbereit. Er gab sein Passwort ein und ging auf Max zu.

»Du prüfst bitte mit Rainer die Geschäfte des Verdächtigen und gleichst sie mit unseren Unterlagen ab. Nimm Rainer, wenn er da ist, bitte unter deine Fittiche. Ich will jede Steuererklärung der letzten Jahre von Dietmar Koppen sehen, einfach alles. Wenn er was zu verheimlichen hat, dann möchte ich es wissen.«

Krüger hielt seinen Daumen zur Bestätigung nach oben.

Nach und nach erschienen die Beamten zum Dienst. Jeder begab sich auf Spurensuche. Büchele briefte sie alle. Man glich ab, prüfte Dokumente und Daten. Telefonisch wurden noch zusätzliche Informationen von der Wirtschaftsabteilung angefordert. Jeder checkte jede noch so winzige Information. Nicht alles war schlüssig, aber vieles wies doch auf Dietmar Koppen als Täter der schrecklichen

Ereignisse hin. Für fünfzehn Uhr hatte Kommissar Büchele ein zweites Briefing anberaumt. Eine letzte Besprechung vor dem Einsatz sollte Klarheit darüber geben, ob es einen Zugriff auf den Verdächtigen geben würde. Staatsanwalt Krümmbusch, der den ganzen Morgen beim Polizeichef Dirk Kastfeld im Büro saß, wollte einen schnellen Erfolg. Zulange schon traten die Beamten bei der Suche nach dem Mörder auf der Stelle. Er schrieb einen Haftbefehl aus. Er wollte Dietmar Koppen als Täter sehen, alles andere war ihm egal.

Lilly, die inzwischen auch schon eingetroffen war, trat an Franz heran. »Du, Franz? Darf ich mit euch später in den Außendienst, zum Anwesen Koppen?« Büchele wusste um die Leidenschaft von Lilly, auch einmal an einem Tatort zu sein. Aber dieses Mal fiel es ihm sichtlich schwer, ihre Bitte abzuweisen.

»Lilly, das ist heute nichts für unsere Profilerin, das ist viel zu gefährlich. Deine Ergebnisse bei der absolvierten Schießprüfung letzten Monat waren ja nicht so berauschend, und wir wollen dich ja noch ein Weilchen bei uns haben. Du könntest mir aber einen großen Gefallen tun. Überwache die Aktion von hier aus. Du könntest uns wichtige Infos über die GPS-Daten geben. Du bist dann unser Auge und unser Ohr aus dem All«, witzelte er herum, und die Kommunikation über alle Gespräche kannst du aufzeichnen. Ist doch was oder?«, versuchte er sie zu beschwichtigen.

»Na gut, wenn du meinst«, sagte sie kleinlaut und wandte sich von ihm ab. Mit langsamen Schritten ging sie etwas enttäuscht zu ihrem Platz zurück. Franz blickte nach einem etwas hektischen Vormittag auf seine Uhr. Sein analoges Zeiteisen, wie er es nannte, zeigte 14.40 Uhr an.

»Männer, nicht vergessen, um drei Uhr ist Briefing«, rief er in die Runde, »vorne, an Lillys Schreibtisch. Sie wird unser Leader sein.«

Lilly lächelte stolz. Wow, ein Briefing bei ihr am Tisch. Das machte sie schon mächtig Stolz. Zeigte es ihr doch, dass ihre Funktion im Team, mehr Gewicht hatte, als sie selbst vermutete. Sie warf Franz einen lächelnden Blick zu. Franz Büchele verbeugte sich von Weitem mit einem kleinen Diener. Sekunden später hastete Büchele vom Kopiergerät an seinen Tisch zurück. Er checkte die Unterlagen und griff in die Schublade seines Schreibtisches. Sein Pistolenhalfter inklusive seiner Dienstwaffe lag unter Taschentüchern und Kaugummis versteckt. Er griff nach ihr, zog sie aus dem ledernen Holster, entfernte das Magazin und prüfte es. Magazin voll. Abzugsschlitten okay. Abzug und Hahn gingen perfekt leicht. Er schob das Magazin zurück in die Pistole und sicherte seine Waffe. Das Holster samt eingeschobener Waffe befestigte er hinten an seinem Hosengürtel und prüfte den festen Sitz. Einer verlorenen Dienstwaffe folgten schließlich viele Erklärungen, Schreibarbeit und einen negativer Eintrag in die Personalakte. Einige Kollegen von der Sitte, vor allem jüngere Dienstgrade, konnten ein Lied davon singen.

Büchele hielt den Durchsuchungsbeschluss und den Haftbefehl in der Hand. Sorgsam studierte er die Dokumente auf ihre Richtigkeit. Sein Blick wanderte auf die große Uhr, die über der Eingangstüre hing.

»Briefing, meine Damen und Herren. Bitte alle zu Lilly an den Tisch rüber. Danke«, rief er durch den Raum. Dirk Kastfeld, der Chef des Dezernats, hatte auch in seinem abgeteilten Refugium die Aufforderung Bücheles vernommen und kam hinzu.

»So, meine Herren Kollegen, wie Sie sicherlich wissen, weisen einige der uns vorliegenden Informationen in Richtung Maulbronn. Der Gesuchte, Dietmar Koppen, entspricht in überwiegenden Punkten unserem Fahndungsraster sowie dem Täterprofil. Er könnte unser gesuchter Mann sein. Meine Herren, Lilly wird von hier aus die Leitstelle sein. Sie wird unser Auge und unser Ohr sein und uns notfalls koordinieren. Kommunikationswege über sie. Rainer, du wirst einige Hundert Meter vom Gebäude entfernt unauffällig mit dem SEK zusammen Stellung beziehen und uns Rückendeckung geben. Lilly hat die Satelliteninfos und kann euch notfalls dirigieren. Jeder schnappt sich von dort drüben ein Transpondersignal und schiebt es in die Tasche«, mit seiner Hand zeigte er auf den Nebentisch, »anhand des Signals kann Lilly vom Dezernat aus sehen, wer sich wo befindet. Verstanden?«

Jeder nickte.

»Der Gesuchte wird als gewalttätig eingestuft. Kein Risiko eingehen. Herr Weber vom Sondereinsatzkommando wird notfalls auf mein Kommando gewaltsam ins Gebäude eindringen. Wir haben hier, hier und hier, Ein- und Ausgänge«, dabei zeigte er auf den Grundriss des Geländes, welches auf Lillys Tisch lag, »wir erhalten zusätzlich vor Ort jeweils drei Mann aus allen angeschlossenen Dienststellen für diesen Einsatz. Von der Steuerfahndung sind es fünf. Unsere Männer sondieren und nehmen alle Anwesenden, die sich außerhalb des Hofes aufhalten, zur Personenkontrolle fest, unspektakulär und unauffällig. Wie ihr sehen könnt, zeigt das Satellitenfoto nur wenig Aktivität. Vermutlich Angestellte«, dabei zeigte Hauptkommissar Büchel routiniert mit dem Finger auf den Bildschirm und zur Wand.

»Max und ich klingeln ganz normal und sehen, was geschieht. Bis dahin passiert nichts ohne mein Signal. Es kann auch normal ablaufen. Ich wiederhole. Es geschieht nichts, was ich nicht anordne. Ich möchte kein Blutbad. Das SEK ist in Wartestellung. Ihr reagiert nur auf mein Zeichen, Horst.«

Der Einsatzleiter Horst Weber nickte ihm nur stumm zu.

»Sind wir drin, dann ist die restliche Vorgehensweise wie üblich. Der Abschluss ist Sache der Spurensicherung, wenn der Zugriff erfolgt ist.« Kommissar Büchele wandte sich seinen eigenen Beamten zu.

»Clemens, du und Fuchsreiter, ihr fahrt jetzt an den Aalkistensee. Vielleicht haben wir Glück und der Gesuchte ist dort. Festnehmen und Bescheid geben, okay?«

Fuchsreiter, ein langjähriger Undercoveragent fragte nach weiteren Zielpersonen.

»Fuchsreiter, wenn ihr Personen als Angestellte oder als einen Leiharbeiter identifiziert, dann nehmt bitte auch ihre Personalien auf.«

Büchele wandte sich zum Abschluss nochmals an alle.

»So unauffällig wie möglich, Jungs. Max und ich suchen die Zielperson im Gebäude, das Weitere entscheiden wir vor Ort. Ach, noch was. Die örtlichen Einsatzkräfte unterstützen uns natürlich. Rainer, du behältst die im Auge.«

Der junge PKA Rainer Kaufmann, der etwas hinter allen anderen stand, hob mit einem: »Geht klar, Chef!«, die Hand zur Bestätigung.

»Nun dann, Männer, packen wir es an.« Büchele sah auf seine Uhr. »Stellung am Anwesen Koppen um Einsachthundert beziehen. Jetzt noch den Uhrenvergleich. Wir haben jetzt Einssechshundertzehn. Sprich schwäbisch 16.10 Uhr. Hat es jeder? Okay, ich danke euch erst mal.«

Jeder der Beamten kannte nun das Einsatzziel und die gewünschte Vorgehensweise von Büchele. Alle bereiteten sich darauf vor, endlich einen gesuchten Mörder dingfest machen zu können. So schnell, wie alle sich versammelt hatten, so schnell verließ auch wieder jede Einsatzgruppe Lillys Tisch und Bücheles Dezernat. Kaufmann, der einige schusssichere Westen organisiert hatte, kam auf Büchele zu und hielt ihm eine vor den Bauch.

»Ist Vorschrift, Chef.«

Franz Büchele, der nie eine der bleiverstärkten Kevlarwesten anzog, winkte dankend ab. Max, der neben Büchele stand, nahm sich eine und zog sie sicherheitshalber über. Bücheles Dienstapparat klingelte. Franz griff nach dem Hörer. Völlig entspannt, so als wäre es ein normaler Arbeitstag, meldete er sich:

»Büchele?«

Bruno Fröschle aus der Gerichtsmedizin war am Apparat. Büchele bemerkte schon an dessen Tonfall und seiner hektischen Aussprache, dass aus Fröschles Sicht etwas nicht stimmt.

»Bruno, jetzt mal langsam, ganz langsam und von vorn.« Franz versuchte ihn zu beruhigen, während Bruno ihm stotternd die Neuigkeiten erzählte.

»Ja, ich habe es gehört. Mach dir darüber keine Sorgen, wir finden eine Lösung. Ja, ich höre noch gut. Und wieso ist der schon lange tot? Verstehe. Wie lang sagst du? Drei Jahre, kein Zweifel? Okay, ich danke dir.« Büchele legte langsam den Hörer zurück auf die Gabel und sah Max jetzt etwas verwirrt und ratlos an.

»Franz, was ist los? Stimmt was nicht?«

Büchele sah ihn an.

»Du kannst dich an die Bombe im Wald erinnern?«

Krüger nickte.

»Dort hatte Fröschle die DNA von jedem, sowie die der Überreste von dem zerfetzten Etwas genommen. Es war doch noch ein Unbekannter am Tatort. Vermutlich ein Helfer des Täters. Ich weiß es nicht. Jetzt hatte er in einer Datenbank die Daten der Person gefunden von der nur kleine Fetzen übrig geblieben sind.«

»Ja und?«

»Tja Max, unsere Überreste des Leichnams sind offensichtlich schon seit drei Jahren tot. Derjenige, zu dem die DNA gehörte, verstarb in einem Krankenhaus im Elsass bei einer Magenoperation. Lungenembolie und das war es. Und jetzt taucht er im Schwäbischen am Waldparkplatz nochmals auf. Zumindest seine DNA.«

»Franz, ist es möglich so lange Zeit unterzutauchen und unentdeckt zu bleiben? Und weshalb hat jemand, zumindest damals, die Akten gefälscht? Denn er schien ja bis vor Kurzem noch quicklebendig durch diese Welt gelaufen zu sein.«

Büchele zuckte mit den Schultern.

»Keine Ahnung, mein Freund. Aber dann ist, rein hypothetisch gesehen, unsere zerfetzte Leiche gar keine Leiche. Er war ja schon vor drei Jahren eine Leiche. Somit war es kein Mord. Oder kann man einen angeblichen Toten nochmals ermorden, Max?«

Krüger zuckte mit der Schulter.

»Des isch mir jetzt e bissle zu bleed, verstehsch me au e bissle?«

Büchele nickte. Lilly saß angestrengt über den Einsatzplänen an den Monitoren. Sie versuchte den Beamten vor Ort so viel Information, wie möglich, über ihren Kommunikator zukommen zu lassen. Jeder trug zur Verständigung untereinander einen fast unsichtbaren Knopf im Ohr.

Franz und Max hatten sich auf den Weg in Richtung Maulbronn begeben. Keine fünf Kilometer davon entfernt war ihr Einsatzort. Die erste Einsatzgruppe am Aalkistensee meldete sich. Zu früh für Bücheles Gefühl. Er schaltete den Sprechfunk auf laut.

»Hier Fuchsreiter, Kollege Büchele? Wir haben ein Problem.«

Dies war nicht in Kommissar Bücheles Sinn. Die Aktion war noch nicht angelaufen und schon tauchten erste Probleme auf.

»Welche Probleme? Findet ihr den See nicht? Oder woran hapert es, Kollege?«

»Kollege Büchele, wir sind schon richtig, aber…« Fuchsreiter kam ins Stocken. »…aber hier ist abartig viel los. Heute ist Abfischen, was auch immer das ist, fragen Sie mich nicht. Ich bin kein Angler. Jede Menge Leute sitzen hier um den See herum. Vielleicht so dreißig an der Zahl, schätze ich. Sollen wir die alle vernehmen und aufs Revier mitnehmen? Dann brauchen wir Verstärkung, over.«

Büchele warf Max, der das Fahrzeug lenkte, einen fragenden Blick zu.

»Fuchsreiter, Sie und Clemens sondieren nur. Ist ein potenzieller Verdächtiger darunter, dann nur eine Personenkontrolle durchführen, ansonsten nur beobachten. Wenn wir einen Unschuldigen von den Anglern verdächtigen, dann zerpflückt uns später die Presse. Haben Sie verstanden? Over.« Büchele lauschte.

»Ja alles Roger, Kollege. Ach ja, was wir sahen, wird Sie nicht erfreuen. Die Presse, Ländle TV, ist schon da. Ich glaube, die berichten über die Fische. Over and out.«

Franz Büchele blieb locker. Sein Gesichtsausdruck verriet keine sichtliche Nervosität. Hatte er doch mit Birgitt eine stille Übereinkunft, zumindest was die letzten Morde anging. Bis jetzt konnte er sich auf sie verlassen.

Langsam fuhr Max auf das Weinbauanwesen von Dietmar Koppen zu, vorbei an dem alten Kastenwagen, in dem sich die SEK-Einheit bereithielt. Keine zweihundert Meter weiter, an der Seite des Hauses, saß Rainer Kaufmann mit Kollege Eckstein in einem etwas klapprigen alten VW Passat. Jeder meldete seine Position und Bereitschaft an Lilly. »Gänseblümchen an Gärtner, Gänseblümchen an Gärtner, die Wiese ist vorbereitet. Over«, klang es aus dem Lautsprecher. Verwirrt sahen sich Max und Franz an.

»Was für ein Code ist das denn?«, fragte Max. Franz sah entgeistert und fassungslos den Lautsprecher an, aus dem dieser merkwürdige Satz gekommen war.

»Heiliger Bimbam, des woiß i doch au nete«, waren Bücheles verwunderte Worte. Jetzt ergriff er die Sprechtaste.

»Wer zum Henker isch Gänseblümle? Und wer isch der Gärtner? Isch des unser Täter?«, schrie er in den Hörer. Augenblicklich war Ruhe im Sprechfunk. Entsetzt saß Kommissar Büchele im Auto, als es erneut, diesmal verständlich, aus den Lautsprecher tönte.

»Gänseblümchen an Gärtner, Franz ich bin es, Lilly, ich bin Gänseblümchen und du der Gärtner als Einsatzleiter. Over.«

Max begann zu kichern.

»Und welche Wiese?«, wollte Büchele wissen. Wieder kann aus dem Lautsprecher eine kurze krächzende Antwort.

»Gänseblümchen an Gärtner, die Wiese ist der Einsatzort. Jeder ist auf seinem Posten. Over and out.«

»Ha no, dann sags doch glei, Mädle. Nix mit Wies und

Gardde«, gab Büchele als Antwort zurück. Dabei stierten seine beiden Augen wie magisch aufs kleine Mikrofon.

»Wir gehen rein. Alle halten sich bereit. Over und Dings, äh aus«, war sein letzter Satz.

Bevor er und sein Kollege ausstiegen, kontrollierten sie noch ihre Dienstwaffen, die sie entsicherten. Sie nickten sich zu. Schnurstracks gingen sie, leicht gebückt, mit langsamen Schritten auf das Anwesen Koppen zu. Im Eingangsbereich lagen überall Blumentöpfe herum. Mal bepflanzt, mal leer. Auf einem Briefkasten, der zwischen einer Weinrebe und der Wand befestigt war, stand mit großen Klebebuchstaben »Biologischer Weinbau der Neuzeit e.V«. Darunter erkannte man einen Namen. Dietmar Koppen, sie waren richtig. Büchele klingelte. Nichts geschah. Wiederholt drückte er die Taste. Nur das Bim-Bam der Klingel war im Inneren des Hauses zu hören. War keiner da?

»Lilly, siehst du auf deinem Schirm jemand, der sich im Haus befindet?«

»Negativ Gärtner, nur im Nebengebäude sind Wärmesignaturen zu erkennen. Over.«

Büchele drückte die Türklinke hinunter. Was in der Regel kaum von Erfolg gekrönt war.

»Offen«, sagte Büchele verwundert.

»Dann gehen wir rein. Max, ich zuerst.« Langsam öffnete Büchele die Tür. Ein Knarren war beim Öffnen der Tür durchs ganze Haus zu hören. Wenn ihr Eindringen jetzt nicht bemerkt wurde, konnte dies nur an ein Wunder grenzen. Langsam schritten die Beamten durch die Tür. Krüger achtete immer darauf, seinen Kollegen vor unliebsamen Überraschungen von hinten abzusichern. Langsam schwenkte Franz den Lauf seiner entsicherten Waffe von links nach rechts durch den Raum. Das Zimmer glich einem Museum. Überall lagen Bücher, Schriftstücke und Behälter herum. Es stank nach Mist und Dung. In den Regalen waren riesige Gurkengläser aufgereiht. In trübem Wasser standen, so weit Büchele es erkennen konnte, vor sich hinmodernde, abgeschnittene Reben. Vermutlich verursachten das Wasser und die schon abgestorbenen Teile den furchtbaren Gestank. Das Tick-Tack, Tick-Tack einer alten Standuhr klang ihnen in dieser seltsamen Stille wie Hammerschläge im Ohr. Büchele winkte mit der Pistole seinen Kollegen im Nebenzimmer zu. Küche oder Esszimmer? So genau konnte man es nicht definieren. Pizzaschachteln lagen neben Brotresten auf dem Tisch. Halbvolle Weinflaschen standen neben einem Zeitungsständer. Keine Menschenseele war zu sehen. Langsam stiegen sie die alte Wendeltreppe zum ersten Stock hinauf. Sie überprüften akribisch genau den oberen Bereich des Hauses. Auch hier war keine Menschenseele. Alles stand offen, aber keiner war da. Sie gingen zurück in den unteren Wohnbereich. Max fiel auf dem Tisch ein Artikel in einer aufgeschlagenen, schon etwas älteren Zeitschrift auf. Darin hatte der Gesuchte einen Artikel über Düngen im Weinbau veröffentlicht. Max überflog die Seite nur kurz. Beide Beamten gingen zügig in Richtung einer offenstehenden Türe, die einen Spaltbreit die Sicht ins Freie preisgab. Plötzlich hörten sie von Weitem Stimmen, die sich anscheinend aufgeregt unterhielten. Sie hörten Schritte, die näherkamen. Jemand schien in ihre Richtung auf das Gebäude zuzulaufen. Sie positionierten sich links und rechts der halb offenstehenden Türe. Die Waffe im Anschlag warteten sie ab. Da war es wieder. Jetzt vernahmen sie die Stimmen von draußen noch deutlicher.

»Gänseblümchen an Gärtner, zwei Verdächtige von Einheit drei im Vorgarten festgenommen. Überprüfung folgt. Over.« Büchele und Krüger ließen erleichtert ihre Waffen sinken.

»Gärtner, hier noch mal Gänseblümchen. Ich habe jetzt sieben Wärmesignaturen auf meinem Schirm. Muss in einem Anbau genau gegenüber vom Wohnhaus sein. War vielleicht mal ein Stall oder eine große Scheune. Könnt ihr dies prüfen? Over and out.«

»Büchele hier, machen wir Lilly.«

Die Beamten suchten sich einen sicheren Ausgang im hinteren Teil des Hauses. Durch die Vordertür wollten sie nicht hinausspazieren, um nicht gesehen zu werden. Max winkte Franz zu sich.

»Hier scheint eine Tür rauszugehen!«

Gerade als sie an der Tür standen, erschreckte das »Kuckuck, Kuckuck« der Standuhr sie fast zu Tode. Franz sah auf seine Uhr.

»Max, die geht genau.«

Der Kollege schüttelte nur den Kopf über so viel Komik, trotz der angespannten Lage. Sie verließen das Wohnhaus und näherten sich leise dem gegenüberliegenden Gebäude. Sie sahen nach links. PKA Kaufmann saß noch immer im Passat und winkte ihnen unverfroren zu.

Büchele zischte zwischen den Zähnen hervor: »So en Dorfdepp, der fällt doch uff. Den hau i ungschpitzt in de Bode. Das sei Mama e Beißzang braucht, um den aussem Bode zu holle. Der verrät durch sei dappiches Gewinke die ganz Sach.«

Als Kaufmann dies im Funk hörte, veränderte sich sofort seine Mimik. Langsam, eher zögerlich drückte Büchele die Türe der Stallung vor ihnen auf.

»Hallo, hier ist die Kriminalpolizei Heilbronn. Jemand da?«

Es war tatsächlich eine alte, vielleicht dreißig Meter lange Stallung. Sauber aneinander reihten sich links und rechts Boxen. Tiergeräusche drangen an Büchele und Krügers Ohren. Ein Grunzen, Meckern und Wiehern war zu hören. Langsam schritten die Kriminalbeamten vorwärts. Schweine, Ziegen und ganz hinten standen zwei Pferde. Die Kriminalbeamten riefen nochmals, diesmal etwas lauter.

»Jemand da, hier ist die Polizei!«

»Polizei, wieso Polizei. Ich hab keine Polizei gerufen, vermutlich wieder die Nachbarn von gegenüber. Die mögen meine biologische Methode nicht«, bemerkte eine Stimme aus dem hinteren Teil der Scheune dazu. Noch immer standen Büchele und Krüger mit gezogener Waffe im Raum, niemand war zu sehen. Langsam gingen sie in die Richtung, aus der die Stimme kam. Unbeeindruckt von den Beamten und ohne sie anzusehen, ging die Person, die ihnen geantwortet hatte, wortlos ihrer Tätigkeit weiter nach. Franz sah zu Max. Wortlos steckten sie ihre Waffen zurück ins Holster.

»Sind Sie Dietmar Koppen?«

Jetzt erst ließ der Fremde, der kniend vor einem Topf kauerte, von seiner Tätigkeit ab und sah zu den Beamten auf.

»Ja, wieso? Ist was passiert?«

Büchele und Krüger stellten sich vor. Jetzt erst, als Dietmar Koppen sich erhob und in voller Größe vor ihnen stand, musterten Büchele ihn ausgiebig. Gemessen an Bücheles Größe, war er ein Zwerg. Mit geschätzten 1,65 Meter war er nicht der Größte. Seine Kleidung bestand aus einer alten, schwarzen Soutane. Er hatte flache Sandalen an seinen sonst nackten Füßen. Eine jämmerliche Erscheinung stand vor den beiden Beamten. Mit rundem Gesicht, spärlichen Bartstoppeln und Glatze sah er Büchele in die Augen. Das Einzige, was Kommissar Büchele verwunderte, war seine nette Art. Sie hatten alles erwartet, aber so einen Menschen nicht. Kann so jemand ein Serienmörder sein? Seine freundliche Stimme stand im krassen Gegensatz zu seinem Aussehen. Mit weicher männlicher Stimmresonanz und ausgesuchter Wortwahl sprach er unvoreingenommen die Beamten an.

»Meine Herren Polizisten, was beschert mir die Ehre Sie beide hier begrüßen zu dürfen? Geht es um die Nachbarn oder um meine biologischen Weintrauben?«

Büchele sah sich um. Überall standen Kübel mit Weinreben herum. Er stutzte. In ihnen war Mist und in der Mitte der Behälter befanden sich einige Rebstöcke.

»Wo sind biologische Weintrauben?«, wollte Krüger wissen.

Wie auf ein Stichwort, begann Dietmar Koppen zu grinsen.

»Sehen Sie sich um. Da vorne haben wir Schweine, dort drüben Ziegen und da noch zwei nette Pferde.«

Dabei zeigte er in die Gatter.

»Und jetzt zu meinem Geheimnis, was eigentlich keines ist. Zumindest nicht im wirklichen Sinn. Ich experimentiere schon jahrelang mit verschiedenen biologischen Düngern. Oder nennen wir es der Einfachheit halber Mist. Von jeder Tierart hier im Stall nehme ich die Exkremente, vermische sie, so wie hier im Topf und warte.«

»Warten?«, fragte Büchele.

»Ja mein Herr, circa zwei Jahre, dann tragen die Stöcke. Je nachdem welcher Dünger aus dieser biologischen Komponente es ist. So schmeckt der Rebensaft noch intensiver. Köstlich kann ich nur sagen. Soll ich Ihnen ein Gläschen zum Verkosten bringen?«

Büchele rümpfte die Nase. Er lehnte Koppens Angebot dankend ab. Was für ihn als Weinkenner recht ungewöhnlich war.

»Zuvor noch eine Frage, Herr Koppen. Wo waren Sie am Vorabend des Erntedankfestes?«

Koppen ignorierte scheinbar Bücheles Frage und ging zum Ausgang der Stallung.

»Kommen Sie, meine Herren, der Wein ist drüben in der Stube«, dabei lachte er und winkte die beiden Schwaben hinter sich her. Sie folgten ihm wortlos ins Wohnhaus.

»Was gibt's da zu lachen, Herr Koppen?«

Drüben, im Wohnhaus angekommen, griff sich Dietmar Koppen drei neue Flaschen vom Tisch und holte Gläser aus dem Schrank, bevor er gewillt war, den Beamten zu antworten.

»Nun meine Herren, da war ich ganze drei Wochen in Portugal, neue Rebsorten holen. Lässt sich aber prüfen, kein Problem.«

Er öffnete die Küchenschublade, nahm etwas aus einer Hülle heraus und legte ihnen ein Flugticket samt Werbeprospekte aus Portugal vor.

»Zufrieden?«

Büchele drückte kurz auf seinen unsichtbaren dienstlichen Knopf im Ohr und flüsterte, ohne dass dies Koppen bemerkte: »Lilly, ich mach ein Foto, überprüfe es bitte. Danke.«

Koppen schenkte den Beamten ein Glas Wein ein.

»Wir dürfen im Dienst nicht trinken, Herr Koppen, tut uns leid«, sagte Max. Büchele griff, ohne die dienstliche

Regel zu beachten, nach einem Glas Wein. Gerade als er die Farbe des Rebensaftes in Augenschein nahm, bimmelte sein Handy. Entschlossen, ohne das Glas aus der Hand zu legen, griff er in seine Innentasche. Er fischte das Telefon heraus und drückte die grüne Taste. Er kam erst gar nicht dazu, sich zu melden.

»Kommissar Büchele, ich wünsche ihnen einen wundervollen Abend. Stehen Sie gerade bei ihrem Mörder?«, kam es kichernd mit krächzender Stimme aus dem Gerät.

»Ist Dietmar Koppen Ihr Mörder? Sie enttäuschen mich, Hauptkommissar Büchele. Der Tölpel Koppen hat doch nichts drauf. Und ich, mein lieber Kommissar, lege Kunst an den Tag. Kunst für den Herrn. Mich wollen Sie doch nicht wirklich fassen. Das Ringelreihen mit Ihnen macht Spaß, Ihnen auch? Oder können Sie nur Unschuldige jagen? Oder etwa nicht? Zumindest haben Sie mich noch nicht von Ihrer Leistung als Beamter überzeugt. Nein, nein. Sie sollten wohl besser in Rente gehen, Kommissar Versager! Morde zu klären ist nicht mehr Ihr Ding.«

Büchele schnauzte wütend zurück.

»Du Schwein, du Perverser, wieso ermordest du Unschuldige? Ich kriege dich und du deine Strafe.« Büchele begann, mit dem Weinglas in der Hand und dem Hörer am Ohr, im Kreise zu gehen.

»Nicht persönlich werden, mein kleiner Kommissar. Ihre ganzen Bekannten liegen mir am Herzen, besonders das TV Girl Birgitt Kohlmarx. Schon den Ausflug in der Videothek vergessen?«

Büchele setzte sein Glas ab und donnerte mit der Faust auf den Tisch.

»Du Ausgeburt der Hölle. Dich kriege ich und wenn es das Letzte ist, was ich tue!«, schrie der Beamte in den Hörer.

»Jetzt sind wir beim Thema, Kommissar«, schallte es aus dem kleinen Lautsprecher.

»Ich bin die Hölle, aber nur für Sie. Ich bin der kleine Heizer des Teufels und Sie? Na ja, sagen wir, Sie sind nur ein kleines Opfer. Ich möchte es Ihnen so vermitteln – in einem Gedicht oder einer Prosa. Haben Sie etwas für Gedichte übrig? So gebildet, wie Sie sind, bestimmt. Hören Sie mir einfach genau zu.«

Es wurde für Sekunden still, bevor es aus dem Hörer schallte:

»Unter der Erde, da ist es Nacht,
da hat mir der Teufel das Lichtlein gebracht.
Am Rad gedreht, den Stein verrückt,
bedeutet mir das ganze Glück.
Ob Anstalt, Reben, roter Saft, es gibt mir dann
die ganze Kraft.
Bist du es los, vergiss die kurze Pein und Qual,
denn nur der Teufel hat die Wahl.«

Büchele schluckte. Genau in diesem Moment knackte es im Hörer. Es drang nur noch ein monotones Piep-Piep an Bücheles Ohr. Ihr Gespräch war durch den unbekannten Teilnehmer beendet worden. Wie angewurzelt stand Kommissar Büchele da. Er steckte langsam das Handy in die Tasche zurück, ergriff das Glas und trank davon. Max sah ihn still und verwundert an. Er wusste den Ausdruck in Bücheles Gesicht zu deuten.

»Lilly, wir ziehen uns zurück. Alle Einsatzkräfte zurückziehen, hast du mich verstanden? Die Aufzeichnung des Gespräches von Franz bitte als Datei speichern. Krüger Ende.«

Lilly bestätigte Krügers Kommando anstandslos.

»Guter Rebensaft, Koppen, weiter so!«, war das Einzige, was Büchele noch sagte, bevor sie sich für die entstandenen Unannehmlichkeiten entschuldigten und sich verabschiedeten. Franz wollte nicht zurück ins Revier. Er hatte für heute die Nase voll. Die ganze Aktion war für ihn wie ein Schlag ins Gesicht, eine Schmach für jeden Ermittler gewesen. Der Mörder besaß noch die Dreistigkeit und verhöhnte den ganzen Polizeiapparat einschließlich der federführenden Beamten. Und woher wusste er, dass sie in diesem Augenblick bei Koppen im Zimmer standen? Hatten sie einen Spitzel im Dezernat? Das alles musste bis Morgen warten. Büchele hatte dazu heute keine Nerven mehr und verabschiedete sich auch nur kurz von seinem Kollegen Krüger, der ihn im Dienstwagen zur Weinvilla Fischer zurückgebracht hatte.

»Bis Morgen, Max, wir sehen uns im Dezernat.«

Krüger winkte ihm noch zu, bevor er das Außengatter der Weinvilla Fischer verließ und außerhalb der Sichtweite seines Kollegen war.

Nachhilfeunterricht

»Guten Morgen, Franz, ein Brötchen und ein hart gekochtes Ei wie immer?«, fragte Gisela aus der Küche, als er diese wie allmorgendlich betrat. Dieses Mal war es anders. Stumm und gedankenversunken nickte er nur Gisela zu. Lilly, die schon am Tisch saß, wollte ihn gerade mit einem guten Morgen aufheitern, als sie in sein Gesicht sah. So kannte sie ihn nicht. Regungslose Gesichtszüge, glanzloser Blick. Man hatte den Eindruck einen ausgelaugten alten Mann vor sich zu haben. Die letzten Wochen hatten ihre Spuren hinterlassen. Die ganze Nacht hatte sich Büchele den Kopf zermartert über das Wieso und Weswegen in seinen Mordfällen. Es kam selten, um nicht zu sagen sehr selten vor, dass die Indizien, Fakten und das Gespür eines Beamten so daneben lagen wie gestern. Büchele setzte sich und schälte wie in Zeitlupe sein Ei. Lilly und Gisela sahen sich an. Gisela kannte diesen abwesenden Blick. Schon einmal, vor langer Zeit, saß er so geistesabwesend am Tisch. Es war der Tag, als seine Frau verstorben war. Gisela schenkte ihm eine Tasse Kaffee ein – nicht ohne ihn mit ihrem Blick zu fixieren. Totenstille war am Tisch eingetreten. Eine unerträgliche Situation für alle drei. Selbst Manson, Pollys Kater, bemerkte, dass etwas anders war, als sonst. Büchele fütterte ihn sonst jeden Morgen mit einer Scheibe Käse. Heute nicht. Dennoch versuchte das Tier sein Glück bei ihm. Miauend strich er ihm um die Beine. Büchele, der nicht wirklich ein Katzenfreund war, beeindruckte dies wenig. Erst als Manson mit einem Ruck auf die Eckbank sprang, seinen Schwanz in die Höhe stellte, um mit einem klagenden Miauen auf sich aufmerksam zu machen, registrierte ihn Kommissar Büchele. Der Kater sah Büchele mitleidig an. Das Tier hatte die Situation wohl instinktiv richtig erkannt. Schnurrend auf allen Vieren den Schwanz in die Luft gestreckt stand er neben Franz. Seine Mimik tat ein Übriges. Büchele strich ihm übers Fell. Sofort war sein Schnurren noch lauter geworden. Manson sah Büchele an und Büchele den Kater. Franz nahm sich vom angerichteten Frühstückstisch ein Stück Scheibenkäse und legte es sorgsam auf den Unterteller seiner Kaffeetasse. Wortlos schob er den Teller vor Mansons Schnauze. Ein kurzer Blickkontakt des Katers mit seinem Käsegeber gab Manson die Sicherheit, dass alles okay war. Gierig griff der Kater mit seiner Tatze nach dem Käse. Bald war nur noch ein leises, gieriges Schmatzen zu vernehmen. Büchele begann zu grinsen. Für Lilly und Gisela ein Zeichen, dass der Kommissar ein Herz für Tiere hatte. Franz suchte seine Zigaretten.

»Verdammt«, war alles, was er sagte, als er bemerkte, dass sein Vorrat an Glimmstängel aufgebraucht war. Er zog sein Portemonnaie aus seiner Gesäßtasche und suchte nach Kleingeld, dabei fielen ihm Zettel, Belege und seine angesammelten Visitenkarten, die sich im hinteren Teil der Geldbörse befanden auf den Tisch. Grübelnd, wegen den gestrigen Ereignissen, zog er die Karte von Professor Marius Gottselig an sich. Irgendwie musste Büchele etwas geistige Distanz zwischen sich und den Ereignissen bringen. Eine kleine Auszeit wäre da angebracht und wenn es nur ein Nachmittag wäre, in dem man abschalten konnte. Büchele begann zu grinsen. Er hatte da eine Idee. Erstaunt über die plötzliche Verwandlung seines Gesichtsausdruckes, von verbittert böse, in lächelnd entspannt, blieben beide lieber stumm. Woher auch sollten sie die Gedankensprünge von Franz erahnen? Franz griff nach seinem Handy in der Hosentasche, drückte die Kurzwahltaste und wartete auf das Freizeichen.

»Ja, Franz hier. Ja, dir auch einen guten Morgen, Birgitt. Ja mir geht's gut. Hör mir doch mal zu. Hast du heute Lust auf einen kleinen Ausflug zum Ottilienberg? Ja genau, der bei Eppingen. Ich müsste da jemanden besuchen und vielleicht fällt eine kleine Story für dich ab. Interessiert? So etwa in einer Stunde? Ich hole dich ab. Wo? Ja, okay, mach ich, bis bald!«

Franz drückte die rote Taste und beendete das Gespräch.

»Lilly tue mir einen Gefallen. Das Gespräch und das Gedicht von dem Irren. Ich glaube, der spielt mit uns. Oder mit mir. Finde mit Krüger raus, was es damit auf sich hat. Vielleicht gibt es Vergleichbares, versuche die Einwahlstelle zu finden, um die Nummer des Teilnehmers zu erfahren. Machst du dies?«, dabei sah er sie freundlich an und zwinkerte ihr zu.

»Meinetwegen«, sagte sie enttäuscht.

»Aber das nächste Mal darf ich mit in den Außendienst, versprochen?«

»John hat gestern angerufen, als du in der Dienststelle gewesen bist. Der hängt mit Polly in München rum. Ende der nächsten Woche sind sie aus dem Urlaub zurück«, berichtete nun Gisela.

Franz hörte ihr interessiert zu.

»Ja und was machen seine Ahnenforschungen?«, wollte er von ihr wissen, als er in ein Laugenbrötchen biss.

»Du Bachel! Franz, hörst du nicht richtig zu? Seine Ahnen kommen aus dem Neckartal und nicht aus Bayern«, dabei schüttelte sie den Kopf. »Manchmal habe ich das Gefühl, Geografie war in der Schule nicht dein Hauptfach.«

Franz sah sie entgeistert an.

»Reli und Sport sind die Fächer was i mog. Mir hat die Sportlehrerin gfalle, mei alter Vatter, des war e Fraule, en richtig steiler Zahn!«

»Franz, solche vorpubertären Gedanken aus deiner Vergangenheit, bitte nicht hier am Tisch«, brachte Gisela ihn etwas unkonventionell zum Schweigen. Lilly sah sie dabei entrüstet an.

»Welche Vergangenheit? Ich bin schon dreißig«, protestierte jetzt Lilly.

»Egal ob dreizehn oder dreißig, wir wolle so was nedde wisse, hosch verstande?«, beschwichtigte Gisela jetzt ihrerseits die Profilerin.

Büchele, der seinen letzten Bissen Brötchen runtergeschluckt hatte, grinste in sich hinein und sah dabei zufällig auf die Uhr an seinem Handgelenk.

»Herrschaftszeite, i muss los!«, dabei sprang er auf und gab beiden noch einen schnellen Abschiedskuss auf die Stirn.

Schnell griff er sich seinen Hut von der Ablage und hob die Lederjacke vom Haken. Eigentlich hätte er die bei dem sommerlichen Wetter nicht gebraucht, aber es zählte zu seinen alltäglichen Gewohnheiten. Mit einem »Tschüss, ihr beiden Hübschen« flog die Tür hinter ihm ins Schloss.

Zwanzig Minuten später stand Franz mit seinem 200er vor der Boutique Le Famé. Diese Ankleideinstitution war eine der angesagten Nobelboutiquen der anspruchsvollen Kundschaft und in der Altstadt von Heilbronn gelegen. Riesige künstlich angelegte Brückenbögen umspannten realistisch echt den Eingangsbereich. Büchele sah auf seine Uhr und hielt nach Birgitt Ausschau. Hatte er sich in der

Zeit geirrt? Wieder starrte er auf seine Uhr. Kein Zweifel, er war sogar fünf Minuten zu früh. Entspannt lehnte er sich in den Fahrersitz zurück. Mit den Händen am Lenkrad starrte er auf den Eingang. Besucher betraten und verließen die Boutique. Nur Birgitt Kohlmarx blieb verschwunden. Aufgeregt trommelte er mit den Fingern abwechselnd aufs Lenkrad mit dem Blick stur auf den Eingangsbereich gerichtet. Aufgeschreckt vom Klopfen an der Seitenscheibe ließ er die Hände vom Lenkrad los. Sein Blick ging nach links. Birgitt, die offensichtlich nicht den Hauptausgang genommen hatte, winkte ihm von draußen zu. Bücheles Mund stand sekundenlang offen. Jetzt erst kam er langsam zu sich. Durch die Seitenscheibe betrachtete er sie. Franz kurbelte langsam die von innen beschlagene Scheibe herab. Mit einem Täschchen, welches zur Kleiderfarbe passte, stand sie in voller Größe vor ihm. An der leichten roten Sommerbluse mit einem überlangen Kragen waren die zwei oberen Knöpfe geöffnet und gaben den Blick auf ihr makelloses Dekolleté frei. Um die schmalen Hüften schmiegte sich ein sommerlich grau taillierter Etui-Rock, der bis kurz über die Knie ging. So stand sie sekundenlang vor seiner geschlossenen Fahrertür. Bücheles Kopf ragte aus dem offenen Fenster. Sein Blick wanderte noch weiter an ihr nach unten. Spitze rote hochhackige Pumps rundeten ihre sportliche Erscheinung gänzlich ab. Mit einem lang gezogenen »Hallooo Franz, ich bin hier oben und nicht auf dem Asphalt«, holte sie ihn aus seinen Gedanken zurück, während sie leise mit den Fingern aufs Autodach trommelte. Sein Blick wanderte wieder nach oben. Er stotterte verlegen. »Ja, ja bin ja da. Wo kommst denn du her? Ich dachte, hier ist der Eingang?«, war seine plumpe Ausrede.

»Und ich dachte, du fährst hinten rum. Hier ist Parkverbot, Herr Kommissar«, konterte sie. Dabei zeigte sie mit dem Finger auf das Schild vor seinem Auto.

»Mädle, du siehst fetzig aus.«

Birgitt Kohlmarx begann zu lächeln.

»Dankeschön, Franz.«

Als sie ihr kleines Täschchen hin und her schwang, versuchte sie Franz ein kleines Zeichen zu geben. Sie glaubte noch an die Höflichkeit der Männerwelt. Sie hatte erwartet, dass Franz ihr die Beifahrertür öffnen würde. Nichts in der Art geschah. In großen Schritten wechselte sie zur anderen Wagenseite, öffnete mit einem Ruck die Tür und ließ sich auf den Sitz fallen. Batsch, die Tür fiel mit einem lauten Rums zu. Hatte Büchele ihre Kontenance bemerkt? Birgitt sah ihn an.

»Wir können fahren, Herr Bauerntrampel!«, zischte Birgitt Kohlmarx. Büchele zeigte keinerlei Reaktion. Stumm saß sie neben ihm, als sie die Stadt verließen und auf der Schnellstraße in Richtung Eppingen fuhren.

Es sollte bei wundervollem Wetter und strahlender Sonne ein gemütlicher Ausflug werden, so hatte es ihr Büchele zumindest versprochen. Birgitt lächelte Franz Büchele trotz der von ihm unbemerkt gebliebenen Unhöflichkeit immer noch an. Langsam kamen sie ihrem Ziel näher. Auf der Umgehungsstraße in Eppingen sah man schon den ersten Hinweis auf ihr Ausflugsziel.

»Ottilienberg, nach fünf Kilometern rechts abbiegen, hast du das Schild gesehen, Franz?«

Franz nickte ihr stumm zu. Das Radio dudelte einen deutschen Schlager vor sich hin, als Franz seine Geschwindigkeit verringerte und den Blinker setzte. Langsam fuhr er von der Hauptstraße ab. In einem fast spitzen Winkel führte die schlecht geteerte Straße jetzt bergauf. Die Straße war eng, sehr eng. Sie bot nur einem Fahrzeug Platz, dem Gegenverkehr auszuweichen, war unmöglich. Die Bäume am Straßenrand schlossen zur Fahrbahnmitte fast blickdicht ab, sodass die Sonnenstrahlen Mühe hatten, den trockenen, kalten Boden zu erreichen. Einige Kurven verlangten die ganze Aufmerksamkeit des Fahrzeuglenkers. Kommissar Büchele kam ins Schwitzen. Entzückt lächelte er Birgitt vom Fahrersitz aus an, als der leichte Anstieg der Straße nur noch in eine Richtung zu gehen schien, nämlich geradeaus. Angekommen auf der letzten Anhöhe, tauschte jeder gerne die warmen Sonnenstrahlen mit dem tristen Dunkel der Straße.

»Da vorn. Wir sind gleich da, Birgitt.«

Büchele wies mit der Hand durch die Windschutzscheibe auf ein kleines Gebäude.

»Dahin gehen wir? Das ist doch eine Kirche oder?«

Franz nickte.

»Jepp, dorthin geht's. Wir sind auf dem Ottilienberg.«

Ungläubig runzelte Frau Kohlmarx die Stirn. Sie hatte sich den Ausflug etwas anders vorgestellt. Ein Kirchgang stand nicht auf ihrem Plan. Kommissar Büchele bog auf einen Parkplatz ein. Er stieg aus, ging ums Auto, öffnete die Tür und hielt Birgitt Kohlmarx höflich, aber bestimmt seine Hand hin.

»Jetzt komm schon und lass dich nicht lang bitten, Birgitt. Ich möchte dir jemanden vorstellen.«

Birgitt gab ihm ihre Hand, um besser in ihrem engen Etui-Rock aussteigen zu können. Stehend strich sie sich ihre Garderobe und die Haare zurecht. Büchele wandte sich gerade ab, um einige Schritte vorauszugehen, als ihn das sprichwörtliche Donnerwetter einholte. »Franz

Büchele, wenn Sie so ein ungehobelter Bauer sind, wie Sie sich benehmen, dann ruf ich mir ein Taxi und fahre nach Hause. Oder wissen Sie noch, wie man sich einer Dame gegenüber zu benehmen hat?«

Büchele, der eigentlich nichts Böses wollte, sah sie konfus an. Er hatte zwei Dinge sofort erfasst. Erstens hielt sie ihr Handy bereit, um zu telefonieren, zweitens, war an ihrem »Siezen« zu erkennen, dass eine ernsthafte Absicht hinter diesem Vorhaben steckte. Er schluckte und ging zwei Schritte zurück. Er bot ihr an, sich bei ihm einzuhaken. Dankend nahm sie dieser Geste an, die sie eigentlich automatisch erwartet hatte.

»Geht doch!«, meinte sie mit einem Schmunzeln im Gesicht. Büchele wies zur Kapelle.

»Dort drüben, wir müssen zur kleinen Kapelle, da werden wir erwartet.« Langsam gingen sie auf das Gebäude zu. Hinter dem kurzen Eingangsbereich musste es wohl sein. Beide hielten davor an. Birgitt hielt sich vor lauter Lachen die Hand vor den Mund. Büchele war einmal mehr verwundert. Kein Professor Gottselig empfing sie. Ein altes Mütterchen kniete betend vor dem kleinen geschmückten Andachtsaltar. Birgitt konnte nicht anders.

»Ist die alte Frau da vorn dein Empfangskomitee?«

Verdutzt sah Franz sie an.

»Das kann ich auch nicht verstehen. Wir wollten uns doch auf dem Ottilienberg treffen, Professor Gottselig und ich.«

Sie verließen die Kapelle und gingen um sie herum.

»Dort drüben.«

Birgitt zeigte auf einen älteren Flachbau unweit von ihnen. »Franz, kann es dort sein? Ist es vielleicht dort drüben?«

»Finden wir es raus.«

Birgitt hakte sich wieder bei ihm ein und beide schlenderten in die Richtung des unscheinbaren Flachbaus. Nicht weit entfernt davon kamen ihnen zwei Teenager entgegen. Büchele sprach sie an.

»Kennen Sie Professor Gottselig? Ist er dort im Flachbau zu finden?«

Die beiden jungen Leute sahen sich an. Vermutlich hatten sie hier oben kaum jemanden erwartet, der nach Professor Gottselig fragen würde.

»Unser Prof ist hinter dem Haus, einfach um den alten Kasten rumgehen Oldie!«, war der knappe, etwas freche Satz, einer der beiden Jugendlichen. Dabei zeigte der Junge mit dem Daumen nach oben.

»Danke«, war das Einzige, was Büchele zu sagen hatte. Beide gingen über den sorgsam gemähten Rasen. Das Grundstück war riesig. Als sie am Flachbau ankamen, hatten beide kein gutes Gefühl. Von der Ferne sah ja alles annehmbar aus, aber aus der Nähe betrachtet … Die Eigentümer hatten wohl kein Geld für Sanierungskosten übrig. Bröckelnder Putz, halb abgerissene Rollläden und noch einiges andere verlangten förmlich nach einem Handwerker. Drei Stufen führten zur Haupttüre des Gebäudes. Der Eingang, bestehend aus zwei Flügeltüren stand offen. Nur ein kleiner Keil am Boden verhinderte das Zurückschwingen der Türen. Hier hatte wohl niemand Angst vor Dieben. Franz und Birgitt vermieden es, das Haus zu betreten. Sie folgten dem Rat der Jugendlichen und gingen seitlich am Gebäude vorbei nach hinten. Dort war alles im krassen Gegensatz zur Vorderfront. Die Fassade war ausgebessert, gelb gestrichen und modernisiert. Eine dunkle Markise schützte gegen die pralle Sonne und es waren Sitzgelegenheiten aufgestellt. Selbst Liegestühle und Sonnenschirme fehlten in diesem sommerlichen Ensemble nicht. Leise Musik klang aus einem Lautsprecher. Eine lange Tischreihe an der Hauswand aus mehreren Biertischgarnituren war mit strahlend weißem Papier bezogen und Blumenvasen beschwert. Zweckentfremdet verhinderten sie so, dass das aufgelegte leichte Papier von einem Lüftlein davongeweht werden konnte.

Zahlreiche Teile, Artefakte, Zeitungsausschnitte und Bücher lagen auf einem Tisch, über den sich ein langhaariger Mann mit bolivianischem Hut und zwei junge Damen in kurzen Hosen beugten. Keiner der Anwesenden, die in ihre Arbeit vertieft waren, hatte Frau Kohlmarx und Franz Büchele bemerkt. Vermutlich, weil die Damen mit ihren kleinen Kopfhörern und der dröhnenden Musik in den Ohren sich im Takt bewegten.

Am oberen Ende der langen Reihe angekommen, klopfte Büchele mit der Hand auf den Tisch. Professor Gottselig hatte ihn nicht bemerkt.

Erst jetzt, als die beiden Besucher sich lautstark mit einem: »Hallo, alle miteinander«, bemerkbar machten, drehte der Professor sich um. »Franz, du hier? Es freut mich aber, dass du den Weg hierher gefunden hast. Du wolltest mich vor Wochen schon besuchen, hattest du das vergessen? Ich hatte gehofft, du rufst mal an.«

Der Professor ging mit offenen Händen auf die beiden Gäste zu. Zuerst nahm er seinen Hut ab, verbeugte sich leicht vor der Dame und deutete einen Handkuss an, als er nach Birgitt Kohlmarx Hand griff. Dann erst nahm er Büchele in den Arm. Gleich so, als wären sie lange Jahre schon miteinander bekannt. Büchele wunderte sich.

»Marius, so ein Aufriss isch net nedig.«

Professor Gottselig musterte sie jetzt genauer, wobei er anfing zu lächeln.

»Aber Franz, bei so einer charmanten und sexy Begleitung muss doch ein wenig Stil sein. So viel Zeit muss sein. Wo hast du diese nette, charmante Frau als Begleitung deiner Wenigkeit gefunden?«

Birgitt war sichtlich begeistert von so viel Freundlichkeit.

»Birgitt Kohlmarx von Ländle TV, Anwältin und Journalistin für alles, was Schlagzeilen bringt«, stellte sie sich selbst dem Professor vor.

»Wollt ihr euch nicht setzen, ein Saft, Wasser oder ein Schorle, Franz?«

»Ja, ja egal«, kam es unschlüssig von Kommissar Büchele. Gottselig bat eine seiner Studentinnen, den Gästen etwas Erfrischendes zum Trinken aus dem Haus zu holen. Büchele hatte sich schon auf einen Stuhl gesetzt, als Professor Gottselig noch dabei war, Birgitt den Stuhl höflich unter ihr Gesäß zu schieben.

»Was treibt euch beiden Hübschen in meine Bleibe. Ihr habt Glück, die letzten Tage war ich noch im Steinbruch und habe Ausgrabungen getätigt.«

Franz versuchte ein Gespräch zu beginnen.

»Wo ist dein Rollstuhl, Marius?«

Fast schon entrüstet sah Gottselig ihn an.

»Rollstuhl? Franz du irrst dich. Ich hatte nie einen nötig«, dabei brüstete er sich und lehnte seinen Oberkörper ein Stück weit nach vorn.

»Du weißt ja, das war nur für die Versicherung. Dem Kopf geht's wieder prima. Alles gut verheilt«, dabei fuhr er sich mit der flachen Hand über den Hinterkopf.

»Marius, jetzt aber zu meinem Anliegen. Hast du dich

wie versprochen über die Säkularkanoniker erkundigt?«, kam Büchele sofort auf das eigentliche Anliegen seines Besuches zu sprechen. Marius lehnte sich zurück und begann zu berichten.

»Geschichtlich gesehen gibt es wenig. Wie du sicher selbst in Erfahrung gebracht hast, waren damals zumindest die Säkularkanoniker ein zweifelhafter Splitterorden. Vorsitzender war ein weltgeistlicher Chorherr. Nun ja mit der Kirche hatten sie später nur lose etwas zu tun. Aber das Wichtigste, sie legten kein Gelübde ab. Was gegen alle anderen Ordensabspaltungen sprach. Nicht mal das wichtige Armutsgelübde wurde abgelegt. Die meisten Adelsfamilien nutzten dies. Vor allem wegen der Vorbereitung ihrer Karrieren bei Hof schickten sie damals ihre Söhne in diesen Orden. So nutzten diese Familien sozusagen ihre Machtstellung als verlängerter Arm der Kirche aus. Die Säkularkanoniker konnten von den angebotenen oder ererbten Pfründen leben und dies ganz gut, nur nebenbei bemerkt. Das lief alles so etwa im 11. bis 12. Jahrhundert. Die vom Stifter ursprünglich beabsichtigten seelsorgerischen Aufgaben der Gemeinschaft traten dabei häufig in den Hintergrund. Eines ist nicht von der Hand zu weisen. Auch unser jetziger Chef, hier in der Kirche, war ein solcher freier Kanoniker.«

Birgitt sah ihn an.

»Sehe ich das richtig, Herr Professor, dass die Ordensbrüder früher ganz einfach von Zuwendungen lebten?«

Professor Gottselig sah ihr in die Augen und ergriff spontan ihre zarte Hand.

»Nennen Sie mich doch Marius, alle Freunde nennen mich so, weshalb auch nicht Sie, Frau Kohlmarx!«, dabei streichelte er genussvoll über ihre Hand.

»Birgitt Kohlmarx, für Sie, äh … für dich«, sie zierte sich gekonnt weiblich, als sie sich von seiner schon eher intimen Streichelumklammerung befreite, um ihm erneut die Hand entgegenzustrecken.

»Birgitt«, sie schüttelten sich die Hände. Marius Gottselig schlug seine Beine übereinander und berichtete weiter, ohne den Faden vom Gespräch verloren zu haben. »Ja Birgitt, so sehe ich es. Wenn ich es nicht besser wüsste, na ja, dann leben die Blutsauger noch heute unter uns. Immer schön unter dem Deckmantel der Obrigkeit und des Seelenheils. Welcher Spinner glaubt an so einen Schrott noch.«

Marius nippte an seinem Getränk, das einer seiner Studenten auf den Tisch gestellt hatte. Angespannt sah Franz ihn an.

»Ich habe da ein paar Fälle, bei denen ich nicht weiterkomme.«

Er zog einige Fotos und das Blatt mit der Zeichnung hervor und legte es dem Wissenschaftler vor.

»Sagt dir auf den Bildern irgendein Detail etwas?«

Marius beugte sich über die Bilder. Er untersuchte jedes Einzelne genauestens.

»Noch was, Marius«, hakte Franz nach, »gibt's die Brüder heute noch und wenn ja, hoffentlich nicht in BW.«

»Moment Franz, Sekunde«, bat Professor Gottselig um kurze Bedenkzeit. Er nahm sich die Zeichnung genauer vor. Auch bei dem Foto mit der signierten Kralle ließ er sich Zeit. Birgitt und Franz konnten nur abwarten. Marius Gottselig sah zu beiden wieder auf.

»Ihr wisst schon, worauf ihr euch hier eingelassen habt oder?«, abwechselnd sah er dabei beide an.

»Wie meinst du das?«, erkundigte sich Franz.

»Nun, was ich weiß, sind Gerüchte, gefährliche Gerüchte. Der Orden ist schon seit Hunderten von Jahren ausgestorben. Aber einige in unserer Zeit haben die alten Riten und Sitten aufleben lassen. Es soll einen Chorherren oder Stiftsherren geben. Wo der herkam? Keine Ahnung. Nur wurde angeblich in jeder Generation ihr Wissen nur einem weitergegeben, Dominikus Kraft, ein Abt, hat jetzt das Sagen. Aber der müsste schon über siebzig sein. Der Nachfolger wird wohl sein Sohn, Philippus Kraft, ein Großunternehmer. Dies aber erst, wenn ein Ritual vollzogen ist.«

»Welches Ritual?«, wollte Birgitt neugierig wissen.

»Sorry Freunde. Aber der Orden beerbte früher so im achtzehnten Jahrhundert manche Leute mit unlauteren Methoden. Man quälte und tötete Menschen nach Lust und Laune. Zumindest steht es so in den Büchern. Jeder wusste es, aber niemand konnte es jemals beweisen. Finger weg von denen, wenn ihr noch alt werden möchtet. Haltet euch auch vom Hermannhof in Frankenbach fern. Seht her, hier sind die Initialen DK, könnte von ihm sein. Von Dominikus Kraft. Franz, wo hast du das Foto her?« Dabei zeigte er auf ein spezielles Foto. Franz schüttelte nur den Kopf.

»Darf ich dir nicht sagen, sind laufende Ermittlungen. Aber wieso der Hermannhof, der liegt doch bei uns in der Nähe?«

Gottselig zog ihn an seinem Jackenkragen näher an sich heran.

»Hier, sieh her, der Brückenbogen auf der Zeichnung ähnelt dem des Hermannhofes.«

Marius Gottselig schlug ein Buch mit dem Foto des Hermannhofes auf.

»Du magst zwar Professor sein, Marius, aber der Hermannhof hat keine Brücke, so ein Schwachsinn.«

Birgitt Kohlmarx sah ihn fragend an.

»Ehrlich, keine Brücke?«

»Ich kenn mich im Ländle aus. Es gibt keine Brücke am oder im Gut Hermannhof, ihr spinnt wohl alle. Aber wie kommst du auf Hermannhof, Marius?«

Professor Gottselig strich sich kurz seine langen Haare unter dem weiten weißen Hut zurecht, bevor er antwortete.

»Geschichte, mein lieber Kommissar, ganz einfach die Geschichte des Unterlandes. Die erzählt es uns. Nun ja ich erwarte ja nicht viel. Aber du solltest wohl jetzt dein eigenes Wissen um einige Eckpfeiler erweitern. Zumindest wenn es deine Heimat betrifft, oder nicht?«, dabei sah er ihn an. Mit dem Finger zeigte er wiederholt auf das Foto.

»Keine Brücke und doch eine Brücke. Ein Aquädukt«, dabei zeigte er nochmals mit seinem Finger auf einen Punkt auf der Karte. Büchele wurde kleinlaut.

»Verdammt, was habe ich da verpasst, Herr Professor. Wer war schuld?«, kam es fast schon leise von Franz.

»Hier geht's nicht um Schuld oder Unschuld. Hier geht's um Geschichte, aber auch um etwas mehr.«

Franz rieb sich vor Freude die Hände.

»Wusste ich es doch. Die Geldsäcke hängen da ganz bestimmt mit drin.«

»Falsch, Franz. Die Betonung liegt auf die Kirche ist mit im Spiel gewesen, das betrifft die Vergangenheit. Heute sind es eher Unternehmen, welche die Fäden ziehen. Aber zurück zum eigentlichen Thema.«

Wieder zog der Professor genussvoll am Strohhalm seines Getränkes.

»Früher, meine Freunde«, fing er an es wissenschaftlich auszuführen. »Da ging fast alles über die Regenten und die

Kirche. Hier im Unterland hatten damals viele verschiedene Regenten das Sagen. Unter anderem auch der Reichsvogt Wilhelm von Wimpfen. Er schenkte anno 1250 seine eigenen Anteile am Hermannhof seinem damaligen Spitalmeister. Natürlich mit Feldern und allem Schnickschnack. Der wiederum gehörte dem Heiligengeistorden an. Irgendwann stand danach eine Wallfahrtskirche drauf. Glaube ich zumindest wenn die Daten in meinem Kopf noch stimmen…«

Er überlegte kurz, wobei er eine kurze Sprechpause einlegte.

»…das muss um 1470 gewesen sein. Da wurde in den Analen ein Pfarrer benannt, noch bevor im 16. Jahrhundert das Ganze an das Bistum Straßburg fiel. Wieso auch immer. Ihr bemerkt schon den Einfluss der Kirche, oder nicht? Meine Damen und Herren, dies wäre aber zu ausführlich, um noch weiter in die Materie der Glaubensgemeinschaften einzutauchen.«

Professor Gottselig wischte sich den Schweiß mit dem Handrücken von der Stirn und verfiel wieder in seine Vorlesungshaltung.

»Aber, wenn wir jetzt weiter ins 18. Jahrhundert gehen, finden wir eine dubiose Kinderheilanstalt. Eine Irrenanstalt. Es gibt kaum Bücher darüber, aber der Hermannhof wurde an die Freiherrenfamilie von Trach 1815 verkauft und beliehen. Die machten sich als schwäbische Unternehmer für Stahl schnell einen Namen. Sie sind nach dem Zusammenschluss mit einem spanischem Unternehmen auch heute noch weltweit existent. Aber zurück. Bis zur Erbauung der Cala Villa Hermannhof im Jahre 1855 gab es diese experimentelle, psychiatrische Kinderheilanstalt. Wer die anfallenden Rechnungen beglich, bleibt bis heute offen. Es gab da, ich glaube nach der Jahrhundertwende, einen kirchlichen Protonotar, der lebte, so die Annahme, in unterirdischen Katakomben. Wie gesagt, dies stammt aus der Welt der Mythen und Sagen. Aber macht euch keine allzu großen Hoffnungen oder Sorgen über den Protonotar. Der Titel wurde lange Zeit, fast über hundert Jahre, nicht mehr vergeben. Eure Chancen gehen gegen Null, lieber Franz. Aber habt ihr den Träger dieses Titels, was ich für mich ausschließe, dass ihr einen findet, so habt ihr vermutlich auch den Drahtzieher des ganzen Grauens. So einfach«, dabei hob er sein Glas an und prostete Franz mit einem Schulterzucken zu.

»Noch was. Laut alten Plänen war da, wo heute ein Aquädukt steht, laut alten Kirchenaufzeichnungen die Kirche. Später dann die Heilanstalt. Nichts davon ist geblieben. Nur Gerüchte kursieren massenweise.«

Wiederholt nahm Professor Gottselig sich Zeit, die Fotos mit einer Lupe zu studieren.

»Oh nein, das kann doch nicht sein, oder?«

Entgeistert sah Birgitt und Franz den erschrockenen Professor an.

»Was ist, Professor?«, wollte Birgit wissen. Marius begann zu stottern.

»Seht mal das Bild und die Initialen auf dem Stuhl. Mein Gott, der erste wissenschaftlich untermauerte Beweis, dass es die Teufelsanstalt wirklich gab. Hier CVH, dies bedeutet Cala Villa Hermannshof. Und der violette Knopf stammt von der Soutane eines verdammt hohen kirchlichen Würdenträgers, mindestens Abt, wenn nicht noch höher. Woher hast du den Knopf?«

Büchele schwieg. Es wurde seltsam ruhig unter den dreien. Gottselig, der eher für seine forsche Art bekannt war, übte leise Zurückhaltung. Er ergriff Bücheles Hände und beschwor ihn.

»Franz, lass deine Fälle ruhen. Bleibe dem Hermannhof fern. Ich beschwöre dich, es endet alles in großem Unheil. Tue es für die schöne Frau neben dir und für dich.«

Franz zog seine Hände aus Marius Gottseligs Umklammerung. War dies beim Professor Angst oder Aberglaube, was er eben von ihm gehört hatte?

»Einen Teufel werde ich tun. Jetzt weiß ich wenigstens, wem ich die ganzen Toten aufs Konto schreiben darf. Denen, die zu viel glauben.«

Der Professor versuchte das Thema zu wechseln.

»Bleibt ihr zum Abendessen? Ich würde mich freuen, bitte bleibt.« Birgitt sah schmunzelnd ihr Gegenüber an.

»Aber vorher informieren wir noch unsere Leute, sonst machen die sich Sorgen. Spätestens um neun Uhr fahren wir zurück, okay?«

Professor Gottselig nickte zufrieden.

Es war für Büchele beschlossene Sache. Er wollte der Sache auf den Grund gehen und wenn nötig, dabei das uralte Geheimnis der Katakomben lüften. Nur was würde er dort finden?

In dem Kripobeamten keimte, während er mit seiner charmanten Begleitung in seinem Wagen zurückfuhr, mehr als nur Neugierde. Es war da ein Gefühl, einem uralten Rätsel auf der Spur zu sein und mit Schabernack und Aberglaube abzurechnen. Der Beamte freute sich schon darauf. Franz steuerte die letzten Meter zu Birgitts Wohnung, wo er sie ohne viele Worte aber dennoch liebevoll absetzte. Die wenigen Meter brachte er sie noch zur Tür. Sie strich ihm über die Wange.

»War toll Franz, danke dir für den netten Ausflug. Wir können es gerne bald mal wiederholen.«

Ein kurzer flüchtiger Kuss auf den Mund, und sie verschwand hinter der schweren Eingangstüre ihres Hauses. Sekundenlang stand Kommissar Büchele überrascht vor der geschlossenen Tür. Mit einem Grinsen im Gesicht begann er zu lachen. Er rückte seine Hose zurecht, schob sich den alten Strohhut ins Genick und lächelte weiter in sich hinein, bevor er zurück zu seinem Auto ging.

Langsam fuhr er die kurze Strecke zurück zur Fischers Weinvilla. Mit vielen Eindrücken und Gedanken des Tages fiel er müde ins Bett.

Heilige Katakomben

Lilly stand im Hof, die kleinen Kopfhörer übergestülpt und turnte wie ein Hampelmännchen hin und her. Als sie Büchele, oben am Fenster bemerkte, winkte sie ihm zu.

»Komm doch, Franz. Mach mit! Morgensport tut gut.«

Franz winkte ab.

»Morgensport ist Mord, Lilly«, rief er ihr zu, bevor er kopfschüttelnd das Fenster schloss, um nach unten zum Frühstücken zu gehen.

Er war mit seinem ausgiebigen Frühstück fast schon fertig, als sich Lilly frisch geduscht und duftend neben ihn setzte. Beim Betreten der Küche hatte sie die beiden freundlich begrüßt, so wie sie es immer tat.

»Guten Morgen, ihr beiden Frühaufsteher.« Das freche Grinsen im Gesicht gehörte bei ihr einfach zu einem guten Tagesanfang.

Plötzlich schrillte unüberhörbar laut Bücheles Telefon los, das stets über Nacht am Ladekabel auf dem Küchenbord lag. Alle sahen sich verwundert an. Nicht der gewohnte Hitparadensong erklang, sondern – man höre und staune – Franz hatte den Klingelton geändert und Babelee Frischer gab jetzt ihr Bestes als Telefoneingangston von sich. Lilly und Gisela begannen zu lachen. Franz, der dieses laute Gelächter nicht verstand, sah die beiden Frauen nur verstört an. Er stand auf. Als er das Handy in der Hand hielt, hörte es auf zu klingeln. Büchele schaute verdutzt. Er legte das Handy wieder auf das Küchenbord und setzte sich. Es klingelte abermals. Nur diesmal am Haustelefon. Gisela und Lilly, die noch immer am Tisch saßen, schickten ihm auffordernde Blicke entgegen.

»Ja, ja ich habs verstande, i geh ja scho an de Apparat!« Franz stand auf. Er ging zum Haustelefon in die Diele.

»Ja, Büchele hier!«, meldete er sich missmutig. »Guten Morgen, Birgitt.«

Ohne dass Birgitt Kohlmarx ihn sah, stellte er sich gerade vors Telefon, zupfte an seinem Hemd und zog seine Hose ein kleines Stück nach oben.

»Welcher Informant? Nix da, sage es mir. Zum Teufel mit der journalistischen Schweigepflicht. Ja, schon gut. Nein, ich schreie nicht meine Liebe, das klingt nur so. Nimm aber jemand mit, meinetwegen deinen Kameramann, ja schon okay. Wann denn genau? Hab verstanden, Hauptsache nicht so spät. Melde dich, wenn du dort bist, okay?« Franz Büchele schien sichtlich ungehalten zu sein.

»Jetzt hör aber auf, ich und eine Glucke?

Ja, genau, wir frühstücken noch. Lilly und Gisela wer sonst?«

Birgitt Kohlmarx schlug ihm telefonisch vor, wenn er Zeit hätte, könnte er an Ort und Stelle beim Fernsehteam sein und das vorbereitete Interview selbst beobachten. Noch bevor sie den Sender verlassen würden, hätte sie gerne seine Antwort, ob er kommen würde oder nicht.

»Jetzt höre mal genau zu, Birgitt. Ich bin nicht wie unser kleiner Lackaffe Krümmbusch, der sich täglich die Nägel feilt und in der Nase bohrt.«

Lilly begann im Hintergrund zu kichern.

»Der gebildete Staatsanwalt, verehrte Frau Journalistin, steht gerne im Rampenlicht. Ich muss arbeiten. Ich hab viel Ungeklärtes an der Backe, wie dir auch schon bestimmt zu Ohren gekommen ist. Aber gut. Auf jeden Fall besuchst du den Hermannhof nicht allein. Versprich mir das. Und nicht vergessen, melde dich, wenn du dort bist. Ja, dir auch. Tschüss!«

Büchele knallte den Hörer auf die Gabel und fluchte vor sich hin, als er zurück in die Küche ging.

»Dem Weib gehört ne Leine um de Hals, die treibt nur eigenmächtiges Zeug. Herrschaftszeiten aber a noi. Jetzt muss ich mir a no um des Weible Sorge mache.«

Er setze sich wieder hin. »Probleme?«, fragte Gisela amüsiert.

Franz schüttelte den Kopf und winkte ab.

»Noi, nur en Hals hon i aber au.« Genervt aß er weiter. Er machte sich Gedanken über Birgitt Kohlmarx eigenwillige Aktionen. Wie sie selbst wusste, konnte so etwas mit einem blauen Auge ausgehen. Schlimmeres malte er sich erst gar nicht aus.

Draußen hupte es. Krüger war da. Büchele folgte seinen eingefahrenen Gewohnheiten und küsste die Mädels beim Gehen auf die Stirn.

»Lilly, wann kommst du nach?«

»Weiß ich nicht, vielleicht so um zehn Uhr. Mal sehen, ich möchte noch in der Stadtgalerie was besorgen«, rief sie ihm nach, als er schon die Eingangstür hinter sich ins Schloss fallen ließ.

Draußen wartete Krüger ungeduldig auf seinen Chef. »Morgen«, grüßte Büchele. »Max, wir haben heut viel vor. Gestern war ich bei einem Professor«, begann Franz Büchele seinen Kollegen zu informieren. Max musterte ihn vom Fahrersitz aus.

»Gesch du zur Nochhilf Franz?«

»Hutsimpl, geschäftlich fürs Dezernat. Sag mol, spinnsch jetzt, glabsch du, i müsst in Schul?«

Max wusste nicht, was er sagen sollte, daher ließ er

Franz ausreden. Haarklein schilderte er ihm, was es alles Neues gab. Er verknüpfte Theorien und Wahrscheinlichkeiten miteinander, sodass es für beide Beamte der Mordkommission ein scheinbar schlüssiges Bild ergab.

»Interessant«, meinte Krüger, als sie am Polizeigebäude ankamen.

Einige Kollegen schienen später zur Arbeit zu kommen. Um neun Uhr ließ Franz sich alle Ergebnisse nochmals vorlegen. Dazu machte er die Neuigkeiten von Professor Gottselig publik. Jetzt schien das Ganze ein anderes Bild zu ergeben als noch Monate zuvor. Rainer Kaufmann hatte mit Interpol den Weg der Weinbergkäufe genauestens rekonstruiert.

»Chef, wir könnten den jüngeren Bachmaier für einige Tage aus dem Verkehr ziehen.«

»Wieso ihn und nicht den Alten? Der Fisch stinkt zuerst am Kopf, mein Junge. So zumindest das Sprichwort. Und ich kann dir berichten, es stimmt oft, viel zu oft.«

PKA Kaufmann starrte ihn unbeirrt an und führte weiter aus.

»Bei dem Jungen läuft eine Anzeige. Einem Mitglied seines Sportvereines kam die Spende von zehntausend Euro sowie die Nennung des Namens Pneu-Bachmaier ein bisschen dubios vor.«

Büchele schob seinen Hut wieder nach vorn und sah Kaufmann etwas perplex an.

»Die haben einen Knall«, konterte er, »mir wäre keine Spende zu hoch. Und die Werbung auf den Trikots ist doch normal. Macht doch jeder!«

Kaufmann ließ nicht locker.

»Ja, aber wir hätten Luft. Die Wirtschaftsfahndung hätte Arbeit und der junge Bachmaier käme ins Schwitzen.«

Büchele sah den übereifrigen jungen Kollegen sichtlich genervt an.

»Kaufmann, wir sind im Morddezernat und nicht bei den Griffelspitzern im Wirtschaftsdezernat, verstanden? Warum die kleinen Fische einbuchten, wenn wir einen großen Hai haben können.«

Enttäuscht sah Kaufmann seinen Chef an.

»Ich dachte doch bloß Chef.«

Büchele, der gerade las, blickte von seinen Akten hoch.

»Nicht denken PKA Kaufmann, nachdenken ist gefragt, okay?«

Kaufmann nickte ihm zu, ohne eigentlich zu verstehen, was er damit meinte. »Aber vielleicht findest du etwas über Dominikus Kraft oder seinen Sohn Philippus Kraft, dann her damit.«

Rainer Kaufmann notierte sich alles auf seinem kleinen Smartphone, das er ständig bei sich trug. Franz sah ihn aus einer Überlegung heraus an und fragte sich, ob man auf so einem kleinen Ding wirklich alles speichern konnte. Er hatte, als er damals in den Polizeidienst ging, immer einen kleinen, abgegriffenen Abreißblock mit einem Bleistift in der Hand. So hielt er damals jede Kleinigkeit fest. Wehmütig mit einem Seufzer, dachte er an diese Zeit zurück. Er schlug ihm, als er seinen Schreibtisch umrundet hatte, fast schon väterlich auf die Schulter.

»Rainer, nachher, wenn Lilly kommt, nehmt ihr euch auch noch den Satz vor, den sie von meinem Handy kopiert hat.«

PKA Kaufmann wusste nicht, was Büchele meinte. Der Kommissar sah ihm seine Ratlosigkeit an.

»Na den Ersten«, stupste Büchele ihn von der Seite an.

»Den hier.« Büchele las ihn von seinem Handydisplay ab.

»Ob du, ob Birgitt, ob Barbie oder andere Konsorten. Den Knecht des Teufels wirst du so niemals orten. Der Rebenwein ist mein. Der Tod wird sein dann Dein.«

Kaufmann schluckte.

»Chef, das ist eine Morddrohung.«

Büchele sah ihn wenig überrascht an. Er zückte seinen alten Notizblock. Keine Notizen waren vorhanden.

»Max komm mal hier rüber, bitte«, rief er über zwei Tischreihen seinem Kollegen Krüger zu. Krüger, der gerade mit der Sortierung der Beweise beschäftigt war, blickte auf und sah zu ihm her.

Als Krüger die kleine Plastiktüte mit dem violetten Knopf an die Pinnwand heftete und das Foto, worauf CVH in großen Lettern stand, daneben anbrachte, fiel Büchele schon aus der Ferne etwas daran auf. Er konnte nicht sagen was, aber etwas hatte bei ihm Klick im Kopf gemacht.

»Bin gleich da!«, rief Max ihm währenddessen zu. »Worum geht es, Franz?«

»Max, kannst du dich noch an den Text von dem Telefonat bei Koppen erinnern?«

Krüger nickte. Er zog seinen Notizblock aus der Tasche und blätterte darin herum.

»Hier Franz«, er gab ihm seinen abgegriffenen Block in die Hand. Büchele las den aufgeschlagenen Text Rainer Kaufmann vor:

»Unter der Erde da ist es Nacht, da hat mir der Teufel das Lichtlein gebracht. Am Rad gedreht, den Stein verrückt, bedeutet mir das ganze Glück. Ob Anstalt, Reben, roter Saft, ist mir egal. Bist du es los, vergiss die kurze Pein und Qual denn nur der Teufel hat die Wahl.«

Kaufmann schluckte.

»Locker bleiben, Rainer. Ist für mich und nicht für dich.«

Kaufmann lief kreidebleich an.

»Chef, wenn der will, killt er Sie. So viel sollte ihnen klar sein.« »Papperlapapp, so eine Drohungen haben Max und ich in den langen Jahren schon zu oft erhalten, kein Grund für Panik«, kam eine schnelle Antwort von seinem Vorgesetzten. Max nickte zustimmend.

»Und da könnt ihr noch gut schlafen?«

»Besser als du denkst, junger Kollege«, dabei klopfte Krüger ihm beruhigend auf die Schulter. Mit dem Smartphone in der Hand ging Kaufmann verstört an seinen Arbeitsplatz zurück. Krügers Telefon klingelte.

»Krüger«, meldete er sich kurz und knapp. »Fröschle du? Eines nach dem Anderen. Ja, ich sag es ihm. Okay und welche? Ja, schick sie rauf. Danke.«

Krüger legte auf und sah sich nach Büchele um.

»Franz, der Kollege Fröschle konnte einen unvollständigen Fingerabdruck sichern. Es gibt aber keine Übereinstimmung in unserer Datenbank. Du hast es gleich auf dem Bildschirm.«

Franz nickte und betrachtete sich die hochgeladene Datei.

»Jetzt haben wir wenigstens einen Fingerabdruck, aber keinen Namen dazu. Verdammt, die Ex-Straftäter fallen jetzt schon mal weg. Fahr zu Bachmaier und nimm von der ganzen Familie, einschließlich Edith Goldhammer, die Abdrücke.«

»Sind in der Datenbank, Franz«, begann Krüger zu antworten, der seinem Chef einen Schritt voraus war.

»Als ihre Firma damit begann, Straftäter und Freigänger zu beschäftigen, hat dies die Justizbehörde zur Auflage gemacht. Somit ein Schuss in den Ofen. Verdächtig ja, Täter nein.«

Wütend schlug Büchele auf den Tisch.

Kurz nach der Mittagspause kam Kaufmann ganz aufgelöst an Bücheles Arbeitsplatz. Der Beamte hatte gerade seinen Hut neben sich auf den Tisch platziert, als er Kaufmann wild fuchtelnd mit einem Zettel in der Hand vor sich bemerkte.

»Was gibt es jetzt schon wieder so Wichtiges, Rainer?«

Kaufmann grinste ihn an wie ein Honigkuchenpferd.

»Ich bin fündig geworden, Chef«, dabei wippte er vom einen auf das andere Bein.

»Die gute Nachricht zuerst. Du hattest mir doch die beiden Namen gegeben. Dominikus und Philippus Kraft.«

Interessiert horchte Büchele auf. Er lehnte sich in seinem Stuhl zurück.

»Die gute Nachricht ist, ich habe die Fingerabdrücke von Philippus Kraft in der Kartei gefunden. Ich habe sie mit dem Fingerabdruck, den Fröschle hochgeladen hat, verglichen. Es war ein Volltreffer, Übereinstimmung in 99,3 Prozent der vorgegebenen Parameter.«

Büchele sprang auf und klatschte in die Hände.

»Ich wusste es, es gibt eine Spur. Freunde, wir sind wieder im Rennen«, posaunte er in den Raum.

»Ja, jetzt geht's vorwärts.« Er schaute den regungslos gebliebenen Rainer Kaufmann an. »Kaufmann, du darfst dich mit uns freuen«, sagte Büchele strahlend. Kaufmann schüttelte langsam den Kopf.

»Nicht wirklich, Chef.«

Büchele sah ihn entgeistert an.

»Wie nicht wirklich? Eben hast du noch gesagt, wir

haben eine Spur und Fingerabdrücke sind doch eine Spur oder irre ich mich da?«

Kaufmann nickte zuerst, dann schüttelte er den Kopf. Kommissar Büchele suchte den Blickkontakt mit seinem Kollegen Krüger, der ihm gegenübersaß.

»Max, kannst du mir erklären, was Kaufmann mir mitteilen möchte?«

»Rainer, erkläre es uns bitte, damit wir es auch verstehen«, mischte sich dieser ins Gespräch der beiden ein. Voller Zuversicht, damit auch Kollege Krüger alles verstehen würde, wandte sich Kaufmann jetzt an beide Vorgesetzte.

»Max und Herr Büchele, Chef«, versuchte er sich zu verbessern. »Die Fingerabdrücke haben wir abgeglichen und es besteht nicht der geringste Zweifel. Sie gehören Philippus Kraft. Nur leider ist der vor über vier Monaten, genauer gesagt, vor 122 Tagen, laut Polizeiakte, um 23.15 Uhr auf der Autobahn 8 tödlich verunglückt. Vermutlich wegen schlechter Sicht. Es regnete zum fraglichen Zeitpunkt wie aus Kübeln. Aber dies war laut Ermittlungsakte nicht das Problem. Es war ein Geisterfahrer unterwegs. Tut mir leid, Chef«, versuchte er sich zu entschuldigen. Büchele musste sich setzen. Jetzt waren sie so nahe dran gewesen und dann so was. Franz Büchele fehlten die Worte.

»Und wie ist es bei Dominikus Kraft?«, wollte er wissen.

»Wir haben keine Informationen über ihn, nicht mal falsch parken.« Kaufmann zappte auf seinem Smartphone mit dem Zeigefinger herum. »Aber Chef, was Sie interessieren wird. Philippus Kraft hat als letzte Wohnadresse Frankenbach Hermannhof angegeben. Und Sie sagten doch, dort wohne keiner.«

Büchele dachte nach.

»Irgendeinen Betrieb gibt es dort schon. Ich dachte, da wohnt niemand, das stimmt. Max, sieh bitte im Einwohnermelderegister nach. Wir finden das schnell raus. Und wenn ich selbst heute noch rüberfahre.«

Urplötzlich ertönten Sirenen. Die Tür des Dezernats wurde aufgerissen. In Schiebermütze und grauem Arbeitsmantel stand der Hausmeister Kalle Hoffmann in der Türe und schrie:

»Bombenalarm, alle raus hier. Verlassen Sie bitte zügig das Gebäude, meine Damen und Herren. Hinten über die Feuertreppe hinaus bitte. Vorne steht ein unbekanntes Fahrzeug. Das Bombenentschärfungskommando ist unterwegs. Bitte schnell, meine Damen und Herren.«

Büchele und Krüger sahen, als alle anderen Mitarbeiter schon den Raum verließen, von oben durchs Fenster in den Hof. Ein blauer japanischer Kleinwagen beklebt mit seltsamen Sternen stand abgesperrt im Hof. Auf dem Dach befand sich etwas, das von hier oben leider nicht zu identifizieren war. Die Beamten eilten über die Feuertreppe nach hinten ins Freie.

Unten angekommen, wollte sich Büchele die Sache näher ansehen. Gerade als er auf das unbekannte Auto zuging, wurde er von den Sicherungskräften des Spezialkommandos zurückgehalten. Das Gelände war großräumig abgesperrt. Durch den lauten Wortwechsel mit den Kollegen bemerkte er die Vibration seines Handys nicht, die eine eingehende SMS signalisierte.

Das Objekt auf dem Dach des blauen Autos sah aus wie ein Wecker. Sein lautes Tick-Tack war noch aus einiger Entfernung zu hören. Hier lag anscheinend doch Attentatsabsichten vor.

In der Aula des Reviers kleidete sich eben ein geschulter

Beamter des Sprengstoffkommandos mit splittersicherer Kleidung ein. Ein brisanter Einsatz. Der zwar immer wieder geübt wurde, aber ein Restrisiko bestand beim Entschärfen einer Bombe immer. Büchele beobachtete mit Skepsis den ganzen Vorgang aus einiger Distanz.

»Wer würde der Polizei drohen. Und dies mit einem Wecker auf dem Autodach?«

Vor der Absperrung in Richtung Stadtbahn machte eine ältere Dame ihnen gegenüber in ihrem flatternden Sommerkleid lautstark auf sich aufmerksam. Sie versuchte immer wieder mit lauten Beschimpfungen die Beamten dazu zu bewegen, ihr Durchlass zu gewähren. Büchele ging auf sie zu, um beruhigend auf sie einzureden. Wohl kein guter Zeitpunkt. Die Dame trug eine übergroße Tasche in der Armbeuge. Gerade als eine der Polizistinnen die Dame durchsuchen wollte, schlug sie laut fluchend mit der Tasche auf sie ein. Büchele kannte solche Attacken von älteren Damen und belächelte sie aus kurzer Entfernung. Jetzt ging er auf sie zu und zückte seinen Hut. Er versuchte sie charmant davon zu überzeugen, dass der Zeitpunkt für emotionale Wutausbrüche eher unpassend gewählt sei. Kommissar Büchele fragte sie nach ihrem Namen.

»Sie sagen mir ja auch nicht Ihren«, bekam er schnippisch zu hören.

»Franz Büchele, Kommissar Büchele«, stellte er sich korrekt der Dame vor. Er zeigte ihr seine Dienstmarke, zog abermals seinen Hut und hielt ihr seine Hand entgegen. Jetzt konnte sie wohl nicht anders.

»Oma Tesch, für Sie ganz einfach Oma Tesch, junger Mann.«

Kommissar Büchele setzte seinen Hut wieder auf.

»Oma Tesch, was in aller Welt macht Sie so wütend?«

»Junger Kriminalrat«, vertraute sie sich ihm entrüstet an. »Dort drüben«, sie zeigte auf den blauen Kleinwagen. »Dort steht mein Auto. Ich wollte meinen Wecker zum Uhrmacher Hutbrott gegenüber bringen, aber dort hat es wenige Parkplätze. Nur Parkuhren und so Zeug. Deswegen habe ich mein Auto hier im Hof geparkt. Ich wollte dort nur ganz kurz parken, damit ich von hier über die Stadtbahngleise laufen kann.«

Lächelnd sah Büchele sie an.

»Und dann?«, fragte er nach.

Wieder zeigte sie in diese Richtung. Jetzt öffnete sie ihre große Tasche und zeigte hinein.

»Ich hatte meinen Wecker vergessen, als ich alles ordentlich in die Tasche packen wollte. Aber, aber …«, versuchte sie sich zu rechtfertigen. »Aber dort auf dem Autodach habe ich ihn aus Versehen stehen lassen, dort Herr Kriminaler steht er.« Wieder zeigte sie mit der Hand auf den abgestellten Wagen im Hof des Polizeipräsidiums. Büchele begann zu lachen. Das ganze Aufgebot schien für einen vergessenen Wecker zu sein.

»Oma Tesch, das da drin ist kein öffentlicher Parkplatz. Das ist ein Polizeirevier.« Ganz übertrieben förmlich tat die Dame total überrascht und fuchtelte immer wieder mit den Händen in der Luft herum. Entrüstet hielt sie sich die Hände vor den Mund.

»Ehrlich?«, tat sie völlig ahnungslos.

»Ich verstehe das nicht, immer wenn ich in der Stadt bin, parke ich dort. Hier hat es immer Parkplätze.«

Büchele grinste sie an.

»Moment, bin gleich wieder da. Warten Sie bitte hier, okay?«

Sie nickte. Büchele ging unter lautem Protest durch die

Absperrung zum Bereich des Autos. Er schnappte sich den Wecker und ging zum Erstaunen der Sprengstoffspezialisten zurück zu Oma Tesch, um ihr den Wecker vor die Nase zu halten.

»Ist dies der Wecker?«

Oma Tesch nickte und ließ ihn in der großen Tasche verschwinden. Büchele rief in die Runde.

»War ein blinder Alarm, ein Missverständnis meine Herrschaften. Alle können zurück ins Gebäude.«

Jetzt wandte er sich noch mal Oma Tesch zu.

»Bitte nicht mehr im Revier parken, Frau Tesch, geht das?«

Oma Tesch nickte, als ihr bewusst wurde, dass der ganze Aufwand eigentlich nur wegen ihres vergessenen Weckers zustandegekommen war.

»Ach, junger Mann, vielen herzlichen Dank, Herr Kriminalpräsident«, scherzte sie.

»Wissen Sie was. Wenn Sie mal einen guten rheinischen Sauerbraten essen möchten, rufen Sie mich an. Sie zog einen handgeschriebenen Zettel mit Anschrift und Telefonnummer aus ihrer Tasche und übergab ihn dem hilfsbereiten Beamten. Als beide sich verabschiedet hatten, tippelte die ältere Dame zielstrebig durch die Absperrung auf ihr Auto zu. Büchele wollte sich gerade eine Kippe aus der Schachtel in seiner Hose angeln, als er sein Handy in der Hosentasche bemerkte. Er zündete sich einen Glimmstängel an und wollte sich gerade nach dieser kleinen Aufregung auf einer der vor dem Revier aufgestellten Bänke niederlassen, als er mehr zufällig als absichtlich aufs Telefondisplay sah. ›Posteingang zwei neue Nachrichten.‹ Büchele stutzte, bekam er doch selten eine SMS. Der SMS-Eingang war wohl im allgemeinen Trubel von vorhin untergegangen. Er öffnete die Nachrichten und las sie. ›Bin allein vorgefahren. Fernsehteam kommt gleich nach. Dir einen schönen Arbeitstag. Bussi, Herr Kommissar.‹

Er öffnete die zweite SMS und sah dabei auf die Sendezeit, 12.10 Uhr. Er schaute auf seine Armbanduhr. Fast zwei Stunden waren vergangen, seit Birgitt sie geschickt hatte. Bestimmt ist sie schon zurück. Er las den zweiten Text. ›Nichts Neues. Team fährt zurück, ich sehe mich noch in der Natur hier um. Es ist herrlich. Gruß Birgitt.‹

Büchele lächelte, als er an seiner Zigarette zog. Er sah rüber zu den Einsatzkräften. Die bemühten sich noch immer, das Chaos zu ordnen und das Geschehene zu erklären. Einige Fernsehteams waren auch schon vor Ort. Büchele suchte Birgitt vom Ländle TV. Vergebens, aber er sah wenigstens Oma Tesch, die zufrieden ihr blaues, mit Sternen beklebtes Auto in Richtung Ausfahrt lenkte. Sie winkte ihm erleichtert zu. Vielleicht hätte er doch mit Birgitt raus zum alten Hermannhof fahren sollen, um den Tag, die Sonne und ihre Anwesenheit zu genießen. Was hätte er hier verpasst? Büchele dachte, gerade als es klingelte, während er das Handy in Händen hielt, über verlorene Gelegenheiten seines Lebens nach. An der Nummer erkannte er den Teilnehmer, Birgitt Kohlmarx. Vielleicht wollte sie ihm mitteilen, dass aus dem Artikel nichts geworden ist und sie wieder in der Redaktion sei. Er lächelte, bevor er abhob.

Er drückte die Verbindungstaste. Sein Gesichtsausdruck veränderte sich schlagartig. Noch bevor er seinen Namen sagen konnte, hörte er ein leise wimmerndes »Hilfe Franz, der Irre tötet mich!« »Birgitt, Birgitt bist du es?«, schrie Franz immer wieder in den Hörer. »Antworte! Wo bist du?«, stotterte er in den Apparat.

»Hilf, bitte, bitte, schnell, hilf mir«, erklang es jetzt schon schluchzend ganz leise am anderen Ende der Leitung. »Ich… Ich bin, aua…, Franz Hilfe. Nein nicht, bitte tun Sie mir nicht weh.« Nur noch Gemurmel, Geraschel und ein lautes Krachen war zu vernehmen, bevor die Verbindung abriss. Das war das Letzte, was Büchele hören konnte, bevor das Gespräch abbrach. Büchele, der inzwischen aufgesprungen war, raufte sich die Haare. Immer wieder sah er das Telefon an.

»Verdammte Scheiße.«

Seine Gedanken überschlugen sich. Momente wurden zu Minuten. Büchele sah in die Runde. Hecktisch versuchte er jemand Vertrautes im Menschengewirr auszumachen. Max. Max Krüger sah ihn von Weitem an. Franz wedelte mit seinen Armen, um auf sich aufmerksam zu machen. Max erkannte ihn und winkte freundlich aus der Entfernung zurück, während er sich aus seiner Jackentasche einer Papiertüte hervorzauberte und eine Kirsche daraus genussvoll in seinem Mund verschwinden ließ. Büchele schrie mit den Händen am Mund und zeigte auf seine Uhr. »Muss weg, Max, es geht um Birgitt. Ich fahr zum Hermannhof. Hast du es verstanden?«

Krüger, der nur den letzten Teil verstanden hatte, hielt sich die Hände an die Ohren. »Ich habe nichts verstanden, wiederhol noch mal. Wann soll ich dir folgen?«

Er nickte trotzdem aus der Distanz und winkte zurück. Franz spurtete zu seinem Wagen. Er setzte sich auf den Fahrersitz, warf die Tür hinter sich zu und öffnete das Handschuhfach. CDs und Landkarten und verschiedenes Kleinzeug warf er auf den Boden. Er ertastete das mobile Blaulicht. Seit Jahren hatte er es wenig bei den Einsätzen benutzt. Nie war etwas so von Wichtigkeit, dass er in Windeseile sein Ziel erreichen musste. Diesmal war alles anders. Das Adrenalin puschte ihn auf. Motor anlassen und Fenster runterkurbeln. Mit einem Ruck drückte er vom Sitz aus das Blaulicht mit seinem Magnetfuß auf das Dach. Mit einem metallischen Klong signalisierte die Leuchte den magnetischen Halt auf dem Autodach. Kabelstecker in den Zigarettenanzünder und schon drehte sich die reflektierende Lichtscheibe im Inneren der Lampe. Mit Karacho und durchdrehenden Rädern raste Kommissar Büchele aus dem Hof des Polizeipräsidiums.

Max sah seinem Kollegen ungläubig nach. Noch nie hatte er ihn in so einer Eile davonfahren sehen. Mithilfe des Blaulichts war mit Bücheles 200er-Audi ein schnelles Durchkommen in der Heilbronner Innenstadt sichergestellt.

Zehn Minuten später war er schon auf der Bundesstraße 293 stadtauswärts unterwegs. Er wählte die Kurzwahlziffer sieben. Eine freundliche Stimme von Ländle TV begrüßte ihn durch die Freisprechanlage, mit dem üblichen »Einen wunderschönen Tag. Sie sind mit Ländle TV, dem Sender des Unterlandes verbunden, mein Name ist Veronika Müller-Luschik. Was kann ich für Sie tun?«

Büchele erkundigte sich nach der Journalistin Kohlmarx. Die nette Stimme erklärte ihm, dass sie ohne ihren Kameramann Boris Fostlach am Hermannhof verblieben sei. Dies sei aber vor zwei, drei Stunden gewesen, sagte sie unsicher. Sie bat um eine Sekunde Geduld, sie würde es kurz telefonisch auf ihrem Diensthandy versuchen. Büchele wartete am Hörer, während die Mitarbeiterin von Ländle TV die Leitung kurz unterbrach. Fast schon akrobatisch, einhändig steuerte er sein Fahrzeug Richtung Hermannhof. Jetzt war er fast am Ziel. Er setzte den Blinker und bog rechts ab in Richtung Frankenbach. Veronika Müller-Luschik meldete sich zurück.

»Herr Büchele, ich bekomme nicht mal ein Signal. Was ist los mit ihr?«, wollte sie wissen. Ängstlich fragte sie nach. »Soll ich die Polizei anrufen?«

Erst als der Kommissar ihr klar machte, dass er ja von der Polizei sei, beruhigte sie sich.

»Sie rufen mich aber bitte gleich zurück, wenn Sie Frau Kohlmarx gefunden haben«, bat sie ihn eindringlich, was er ihr auch versprach. Er sei ja schon am alten Steinbruch an Frankenbach vorbei, berichtete er am Telefon, und gleich auf dem Hermannhof. Sie bräuchte sich keine Gedanken zu machen, alles sei okay. Er legte auf. Jetzt sah er das kleine unscheinbare, weiße Schild am Straßenrand. Hermannhof. Er bog in die Straße ab. Nach der Kurve sah er das alte Gut Hermannhof. Seine Augen suchten schon aus der Ferne nach Birgitts Wagen. Das rote Cabrio stand auf dem geräumigen, aber sonst leeren Parkplatz. Ihn hatte man, als die Stadt das Gehöft an eine Salzfirma verpachtete, großzügig angelegt.

Franz atmete erleichtert auf, als er zumindest ihr Fahrzeug erblickte, und brachte seinen Wagen neben ihrem abgestellten Flitzer zum Stehen. Zu weit entfernt konnte sie wohl nicht sein. Er stieg aus und sofort kontrollierte er, ob die Türen an ihrem Auto offen waren.

»Verschlossen«, sagte er vor sich hin. Bis dahin war wohl alles gut gegangen für Birgitt, redet er sich ein. Aber was ist geschehen? Wo ist sie abgeblieben. Und weshalb ist das Kamerateam allein zurückgefahren? Solche Gedanken gingen dem Kommissar durch den Kopf. Büchele sah sich um.

Eindrücke von früher holten ihn ein. Leicht erhöht stand in einiger Entfernung das ehemalige Pfarrhaus, worin jetzt das Winterverwaltungsgebäude einer Salzfirma untergebracht war. Die Stadt hatte auch dieses Gebäude vermutlich nur weitervermietet. Es wurde nur besucht und genutzt, wenn es in den weiter hinten gelegenen, großen geräumigen Hallen und alten Wirtschaftsgebäuden, etwas zum Einlagern oder Abholen gab.

Niemand war zu sehen. Büchele sah auf den staubigen Boden. Unkraut machte sich überall breit. Ein Zeichen, dass sich keiner in letzter Zeit, um das Anwesen gekümmert hatte. Büchele versuchte, sich an einem Grasbüschel den Staub von seinen Slippern zu wischen. Mit mäßigem Erfolg, wie er feststellte. Er blickte nach rechts und sah die alte, liebevoll restaurierte Cala Villa Hermannshof. Sie erstrahlte im prachtvollen Glanz der alten Zeit. Sie gab Zeugnis von einer unvergessenen, großartigen Ära des Unterlandes. Die Zeit schien an ihr spurlos vorbeigegangen zu sein. Es war ein prächtiger Anblick, der selbst Büchele zu einem Lächeln animierte, obwohl seine Nerven zum Zerreißen angespannt waren. Denn wo war die Journalistin? Sein Blick glitt über das großzügig angelegte Areal.

»Oh mein Gott.« Wie Schuppen fiel es ihm von den Augen. Jetzt erst erkannte er es. Die Zeichnung. Die Brücken, nein wie nannte es Gottselig, Aquädukt? Ein unscheinbares kleines Aquädukt, keine 1,50 Meter hoch, führte als Auffahrtsstraße zum Verwaltungsgebäude. Von oben war es ein ganz normaler Weg, aber von der Seite erkannte man es sofort.

»Der Professor hatte recht«, redete er mit sich selbst. Langsam ging er auf die Konstruktion zu. Er suchte etwas, das wie ein Wappen oder Emblem aussah. Mit der Handfläche scheuerte er die verdreckten mit Efeu überwucherten Steine des Aquäduktes frei.

»Hier muss der Stein doch irgendwo sein, den Gottselig beschrieben hat?«

Er suchte an der falschen Stelle. Als er nach oben zur steinernen Brüstung sah, erblickte er einen großen verwitterten Stein. Ein mächtiger Wappenstein, umrahmt von zwei Greifvögeln, die eine …

»Heilige Maria«, entfuhr es Büchele, als er sah, was die Greifvögel an jeweils einer ihrer Kralle hatten. Er schluckte. Eine riesige signierte Gliederkralle. Er schrubbte wie wild daran, aber die Signatur war nicht zu erkennen. Der Zahn der Zeit und die Jahre hatten den Sandstein an der Oberfläche stark verwittert. Die Schriftzeichen waren unkenntlich geworden. Fluchend machte er wenige Schritte rückwärts, um das ganze Monument mit einem Blick erfassen zu können. Es fiel ihm nichts auf. Wie hätte es auch? Er war Kommissar und kein geschichtskundiger Mann wie Marius Gottselig.

Büchele wurde hektischer in seinen Bewegungen, suchte er doch nach einem Lebenszeichen von Birgitt, einer Spur oder einem Hinweis. Nichts fand sich hier. Zügig hastete er in Richtung der alten Wirtschaftsgebäude. Alle Türen waren verschlossen. Als er die erste Lagerhalle umrundete, sah er durch kleine Schlitze in der Holzwandung ins Innere.

Große Raupen, ein Pritschenwagen und ein Lastwagen, das war alles, was er sah. Und natürlich riesige Haufen an aufgeschüttetem Salz. Langsam verzog sich die wärmende Sonne hinter den Hügeln des Heuchelberges. Es wurde merklich kühler. Büchele begann zu frösteln.

Ihm blieb nur noch das Verwaltungsgebäude als möglichen Ort, wo Birgitt sich aufhalten könnte. Sein Verdacht erhärtete sich zunehmend. Es war so ein Gefühl, ein

Instinkt. Ein unangenehmes Gefühl für ihn. Immer, wenn er in seinem Leben jemanden auf die eine oder andere Art lieb gewonnen hatte, wurde die Freundschaft durch ein schlimmes Ereignis beendet. Sollte es auch diesmal so geschehen?

Der Puls von Büchele beschleunigte sich. Er begann unruhig zu atmen. Er rannte zum ehemaligen Pfarrhaus hinüber. Verwaltung Salzanlage, bei Bedarf bitte anrufen unter 5559122 stand auf einem angebrachten Schild. Büchele rüttelte an der Tür und rief immer wieder laut:

»Hallo, jemand da? Birgitt, wo bist du?« Doch niemand antwortete ihm. Nochmals rief er nach ihr.

»Hallo Birgitt, bist du da drin? Antworte, wenn du da bist!«

Immer wieder rüttelte und zerrte er dabei heftig an der verschlossenen Tür. Durch die Fensterscheiben im Erdgeschoss konnte er nach drinnen sehen. Tische, eine Büroeinrichtung, mehr war nicht unter einer dicken Staubschicht zu erkennen. Enttäuscht versuchte er, um das Gebäude herumzugehen. Die Zufahrtsstraße auf dem meterhohen Aquädukt machte dies unmöglich. Es blieb nur die Chance, das Gebäude ebenerdig und großräumig zu umgehen. Man musste runter zum Fuße der Straße und dann ganz außen herumgehen. Büchele blieb nichts anderes übrig, als er sich umsah und daraufhin nach einer Abkürzung suchte. Ihm blieb keine andere Wahl, als den langen Weg um das Gebäude herum mit der langen Auffahrtsstraße auf sich zu nehmen. Der Kripobeamte ging los.

Büchele blieb erst stehen, als er den Sockel der Anhöhe erreicht hatte. Er griff nach einer Zigarette und seinem Feuerzeug. Ein Klack gefolgt von einem Ratschen entzündete die Flamme. Nervös nahm Büchele einen Zug an seiner Zigarette, um sie gleich darauf wieder unter seinen verstaubten Schuhen zu löschen.

Er ging an der Seite des Aquäduktes vorbei. Genau auf der Höhe des Pfarrhauses hielt er inne. Er lauschte. Nichts, nicht mal das Rauschen der Blätter im Wind war zu hören. Kein Vogelgezwitscher drang an sein feines Gehör. Unbehagen machte sich in ihm breit, als er zum Haus weiterging. Verschlossene Fensterläden ringsum. Büchele prüfte jede Möglichkeit, ins Gebäude zu gelangen.

Verschlossen. Aber wo ist Birgitt abgeblieben? Weshalb die SMS, es sei alles okay, dann der mysteriöse und Angst einflößende Anruf?, ging es ihm durch den Kopf.

Franz prüfte nochmals sein Handy. Kein weiterer Anruf, keine SMS. Er überlegte, ob er eine Hundestaffel anfordern sollte. Aber was, wenn ihr Auto nur mit einem Defekt auf dem Parkplatz stand. Und sie mit jemandem aus ihrer Firma zurückgefahren war? Eine solche Blamage konnte er sich nicht erlauben.

Franz wollte, bevor die Dunkelheit hereinbrach, alle Eventualitäten für sich prüfen. Er ging wieder zum Wirtschaftsgebäude zurück. Auch den Platz, wo vor Jahren die ehemalige Kapelle stand, ließ er nicht aus. Selbst die Cala Villa Hermannshof untersuchte er gründlich. Nichts Verdächtiges viel ihm auf.

Blieb nur noch das Aquädukt und das Pfarrhaus zur Prüfung übrig. Nichts, was er schon vorher untersuchte, fiel ihm ins Auge. Vermutlich hatte er sich getäuscht, als er vermutete, Birgitt hätte hier irgendwo sein können. Er ging schnellen Schrittes um das Pfarrhaus herum, ohne große Hoffnung noch etwas entdecken zu können, was er nicht schon in Augenschein genommen hatte. Auf der Rückseite des Gebäudes kickte er mit seinen staubigen Slippern

Steinchen vor sich her. Der Weg rund ums Haus war wohl vor langer Zeit geschottert worden. Einer der kleinen Steine traf einen in die Erde eingelassenen Holzbalken. Büchele blieb stehen.

Einen am Haus angebrachten, schräg zulaufenden Verschlag? So wie er früher oft als Kartoffelmiete oder kleiner Keller für Äpfel und Eingemachtes benutzt wurde. Zweimal hatte jetzt schon Kommissar Büchele das Haus umrundet, aber dem unscheinbaren Verschlag, hatte er jedes Mal kaum Beachtung geschenkt.

Mit musterndem Blick, die Hände in den Taschen, blieb der Beamte davor stehen. Er entdeckte kein Schloss, keine Kette, die durch die beiden lieblos vor sich hinrostenden Griffe gezogen war. Hier hatte es wohl jemand versäumt, seinen Pflichten nachzukommen, mutmaßte der Kommissar. Er bückte sich und zog mit festem Ruck an den beiden rostigen Stahlgriffen. Eine der beiden Flügeltüren ließ sich, zu Bücheles Überraschung, widerstandslos öffnen. Er sah die Treppen hinab, drei Stufen lagen im Licht, der restliche Weg nach unten befand sich in völliger Dunkelheit. Verdammt, stockdunkel da unten. Werde wohl besser erst eine Taschenlampe aus dem Auto holen, dachte Büchele.

Zügig, um keine Zeit zu verschwenden, hetzte Franz Büchele zu seinem Auto zurück, um nach seiner Taschenlampe zu suchen. Plötzlich meldete sich sein Handy mit dem Klingelton von Babelee Frischer. Büchele tastete aufgeregt und hastig seine Taschen ab. Vielleicht ist es ja Birgitt, war sein erster Gedanke, als er das Telefon in Händen hielt.

Aber es war nicht Birgitts Nummer auf seinem Display Max, stand dort in großen Buchstaben. Er drückte die Unterdrückungstaste und warf das Telefon auf den Beifahrersitz.

Krüger konnte er in dieser, für ihn peinlichen Situation am wenigsten gebrauchen.

Max Krüger entging nicht, dass sein Partner am anderen Ende erst gar nicht abgenommen hatte, und wählte unverdrossen die Kurzwahlnummer der SEK-Sondereinheit. Instinktiv fühlte er, dass sein Partner in Schwierigkeiten war. Eine Ortung seines Diensthandys war da ja wohl das gängigste Verfahren um einen Beamten zur Hilfe zu eilen.

Mit seiner Stablampe ging er zurück zur Kartoffelmiete. Starr und irritiert blieb er davor stehen. Beide Flügel des Verschlages waren geschlossen. Die eine stand doch vorhin offen. Oder habe ich sie wieder geschlossen? Er wusste nicht mehr, ob er seiner Erinnerung glauben konnte. Er öffnete mit einem kräftigen Ruck den Verschlag und ging nach unten. Ein merkwürdiges Gefühl beschlich ihn, als er nach über dreißig Stufen stoppte und noch immer nicht den festen Kellerboden erreicht hatte. Langsam folgte er der Treppe weiter ins ungewisse Dunkel. Im Geist zählte er mit. Je tiefer er kam, umso kühler fühlte es sich an. Zweiundvierzig Stufen.

Dann endlich spürte er festen Boden unter sich. Selbst durch seine dünnen Schuhsohlen fühlte sich die Erde unter ihm feucht und kalt an. Er leuchtete nach links und rechts. Nur ein altes Weinregal, übersät mit Staub und Spinnweben, stand in dem großen Raum. Ein alter, fast schon zerfallener Sekretär stand in der Mitte des Raumes. Große Spinnennetze erschienen im Lichtstrahl. Alte Mauerreste standen aus der Erde hervor. Waren sie klägliche Überreste einer Wand oder Mauer gewesen? Vielleicht die eines früheren Gebäudes? Büchele bemerkte schon aus der Ferne einen steinernen Rundbogen. Eine Holzliege stand angelehnt an der Wand und gab Zeugnis einer anderen Epoche dieses Kellers. Büchele ging hinüber. Er leuchtete mit seiner Lampe die Liege ab. Keine Spinnweben, keine dicke Staubschicht? Franz Büchele zögerte. Er ging in die Hocke. Etwas oder jemand hatte die Holzliege hier über den Boden gezogen. Feine Spuren von Erde befanden sich an ihren Griffstücken. Am Boden bemerkte er Schleifspuren. Er begann, den Rundbogen näher in Augenschein zu nehmen. Vorsichtig strich er über jeden einzelnen Stein. Sie fühlten sich anders an als die anderen Steinquader im Raum. Eher normal temperiert als kalt. Aber wieso?

Büchele leuchtete jetzt jeden Stein einzeln an. Alle hatten die gleiche Höhe bis auf einen der Quader. Er war gut und gerne dreißig auf dreißig Zentimeter groß. Am Scheitelpunkt des Bogens eingelassen, wirkte er massig und wuchtig. Büchele stockte der Atem, als der Lichtschein der Lampe den Stein erhellte. Die Jahreszahl **MCCCLXIV** war auch hier eingemeißelt, darunter drei Striche und ein H. Wie bei Pneu-Bachmaier im Souterrain. Weshalb ist hier ein gleicher Stein, schoss es ihm durch den Kopf. Der Raum schien ziemlich groß zu sein. Zu groß um Kartoffeln und Eingemachtes unterzubringen. Und dann leer? Franz leuchtete den restlichen Raum mit der Taschenlampe ab. Er blieb stehen und hielt den Atem an. War da ein Geräusch? Er hörte es wieder. Büchele holte tief Luft. Er hörte es abermals. Als ob Wasser laufen würde. Seltsam. Büchele klopfte reihum jeden Meter mit dem Stiel seiner Lampe die Wand ab. Er suchte nach einem Hohlraum. Vermutlich Zeitverschwendung, dachte er sich. Ein Keller bleibt ein Keller. Erst als er mit den Fäusten zwischen den Rundbogen schlug, klang es einen Tick heller. Wieder schlug er auf die gleiche Stelle. Bom Bom Bom. Es klang tatsächlich anders. Franz nahm seinen Hut ab, hielt den Atem wieder an und lauschte mit seinem Ohr an der Wand. Das Geräusch des Wassers war deutlich zu hören. Er konzentrierte sich. Ein leises Wimmern war zu vernehmen. Jetzt hörte er es ganz genau. Kein Irrtum war möglich. Mit der Taschenlampe versuchte er sich zu orientieren. Der Lichtkegel tauchte alles im Raum in grelles Weiß. Er suchte nach einem Lichtschalter in der Nähe der Treppe. Fehlanzeige, kein Lichtschalter. Er stand am Treppenaufgang. Was sollte er tun? Zurück nach oben? Woran dachte der Erbauer dieses unwirklichen Raumes, der dies alles Erschaffen hatte? Gottselig ging ihm durch den Kopf. Büchele griff in seine Tasche.

»Verdammt und zugenäht«, fluchte er mit sich selbst. Er hatte das Handy ja auf dem Beifahrersitz zurückgelassen. Büchele knipste die Lampe aus und wollte gerade nach oben gehen, als er sich instinktiv noch mal umsah. Vielleicht hatte er ja was übersehen. Er drehte sich langsam um.

Ich glaub's nicht, dachte er. Der Stein, in dem die Jahreszahl und der Buchstabe H gemeißelt worden war, begann zu leuchten, als der Lichtstrahl der Lampe auf ihn traf. Alle Zahlen und Buchstaben begannen ihr leicht fluoreszierendes Licht ins Dunkel zu ergießen. Vermutlich waren es Markierungen.

Büchele erinnerte sich an das Kinderzimmer seiner Nichten und Neffen. Eltern platzierten solche reflektierende Sterne oder Tiere für ihre Kinder überall im Kinderzimmer, um ihnen die Angst vor der Dunkelheit zu nehmen. Sie wurden vom Tageslicht gespeist und leuchteten nachts. Es musste das gleiche Material sein, das bei reflektierenden Jacken verarbeitet wurde.

Langsam ging er wieder mit ausgeschalteter Lampe auf den Rundbogen zu. Aus den inneren Abmessungen des

Bogens schien schwaches Licht auf seine Raumseite zu dringen. Vermutlich eine Tür, ein Durchgang? So seine erste Vermutung. Büchele sah auf den schwachen Lichtschein. Es musste eine Tür geben. Aber es gab keine Türklinke oder ein Schloss. Wie zum Henker wurde dieses Ding geöffnet? Franz kramte in seinen Gedanken nach dem melodischen Satz, den er am Telefon gehört hatte.

Denn so viel stand jetzt schon für ihn fest. Der Satz war für Dominikus Kraft eine Rätselaufgabe, ein Spiel. Büchele dachte angestrengt nach. »Ich hab es. Reben…? Erde…? Stein?«, sagte er zu sich selbst. Er startete einen erneuten Versuch, den Satz zu vervollständigen.

»Unter der Erde da ist es Nacht, da hat mir der Teufel das Lichtlein gebracht. Am Rad gedreht, den Stein verrückt, bedeutet mir das ganze Glück. Ob Anstalt, Reben, roter Saft, ist mir egal. Bist du es los, vergiss die kurze Pein und Qual, denn nur der Teufel hat die Wahl.«

Franz schaltete die Taschenlampe wieder an. Er sah sich um.

»Hier ist kein Rad!«, hörte er sich sagen. Aber ein Stein am Fuße des Rundbogens war da. Er bückte sich und sah ihn deutlicher an. Nichts davon war besonders an ihm. Ein alter Stein mit einer Zahl mehr nicht. Er berührte ihn mit seiner Hand. Der Buchstabe H war anders. Für Bücheles Empfinden schien alles normal. Er fuhr noch mal mit der Hand über den Steinquader. Das H schien leicht erhaben zu sein. Franz versuchte, an den Kanten zu drehen. Nichts geschah. Er zog daran, wieder ohne Erfolg. Erst als er mit beiden Händen auf die Linie des Buchstaben drückte, gab der Stein ein wenig nach. Er hörte ein leises Brummen.

Woher kam dieses Geräusch? Er sah nach oben. Sekunden später schob sich der Innenraum des Rundbogens ganz langsam, fast lautlos, ohne ein Geräusch zu verursachen, zur Seite. Büchele griff nach seiner Waffe. Die Suche blieb erfolglos. Wie immer befand sie sich in seiner Schreibtischschublade. Immer wieder beschwor ihn Max, die Dienstwaffe am Mann zu haben. Diesmal hätte er sie brauchen können. Franz gab ihm still in Gedanken recht.

Was würde ihn erwarten? Sollte er zurück und Verstärkung rufen? Daran wollte er nicht denken. Birgitt war verschwunden, und dies hatte bei ihm höchste Wichtigkeit und gebot Eile. Er versteckte sich hinter einem der Türpfosten, bevor er die Sache anging. Kriminalistische Vorsicht war angesagt. Man konnte nie wissen, was sich hinter einer Tür verbarg. Er lauschte nach Geräuschen. Ein Wimmern und ein leises Röcheln war zu hören. Woher kam es? Okay, zumindest war es in diesem Raum heller, wie im vorigen Kellerraum. Aus zwei spärlichen Lichtschächten fiel fahl das Tageslicht von oben in den Raum. Langsam bewegte er sich aus dem Schatten des Türrahmens hinein in den angrenzenden Raum. Ein riesiger, L-förmiger Raum lag vor ihm. Nur spärlich mit kleinen Neonlampen ausgeleuchtet. Er schritt langsam vorwärts und sah sich um. Nein, so was gab es nicht.

Alles nicht echt. »Wirklichkeit ist anders«, stammelte der hartgesottene Beamte, bevor er sich wieder unter Kontrolle hatte. Seine Hände zitterten. So etwas Abscheuliches hatte er noch nie zuvor gesehen. Er begann zu würgen. Er unterdrückte den Drang, sich übergeben zu müssen. Der Raum war eine Art Katakombe mit schmalen mannshohen Nischen und eingelassenen Ausbuchtungen. Manche länglich, manche hoch. In einigen befanden sich uralte mumifizierte Körper. Büchele blieb stehen und sah sich die stinkenden, verwesten Körper an. Es waren schon lange verstorbene Menschen. In der Hand hielten sie ein hölzernes Kreuz. Franz sah näher hin. Das Kreuz war mit der Spitze in Richtung Kopf gedreht. Der kleine Querbalken wurde von den Händen umklammert. Ein umgedrehtes Kreuz? Zufall oder Absicht?

So was taten doch nur … Büchele verwarf den abscheulichen Gedanken. Er sah in der danebenliegenden Ausbuchtung dasselbe. Kein Zufall, Absicht vermutete er jetzt. Nur die üblichen, aus den Geschichtsbüchern bekannten quer liegenden Ausbuchtungen waren von Mumien belegt. Alles hier glich einem Mumienmuseum. Aber weshalb waren die mannshohen Nischen nicht belegt? War es nur eine architektonische Spielerei? Franz drehte sich nach rechts. Im Flackern der von oben herabhängenden Neonlampe erschien eine Art Werkbank. Unter ihr waren Kanister und Kisten abgestellt. Er spürte die innerliche Kälte umso mehr, als er in der Ecke einen Stuhl sah. Er ähnelte dem Stuhl, den er schon in ähnlicher Form im Großgartacher Eiskeller gesehen hatte. Nur dieser hier war in fast tadellosem Zustand. Er ging darauf zu und bückte sich danach. Die Lederriemen waren eingefettet. Das Gestell blitzblank gerieben.

»Verdammt«, entfuhr es Büchele wieder. Kabel und eine Kopfmaske hingen an einem Halter am Kopfteil herunter. Büchele erschrak. An der Liege war ein Kürzel zu erkennen. CVH. Jetzt verstand er es. Die Buchstabenkombination stand für Cala Villa Hermannshof. Wie es der Professor gesagt hatte. Und hier, auf diesem Gelände, war vermutlich früher auch die Kinderheilanstalt gewesen. Schaurige Gedanken ergriffen seinen Verstand, als er sich umsah. Elektrische Apparaturen von einst und heute standen einsatzbereit nebeneinander auf der Werkbank. So, als würden sie auf jemanden warten. Die Instrumentenbeleuchtung stand unter Strom. Grün leuchteten die Lämpchen der Anzeigen. Somit waren sie einsatzbereit. Franz folgte schrittweise dem langen Kabel. Irrtum ausgeschlossen, jemand war hier kurz vor seinem Eintreffen zu Werke gegangen. Die Kabel führten durch einen engen Schacht ins Nirgendwo. Aus welchem Transformator sie wohl gespeist wurden, waren Kommissar Bücheles Gedanken. Aber die standen alle unter Strom. Er sah nach oben. Wie konnte er zweifeln. Die Neonlampen wurden ja auch von irgendwoher mit Strom versorgt. Jetzt hörte Franz es wieder, das ihm bekannte leise Blob-Blob-Blob von Wassertropfen. Langsam fast schon in Zeitlupe ging er nach rechts um die Ecke. In der Mitte des Raumes stand eine übergroße Badewanne gefüllt mit gelber Flüssigkeit. Aus einem Wasserhahn tropfte es. Das Blob-Blob schien hier seinen Ursprung zu haben. Franz ging darauf zu. Es stank seltsam nach verfaulten Eiern aus der gelben Brühe. Büchele hielt sich sein Taschentuch vor die Nase und drehte währenddessen den Abstellhahn kräftig eine halbe Umdrehung weiter zu. Das Geräusch verstummte. Seine Zigarettenschachtel fiel ihm dabei aus der Brusttasche seines kurzärmligen Hemdes in die trübe Brühe. Büchele zuckte zurück. Mit einem Zischen verschwanden seine Zigaretten im Bruchteil einer Sekunde in der Badewanne. Der Geruch von Schwefelsäure schoss ihm durch seine Synapsen. Daher stank es im Raum so. Franz suchte etwas. Auf der Ablage fand er Gummihandschuhe, Mundschutz und noch mehr. Seinen Verdacht wollte er trotzdem bestätigt wissen. Er griff sich einen Bleistift und warf ihn in die Wanne. Mit einem Zischen verschwand auch er, gluckernd im gelben Nirgendwo. Jetzt wanderte sein Blick aufmerksam durch den Raum. Jede Einzelheit könnte wichtig für ihn sein. Sein scharfsinniger Blick tastete sich an jedem Gegenstand entlang. Ringsherum bröckelten die Wände, die schon vor Jahrhunderten mit Steinquadern erbaut wurden. Noch eine Tür? Für Büchele schien es unmöglich zu sein. Was trieb jemand hier unten. Vielleicht machte ein Irrer hier unten Experimente. Er dachte an Dominikus Kraft.

Welcher Kult führte ihn zu solchen abgrundtiefen Gedanken und Handlungen? Franz dachte nicht sonderlich weiter darüber nach. Er lauschte in die Stille des Raumes. Hier, er hielt sekundenlang den Atem an. Das leise Wimmern drang wieder an sein Ohr. Er folgte dem nicht wahrnehmbaren Geräusch bis vor den Rundbogen. Mit der Lampe versuchte er auch hier, einen Quader zu erspähen, den er ziehen oder drücken konnte. Er probierte alle Steine aus, nichts bewegte sich. Er sah sich um. Nichts ähnelte einem Schalter oder sonst irgendwelchen Öffnungsmechanismen. War er in einer Sackgasse? Vielleicht gab es ja von der anderen Seite eine zweite Tür? Einen Hintereingang?

Büchele begann zu rufen. »Haaallo, jemand hier. Birgitt wo bist du?«, er konzentrierte sich auf die Geräusche. Es gurgelte nur hinter der Wand, sofern es ein Gurgeln war. Er rief noch mal, diesmal lauter, nach ihr und lauschte wieder. Ihm kam es vor, als hätte er ein schwaches ›Franz hilf mir‹ gehört. Fantasierte er schon? Er schlug gegen die vermeintliche Tür, ritzte mit einem langen Schraubendreher, den er auf der Werkbank gefunden hatte, in den Fugen, um etwas zu entdecken, aber vergeblich. Nichts half. Entweder die Türe öffnete sich nur von innen oder er übersah den

Öffnungsmechanismus. Franz musste ihn finden, koste, es was es wolle.

Schalter zur Öffnung einer Türe konnten es nicht sein, die fehlten im Raum gänzlich. Nur zwei Wasserleitungen verliefen an der Decke hinüber zur Werkbank. Beide waren beschriftet mit einem K und T. Franz dachte nach. Wasserleitungen hatten doch eher die Bezeichnung K für kalt und W für warm. Das T konnte er sich nicht erklären. Er begutachtete die seltsamen großen Wasserhähne, die schon mehr kleinen Rädern glichen und drehte an dem mit T bezeichneten langsam nach rechts. Nur ein kleines Klicken, so wie von einem Feuerzeug, das man anzündete, war zu hören, aber nichts geschah. Er drehte nach links. Jetzt endlich. Die Tür öffnete sich leise. Er glaubte zu träumen. Wieder lag ein identischer L-förmige Raum spiegelbildlich vor ihm. Franz schluckte. In jeder mannhohen Vertiefung der Katakomben standen, gehalten von längst verrosteten Ketten, uralte Mumien. Sie hingen wie Fische an Handeisen, die über ihnen befestigt waren, bestimmt schon Hunderte von Jahren. Franz wich zurück. Durch ihre Rippen waren alte Weinreben in die der Körper getrieben worden. Geschockt und mit einem reflexartigen Rückwärtsschritt kam Kommissar Büchele ins Straucheln und fiel zu Boden.

Kurz Momente vorher, als er leise winselnd Birgitts flehende Stimme vernahm, kam er wieder zu sich.

»Nein, nein, bitte nicht. Was habe ich Ihnen getan, Sie perverser Sadist, Sie Schwein? Lassen Sie mich frei. Ich werde Sie auch nicht verraten, bitte, bitte!«

Er rappelte sich auf. Franz hörte es ganz deutlich. Es hörte sich an, als käme es von der nächsten Ecke. Langsam ging Büchele, der noch immer den Schraubendreher in der Hand hielt, nach vorn. An der Ecke stoppte er und sah vorsichtig um die Biegung. In Nischen befanden sich fünf Mumien aus früherer Zeit. Ihre Beine standen in leeren Kübeln. Auch hier ragten knorrige Rebstöcke aus ihren Leibern. Einige der Weinreben standen zwischen den Rippen, gute dreißig Zentimeter aus dem Körper hervor. Wie lange diese Menschen schon tot waren, konnte er nicht beurteilen. Hier muss der Gerichtsmediziner Fröschle aktiv werden, schoss es ihm durch den Kopf.

Büchele blickte zur Seite. »Birgitt!« Jetzt sah er sie, angeschnallt auf so einem verfluchten Folterstuhl. Jemand stand an einem Tisch mit dem Rücken zu ihm. Die Person hatte ihn noch nicht bemerkt. Es schauderte den Kommissar. Der Fremde trug eine schwarze Soutane und hielt etwas in der Hand.

Franz vermutete sofort Abt Dominikus Kraft hinter der schwarzen Kluft. Büchele verfluchte seinen Leichtsinn, seine Dienstwaffe nie mitzuführen. Birgitt zog und zerrte unbeachtet von ihrem Peiniger an den Bändern. In ihrem Gesicht konnte er Todesangst erkennen. Büchele machte einen Schritt nach vorn auf Birgitt zu. In diesem Moment drehte sich der Träger der schwarzen Soutane ruckartig um.

Franz erstarrte. Hinter einer mittelalterlichen Pestmaske blickten ihn zwei große Augen an. Aus dem mächtigen Vogelkopf ragte ein weißer Schnabel hervor.

Franz schluckte, sah hinüber zu Birgitt und wieder zurück auf den Fremden. Jetzt taxierte er sein Gegenüber genauestens. Kommissar Büchele erkannte die violetten Knöpfe an der Kleidung, die Gliederkrallen an zwei Fingern seiner linken Hand und ein Samurai-Schwert am Gürtel. Aber erst jetzt sah er noch mehr. Der Fremde trug feine glänzende, schwarze Handschuhe. In der rechten Hand entdeckte Büchele eine Pistole, die auf ihn zeigte.

Die Gestalt begann mit tiefer Stimme zu reden.

»Ich habe Sie erwartet, Kommissar Büchele. Ich musste lange warten. Sie glauben, die Säkularkanoniker sind erloschen? Irrtum mein Herr. Ich bin das Oberhaupt, ich bin der Vorsitzende Abt Dominikus Kraft, ich bin aus Fleisch und Blut.« Seine kalten Augen fixierten den Kommissar.

»Aber Sie geben nie Ruhe. Sie haben unsere Weinbergankäufe und noch weitere Transaktionen von uns gestört. Sie und ihresgleichen waren es, Sie kleiner Wicht. Sie Menschenwurm. Sie haben meine Lakaien getötet und meinen Sohn umgebracht und kommen Sie mir nicht mit dem Gerücht eines Geisterfahrers auf der Autobahn.«

Langsam hob er die Waffe und zielte auf Birgitt Kohlmarx. Büchele machte langsam einen Schritt auf die Liege zu. Er sah in Birgitts verstörten Gesichtsausdruck. Hektisch zuckten ihre Pupillen von einer zur anderen Seite. Beruhigend, fast lächelnd zwinkerte er ihr aus einiger Entfernung zu.

»Hier kann ich den Rebensaft veredeln mit menschlichem Blut. Sehen Sie sich um, Sie einfältiger, schwäbischer Kleingläubiger«, schrie Kraft hinter seiner Maske mit tiefer Stimme in den Raum. Dabei hob er beide Arme und zeigte wie ein Lehrer zu den Nischen. »Die Katakomben sind Menschenwerk, Zufluchtsort. Ort der Erlösung. Meiner Erlösung.«

Er wies mit der Pistole nach rechts.

»Dort drüben steht, na ja, er hängt in Ketten«, gab Abt Dominikus Kraft ehrlicherweise zu.

»Ein Weinbauer, der den edlen Rebenzweig des Eilfingerzwergweines in seiner Brust trägt. Natürlich nur vorübergehend, eine Zuchtrebe«, scherzte er fast schon überschwänglich. Büchele sah hin. Es schauderte ihn.

»Oder dort drüben. Ein eher, nun ich gebe es zu, alter Weinbauer aus Neckarsulm. In seiner Brust steckt? Na, erraten Sie es?«, wandte er sich fragend an Büchele.

»Sie sind doch Weinkenner? Oder etwa nicht? Dann helfe ich Ihnen ein klein wenig auf die Sprünge.« Kraft zeigte auf die Brust des Toten. »Da steckt eine Rebe von der Sorte Kalloberg in seiner Brust. Und so weiter und so weiter. Alles göttliche Arbeit, Herr Büchele.«

Er machte eine kurze Pause und ging einen Schritt in Bücheles Richtung, der gegenüber der Pritsche stand, auf der Birgitt ihn mit Hilfe suchenden Augen ansah. Noch immer fuchtelte Dominikus Kraft mit der Waffe vor Bücheles Nase herum.

»Mit diesem Rebensaft und nur mit diesem«, dabei wurde seine Stimme immer heroischer, »gefördert und versetzt mit reinem Blut eines Abkömmlings der Winzerfamilie, die an seinen Hängen lebt. Natürlich mindestens in fünfter Generation. Das ergibt in der Summe einen Spitzenwein. Wie Sie sehen Herr Kommissar hat man, genau wie ich jetzt, dies schon vor über zweihundert Jahren getan.«

Der irre Abt kicherte hinter der Maske in sich hinein.

»Ich weiß, es funktioniert. Es ist anders, als bei dem biologischen Kleindenker Koppen, der es schon seit Jahren mit Mist versucht. Nur ich erringe den Durchbruch in der Weinkultur. Ich verbessere den Wein in der experimentellen Rebenveredlung, sonst keiner. Oder was denken Sie, mein lieber schwäbischer Kommissar? Ach, Ihr eigener IQ ist doch nicht höher als der Wühlmaus, wie sollen Sie so was verstehen. Ich werfe hier wohl buchstäblich Perlen vor die Säue.«

Franz wurde wütend und ballte seine Fäuste fest zusammen. »Alles Kulisse und Theater hier oder etwa nicht?« Er versuchte, auf Zeitgewinn zu spielen. Auf welche Zeit? Bis Verstärkung da war? Er hatte keine Verstärkung angefordert. Mit dieser Situation musste er wohl selbst fertig werden. Dominikus Kraft, der so viel Unverständnis verachtete, versuchte ruhig zu wirken.

»Und Ihre liebe Vertraute, Frau Kohlmarx, die wirklich nur irrsinniges Zeug schreibt, wird mein nächstes Experiment. War Ihnen bewusst, dass Ihre Vorfahren, liebe Frau Kohlmarx, auch Weinbauern gewesen sind? Wenn die Gene eine Evolutionsetappe überspringen. Ja, dann wird aus Ihren Rippen ein edler Spross des veredelten Weines. Zumindest wenn auch Sie Ihr Herzblut opfern werden. Ich nehme es mal stark an. Denn ich habe die Waffe und unser Kommissar hat nichts außer seiner Angst. Es wird vielleicht ein billiger Wein werden. Aber ich reiße Ihrem Kommissar, da können sie ganz sicher sein, mit Lust das Herz aus seinem kümmerlichen Menschenleib, nachdem ich Sie, liebe Journalistin, präpariert habe, versteht sich.«

Hinter dem redseligen Säkularkanoniker raschelte es kurz, was aber durch die angespannte Lage von keinem der beiden Kontrahenten wahrgenommen wurde. Birgitt rang auf der Liege nach Luft. Der Abt hatte ihr mit einer Hand den Gurt, der um ihren Hals geschlungen war, straff gezogen. Aus ihrem Mund kamen seltsame laute Geräusche. Die Augen traten hervor und sie lief blau an. Sie schnappte nach Luft und röchelte.

Birgitt durfte nicht sterben, nicht sie. Franz, der sich ihr inzwischen mit kleinen Schritten genähert hatte, war noch nicht in Schlagdistanz zu Dominikus Kraft. Zu weit von ihm entfernt, stand der irre Säkularkanoniker auf der anderen Seite der Liege mit der Pistole in der Hand. Erst als Kraft provozierend mit seiner Gliederkralle Birgitts

Rock nach oben schob, sah Franz rot. Blutrot. Kraft schlug seine scharfen Krallen, ohne viel Kraftaufwand, in ihren rechten Unterschenkel. Gierig riss er ein kleines Stückchen Haut vom Schenkel seines Opfers. Er ritzte tiefer und zog die Kralle langsam nach oben. Unbeeindruckt von Birgitts quälenden Schreien, genoss er das kleine Rinnsal an Blut, das langsam aus der frischen Wunde den Unterschenkel hinablief. Langsam tropfte es auf den kalten Boden.

Es war genug. Beherzt sprang Büchele mit vollem Körpereinsatz, wie von einem Katapult getrieben, über die Liege hinweg, Dominikus Kraft entgegen. Den Schraubendreher noch immer fest in der Hand, riss er mit seinem Unterkörper die Liege mit der angeschnallten Birgitt mit sich. Büchele sprang Dominikus Kraft, der die Pistole im Anschlag hielt, genau in die Arme. Sein eigenes Leben schien Büchele in diesem Moment völlig egal zu sein. Aber Birgitts Leben, das sollte nicht so enden. Die Liege, auf der die Journalistin völlig straff verzurrt lag, kippte um. Büchele hatte noch im Sprung das Herz des Abtes mit dem Schraubendreher anvisiert. Er verfehlte es und traf ihn nur in die Schulter. Wildes Gerangel entfachte sich am Boden, bevor sich beide wieder berappelt hatten und auf den Beinen waren. Kraft hatte gezögert und die Waffe noch nicht abgefeuert. In seiner Schulter steckte noch immer unbeeindruckt von Bücheles Attacke dessen Schraubendreher. Jetzt sah Büchele, als sein Gegenüber seine Maske verloren hatte, die wirkliche Fratze seines Widersachers. Zerfurcht und zerfressen von einer Säureattacke, schützte die Maske ihn vor unliebsamen Blicken.

»Büchele, Ihre Zeit ist um. Es wird wohl nichts mit einem zweiten Rettungsversuch.«

Dominikus Kraft spannte den Abzugshahn und zielte

auf Bücheles Schädel. Sekundenbruchteile vergingen. Franz ließ kraftlos seine Lider sinken. War es soweit? Er schloss die Augen. Game over waren seine letzten Gedanken, als ein Schuss die Stille zerriss. Mit weit aufgerissenen Augen sah Kraft in diesem Moment seinen Widersacher an. Blut ran aus seinem Mundwinkel. Er sackte mit einem Röcheln langsam vor Kommissar Büchele in sich zusammen. Dann öffnete Franz seine Augen. Sollte er so schnell im Himmel sein? Aber dann sah er, dass Birgitt immer noch angeschnallt auf dem Boden liegend aufgeregt hin- und herzappelte.

Da stand plötzlich sein Freund Max Krüger mit einer Tüte Kirschen vor ihm und reichte sie ihm. »Die Kirsche sind vom Markt. Schmecke fei saftig. Magsch au e paar?« Dabei hielt er ihm die zerknitterte Verpackung vor die Nase. Kopfschüttelnd verneinte er das Angebot seines Partners, während es um beide laut wurde. Das SEK war eingetroffen. Erleichtert sah Büchele ihn an. Büchele torkelte einen Schritt auf ihn zu und umarmte ihn. Es gab wohl keinen, den er in diesem Augenblick lieber in die Arme geschlossen hätte.

Max Krüger hatte sein und Birgitts Leben gerettet. Aber noch immer lag Birgitt Kohlmarx röchelnd auf der umgestürzten Liege zu ihren Füßen. Zügig ohne einen weiteren Augenblick zu verlieren, hoben sie die umgestürzte Liege an und befreiten die Dame aus ihrer misslichen Lage. Sie lösten ihre Hand- und Kopfriemen, ehe die Journalistin sofort ihren vermeintlichen Retter Franz Büchele immer wieder mit den Worten: »Danke, danke, danke, Franz« umarmte.

Beide Beamten stützten sie auf dem Weg nach draußen.

»Warum bist du erst jetzt gekommen«, konnte Büchele schon wieder mit Max witzeln.

»Na ja, du hast ja keine Einladung geschrieben. Als du es dann ohne Dienstwaffe eilig hattest, war mir klar, dass etwas geschehen sein musste. Und wenn du nicht mal ans Telefon gehst, dann ist es wohl wichtig, was du vorhast. Eben darum bin ich dir hinterher, mein Freund.«

Sie umarmten sich alle, als wäre es einer der schönsten Tage in ihrem Leben. Büchele versuchte immer noch Birgitt zu erklären, dass eigentlich nicht er, sondern Kollege Max Krüger sie beide gerettet hatte. Sie wusste es aber besser. Für sie war Franz Büchele ihr Held. Für sie war Kommissar Büchele zu einem der wichtigsten Menschen in ihrem Leben geworden.

Draußen an der lauen Abendluft angekommen, atmeten alle erst einmal tief durch, ehe Max nach der Heilbronner Spurensicherung und den Rettungskräften telefonierte.

Für alle Personen, die Dominikus Kraft gefangen hielt, gab es nach langem Krankenhausaufenthalt ein Zurück ins normale Leben. Nur Dominikus Kraft selbst hatte seine Sucht und den Irrsinn mit dem Leben bezahlt. Nach wochenlangem Zusammensetzen der Puzzleteile war für Staatsanwalt Krümmbusch klar. Es würde noch viel Arbeit für das Dezernat geben. Er hatte in dieser Zeit sehr viel Öffentlichkeitsarbeit zu leisten. Dank Hauptkommissar Franz Büchele und seinem Kollegen Max Krüger sowie der Zusammenarbeit seines ganzen Teams, konnte Licht ins Dunkel mancher Dinge gebracht werden. Es gab wohl zwischen Himmel und Hölle mehr als den Tod. Nämlich das Leben.

Büchele nahm sich einige Tage frei, um zu sich selbst zurückzufinden. Dazu gehörte auch eine Verabredung mit Birgitt Kohlmarx, die nun ihrerseits die ganze Story aus erster Hand erfahren durfte.

Am heutigen Tag stand das Date an. Rasiert, gebadet und eingekleidet kam er aus der oberen Etage zu Gisela in die Küche. Ein dickes Pflaster klebte noch immer an seinem Hals.

»Wie siehsch du aus, hasch du e Rendezvous? Pfui Teufel, bah. Hasch du in Nuttendiesel gebadet? Du riechsch abartig, Franz«, bemerkte Gisela.

»Und was isch dees? Hat dich en Vampiir bisse?«, dabei zeigte sie auf das riesige Kinderpflaster.

»Noi Gisela, i han mee beim Rasiere gschnitte. Kenntscht mole die blede Bemerkunge lasse und mir die Krawatt binde?«, konterte Büchele frech. Gisela gehorchte. Lächelnd verabschiedete sie Franz, hatte er doch heute eines seiner schönsten Erlebnisse noch vor sich.

Unruhig war er schon vor ihr im Lokal des alten Ratskellers inmitten von Heilbronn angekommen. Geduldig wartete er auf ihr Erscheinen. Mit Strohhut auf dem Kopf und einer geblümten Krawatte. Als Birgitt, begleitet vom Ober an den Tisch geführt wurde, ging für ihn seine Sonne auf. Sie verstanden sich besser denn je. Sie wollte sich jetzt in aller Form nach den schrecklichen Tagen für ihre Rettung bei ihm bedanken. Lächelnd bewunderte sie sein Pflaster. Zu einer Änderung seiner Auswahl beim Rasierwasser wollte sie sich am ersten gemeinsamen Abend noch nicht äußern. Geduldig ertrug sie den Geruch. Franz berichtete ungestüm über die Einsatzfreude von Staatsanwalt Krümmbusch. Seine angestrebten Bemühungen beim Verteidigungsminister eine Abteilung für besondere Fälle in Heilbronn zu errichten, fiel auf fruchtbaren Boden. Die ganze Abteilung und einige Spezialagenten aus ganz Deutschland würden hier in Heilbronn zusammengefasst werden. Auch über das Angebot seines Chefs, Dirk

Kastfeld, vielleicht eine Erholungskur anzutreten, damit er mit vollen Kräften wieder einsatzfähig war, wurde geredet. Danach, sofern es zur Kur kommen würde, wollte er unvoreingenommen allem weiteren Neuen im Dezernat offen gegenüberstehen. Sie prosteten sich mit einem Lemberger Wein zu und genossen den entspannten, kulinarischen Abend ganz für sich allein.